Else Lasker-Schüler

Sämtliche Gedichte

Mit einem Nachwort
von Uljana Wolf

FISCHER Klassik

Erschienen bei FISCHER Taschenbuch
Frankfurt am Main, März 2016

Satz: Dörlemann Satz, Lemförde
Druck und Bindung: CPI books GmbH, Leck
Printed in Germany

Unsere Adressen im Internet:
www.fischerverlage.de
www.fischer-klassik.de
ISBN 978-3-596-90616-1

Inhalt

Gedichte 1899 bis 1902

Vorahnung.

Verhöhnt mich auch lachend der Wirbelwind,
– Mein Kind, das ist ein Königskind,
Mit Locken, wie Sonnenscheinen.

Ich sitze sinnend unter dem Dach,
Bin in den Nächten fieberwach
Und nähe Hemdchen aus Leinen.

– Meiner Mutter Wiegenfest ist heut',
Gestorben sind Vater und Mutter beid'
Und sahen nicht mehr den Kleinen.

– Meine Mutter träumte einmal schwer. –
– Sie sah mich nicht an ohne Seufzer mehr
Und ohne heimliches Weinen. –

Ahnung.

Verlacht mich auch neckisch der Wirbelwind, –
Mein Kind, das ist ein Himmelskind,
Mit Locken, wie Sonnenscheinen.

Ich sitze einsam unter dem Dach,
Bin in den Nächten fieberwach
Und nähe Hemdchen aus Leinen.

Meiner Mutter Wiegenfest ist heut',
Gestorben sind Vater und Mutter beid'
Und sahen nicht mehr den Kleinen.

….. Meiner Mutter träumte damals bang'
In der Nacht vor meinem Untergang.
– Ich sah sie heimlich weinen ….

Verwelkte Myrten.

Bist wie der graue, sonnenlose Tag,
Der sündig sich auf junge Rosen legt.
– Mir war, wie ich an Deiner Seite lag,
Als ob mein Herze sich nicht mehr bewegt.

Ich küßte Deine bleichen Wangen rot,
Entwand ein Lächeln Deinem starren Blick.
– Du tratest meine junge Seele tot
Und kehrtest in Dein kaltes Sein zurück.

Sinnenrausch.

Dein sünd'ger Mund ist meine Totengruft,
Betäubend ist sein süßer Atemduft,
Denn meine Tugenden entschliefen.
Ich trinke sinnberauscht aus seiner Quelle
Und sinke willenlos in ihre Tiefen,
Verklärten Blickes in die Hölle.

Mein weißer Leib erglüht in seinem Hauch,
Er zittert, wie ein junger Rosenstrauch,
Geküßt vom warmen Maienregen.
– Ich folge Dir ins wilde Land der Sünde
Und pflücke Feuerlilien auf den Wegen.
– Wenn ich die Heimat auch nicht wiederfinde. –

Liebe.

Weißt du, daß du gefesselt liegst
In meiner wilden Phantasie …
Damit du mich mit Küssen besiegst
In den schwarzen Nächten, in der Dämm'rung früh.

Weißt du, wo die Anemonen stehn
Rotfunkelnd, wie ein Feuermeer …
Ich hab' zu tief in die Kelche gesehn
Und lasse die Sünde nimmermehr.

Und wäre sie noch so thränenreich –
Und stürbst du in meiner sengenden Glut …
Meine Hölle verbirgt dein Himmelreich,
Und zerschmelzen sollst du in meinem Blut.

Trieb.

Es treiben mich brennende Lebensgewalten,
Gefühle, die ich nicht zügeln kann.
Und Gedanken, die sich zur Form gestalten,
Sie greifen mich wie Wölfe an.

Ich irre durch duftende Sonnentage …
Und die Nacht erschüttert von meinem Schrei.
Meine Lust stöhnt wie eine Marterklage
Und reißt sich von ihrer Fessel frei.

Und schwebt auf zitternden, schimmernden Schwingen
Dem sonn'gen Thal in den jungen Schoß.
Und läßt sich von jedem Mai'nhauch bezwingen
Und giebt der Natur sich willenlos.

Kismet.

Der Sturm pfeift über ein junges Haupt
Und zerschlägt die Götter, an die er geglaubt,
Und die gold'nen Märchen vom Glücke. –
Sein holdes Liebchen liegt unter dem Moos.
Der Tod erstarrte erbarmungslos
Die sonnigen Kinderblicke. –

Die Nachtviolen singen ein Lied,
Wenn wie Himmelsbrand das Abendrot glüht.
– Es klingt wie Engelchoräle; –
Und das Lied durchzittert die nächtliche Luft;
Es bringt ihm Grüße aus ihrer Gruft –
– Und zerreißt seine schluchzende Seele. – – –

Resignation.

Umarm' mich mütterlich und weich,
Und zeige mir das Himmelreich,
Du träumerische Nacht;
Und bette meine Sorgen,
In deinem Schoß verborgen,
Auf Rosen und auf Silberlaub
Im tiefen Erdenstaub.

Im Dämmerlicht, im Dämmerschein
Zerstäuben deine Träumerei'n
In blauer Wolkenpracht.
Ich rüste mich zur Tageschlacht!
Und sehne mich nach ew'ger Nacht.
Zu schmelzen still im Abendrot,
In deinem Heilandarme, Tod.

Jugend.

Ich hört' dich hämmern diese Nacht
An einem Sarg im tiefen Erdenschacht.
Was willst du von mir, bleicher Sensemann,
Mein Herz gehört dem ew'gen Leben an
Mit all den Blüten und der Maienlust.

Ich bin so jung wie frühe Morgenglut.
Für deinen Becher ist zu heiß mein Blut.
Scher' dich des Weges, alter Nimmersatt!
Was soll ich in der kalten Totenstadt
Ich, mit dem Jubel in der Brust!

Zur Kindheit.

Wir wollen wie der Mondenschein
Die junge Frühlingsnacht durchwachen.
Wir wollen wie zwei Kinder sein!
Du hüllst mich in dein Goldhaar ein
Und lehrst mich so wie du zu lachen.

An deiner reinen Mädchenbrust
Entflieht der Fluch aus meinem Leben.
Zum Kampfe hab' ich jung gemußt.
Ich sehnte mich nach Kinderlust
Und niemand konnte sie mir geben.

Ich sehnte mich nach Mutterlieb'
Und Vaterwort und Frühlingsspielen.
Den Fluch, der mich durchs Leben trieb
Begann ich, da er bei mir blieb
Wie einen treuen Feind zu lieben.

Die Bäume prangen seidenfein
Und Liebe duftet von den Zweigen.
Du mußt mir Vater und Mutter sein
Und Frühlingsspiel und Schätzelein
Und – ganz mein Eigen .....

Brautwerbung.

Ihr kennt ja All' die Liebe nicht
Die in mir glüht, die in mir stürmt
Wie unerfüllte Weltenpflicht.
Das Feuer hat sich aufgetürmt
In meiner Seele Einsamkeit
Und brennt wie Steppenbrand.

Du! mit dem roten jungen Mund ....
Du weichst zurück in banger Scheu?
Und nennst mein Fühlen ungesund.
Es blieb dem tiefen Drang getreu
Dem Mittage der Frühlingszeit
Im Sonnenland.

Du! mit den Augen jugendcharme ....
Du Schlägst sie nieder angsterfüllt?
Und fürchtest, daß mein Flammenarm
Dich an sich reißt in Nächten wild.
Nimm dir zum Schatz den Erdenmann
Ihm friert selbst in der Sonne Glut.

Du! mit den Wangen südenbraun ....
Du zitterst wie die Frühlingsflur,
Auf deinem Leibe will ich bau'n
Den roten Garten der Natur
Und pflanzen all die Sehnsucht an
Aus meinem ungestümen Blut.

Morituri.

Du hast ein dunk'les Lied mit meinem Blut geschrieben –
Seitdem sind meine Lippen kalt und blaß.
Du hast mich aus dem Rosenparadies vertrieben!
Ich mußt' sie lassen, alle die mich lieben.
Gleich einem Vagabund zieh' ich fürbaß.

Und in den Nächten wenn die Rosen singen –
Dann brütet still der Tod – ich weiß nicht was....
Ich möchte dir mein krankes Herze bringen
Den gift'gen Odem und mein mühsam Ringen,
Mein Weh und alles Kranke und den Haß.

Sehnsucht.

Mein Liebster, bleibe bei mir die Nacht
Ich fürchte mich vor den dunklen Lüften.
Ich hab' so viel Schmerzliches durchgemacht
Und Erinnerung steigt aus den Tottengrüften.
Ich fürchte mich vor dem Heulen der Stürme
Und dem Glockengeläute der Kirchentürme
Vor all' den Thränen, die heimlich fließen
Und sich über meine Sehnsucht ergießen.

Leg' deinen Arm um meinen Leib,
Du mußt ihn wie dein Kind umfassen. –
Ich seh' im Geiste ein junges Weib –
Das Weib bin ich – von Gott verlassen....
Mein Liebster, erzähle von heiteren Dingen!
Und ein Lied von Maienlust mußt du singen!
Und herzige Worte und schmeichelnde sagen.....
Damit sie die Raben des Schicksals verjagen.

Mein Liebster, siehst du die bleichen Gespenster?
Von mitternächtlichen Wolken getragen .....
Sie klopfen deutlich ans Erkerfenster.
Ein Sterbender will »Lebewol« mir sagen.
Ich möchte ihm Blüten vom Lebensbaum pflücken ...
Und die Schlingen zerreißen, die mich erdrücken!
Mein Liebster, küsse, – küß' mich in Gluten
Und laß deinen Jubelquell über mich fluten!

Phantasie.

Ich schlummerte an einem Zauberbronnen
Die Nacht – und träumte einen stillen Traum –
Von Sternenglanz und Mondenblässe
Und silberhellem Wellenschaum.
Von dunkler Schönheit der Cypresse
Und von dem Glühen deiner Augensonnen.

Der Neumond kann sich nicht vom Morgen trennen –
Ich hör' ihn mit den jungen Faunen scherzen. –
Im Thale blühen heiße Purpurrosen
Und Lilien, andachtsvoll wie heil'ge Kerzen
Und sonnenfarbig, goldene Mimosen
Und Blüten, die wie meine Lippen brennen .....

Frau Dämon.

Es brennt der Keim im zitternden Grün
Und die Erde glüht unter dem Nachtfrost
Und die Funken, die aus dem Jenseits sprühn
Umschmeicheln den Sturmwind von Nordost.

Es rötet die Lippe der Natur die paradiesische Sünde
Und die Sehnsucht schickt ihre Kräfte aus, wie brennende
Wüstenwinde. –
Als eine Natter kam ich zur Welt
Und das Böse lodert und steigt und quellt
Wie die Sündflut aus Riesenquellen
Und die Unschuld ertrinkt in den Wellen.

Ich hasse das Leben und dich und euch
Das Morgenrot und die Lenznacht.
Durch mein Irrlichtauge verirrt euch ins Reich
In den Sumpf der teuflischen Allmacht.
Die holdesten Nächte umfängt meine Gier mit blutiggefärbten
Banden,
Denn die Schlange, der Teufel vom Paradies ist in mir
auferstanden.
Ein Giftbeet ist mein schillernder Leib
Und der Frevel dient ihm zum Zeitvertreib
Mit seinen lockenden Düften
Den Lenzhauch der Welt zu vergiften.

Ein Königswille.

Ich will: vom Leben der gazellenschlanken
Mädchen, mit glühenden Rosengedanken.
Sie sollen vor meinem Grabe stehn
Und zündend in die Tiefe sehn.
Und jubelnde Lieder vom Uebermut singen
Wenn bleiche Winde durch die Totenstadt wehn
Und mit der Kraft meiner Seele ringen.

Ich will: vom Leben der wettergebräunten
Knaben, die nie eine Thräne weinten.

Sie sollen in meine Totengruft schaun
Und ihr Glück auf der Flur meiner Seele baun
Und die bleierne Luft der Einsamkeit sprengen
Und die Grabesschatten des Abendgraun
Mit ihrer blühenden Glut versengen.

Ich will vom Leben der weißen Gluten
Der Sonne, und von der Wolke Morgenbluten
Dem quellenden Rot der Himmelsbrust.
Bis meine Lippen sich wieder färben
Und junger Odem durchströmt meine Brust ...
Ich will nicht sterben!

Das Lied vom Leid.

Ich bin ein armes Mägdelein
Und weine leise im Sonnenschein ....
Der Hunger kam als schlechtes Weib
Und höhnte über meinen Leib,
Der alles Leid in Unschuld trägt.

Ich bin ein armes Mägdelein
Und weine leise im Sonnenschein ....
Der Hunger kam in Teufelstracht
Und hat mir dreizehn Dukaten zur Nacht
Verstohlen unters Pfühl gelegt.

Ich bin ein armes Mägdelein ....
Sie jagten mich aus dem Kämmerlein.
... Nun geh' ich tanzen für kleines Geld,
Mein süßes Kind kommt tot zur Welt
Wenn der Wintersturm die Heide fegt.

Die schwarze Bhowanéh.

(Die Göttin der Nacht.)
(Zigeunerlied.)

Meine Lippen glühn
Und meine Arme breiten sich aus wie Flammen!
Du mußt mit mir nach Granada ziehn
In die Sonne, aus der meine Gluten stammen....
Meine Ader schmerzt
Von der Wildheit meiner Säfte,
Von dem Toben meiner Kräfte.

Granatäpfel prangen
Wie die heißen Lippen der Nacht.
Rot, wie die Liebe der Nacht!
Wie der Brand meiner Wangen.

Auf dem dunklen Schein
Meiner Haut schillern Muscheln auf Schnüre gezogen.
Und Perlen, von sonnenfarb'gem Bernstein
Durchglühn meine Zöpfe wie Feuerwogen.
Meine Seele bebt,
Wie eine Erde bebt und sich aufthut
Dürstend nach Luft! nach säuselnder Flut....

Heiße Winde stöhnen
Wie der Odem der Sehnsucht....
Verheerend, wie die Qual der Sehnsucht....
Und über die Felsen Granadas dröhnen
Die Lockrufe der schwarzen Bhowanéh!

Ballade.

(Aus den Bergen.)

Er hat sich in gieriger Leidenschaft
In ein verteufeltes Weib vergafft
In seine leibliche Schwester.

Wie eine lauernde Tigerin
Schlich hinter ihm die Teufelin
Und träumte vom Geld seines Schweißes.

Im Wirtshaus bei wildem Zechgelag
Saß er und sie und zechten am Tag
Mit rohen Gesellen.

Und aus dem roten, lodernden Saft
Wuchs er ein Riese aus zwergenhaft
Verkümmerten Gesellen.

Und ihm war als blicke er weltenweit
Und sie schürte den Wahn seiner Trunkenheit
Und lachte.

Und eine Krone von Felsgestein
Den golddurchäderten Felsgestein
Saß ihm auf seinem Kopfe.

Und er dünkt sich als leibhaft'ger Satanas
»Gott verdammt, ich bin der Satanas!«
Und der Wein sprühte Feuer der Hölle.

Und die Stürme sausten wie Weltuntergang
Und die Bäume brannten am Bergeshang
Es sang die Blutschande .....

Und sie holten ihn um die Dämmerzeit
Und die Gassenkinder schrien vor Freud
Und bewarfen ihn mit Unrat.

Seitdem spukt es in dieser Nacht
Und Geister erscheinen in dieser Nacht
Und die frommen Leute beten.

Sie schmückte mit Bändern ihren Leib
Und ein Gaukelspieler nahm sie zum Weib.
Nun trägt sie flitternde Kleider.

Und ihn fraß der dürre, nagende Gram
Für die Sündenlust, die ihn überkam.
Und heut wankt er, ein Greis durch die Gassen.

Wie leidender Frevel
Wie das frevelnde Leid
Ueberaltert dem lässigen Leben.

Und er sieht die Weiber so eigen an
Und sie fürchten sich vor dem alten Mann
Mit dem Totenkopf.....

Meine Schamröte.

Du! sende mir nicht länger den Duft,
Den brennenden Balsam
Deiner süßen Gärten zur Nacht.
Auf meinen Wangen blutet die Scham
Und um mich zittert die Sommerluft.

Du .... wehe Kühle auf meine Wangen
Aus duftlosen, wunschlosen
Gräsern zur Nacht.
Nur nicht länger den Hauch deiner sehnenden Rosen,
Er quält meine Scham.

Ein Syrinxliedchen.

Die Palmenblätter schnellen wie Viperzungen
In die Kelche der roten Gladiolen
Und die Mondsichel lacht
Wie ein Faunsaug' verstohlen.

Die Welt hält das Leben umschlungen
Im Strahl des Saturn
Und durch das Träumen der Nacht
Sprüht es purpurn.

Wir wollen uns im Schilfrohr
Mit Binsen aneinander binden.
Und mit der Morgenröte Frühlicht
Den Süden unserer Liebe ergründen.

Chaos.

Die Sterne fliehen schreckensbleich
Vom Himmel meiner Einsamkeit,
Und das schwarze Auge der Mitternacht
Starrt näher und näher.

Ich finde mich nicht wieder
In dieser Todverlassenheit,
Mir ist: ich lieg von mir weltenweit
Zwischen grauer Nacht der Urangst.

Ich wollte, ein Schmerzen rege sich
Und stürze mich grausam nieder
Und riss mich jäh an mich;
Und es lege eine Schöpferlust
Mich wieder in meine Heimat
Unter der Mutterbrust.

Meine Mutterheimat ist seeleleer,
Es blühen dort keine Rosen
Im warmen Odem mehr. –
.... Möchte einen Herzallerliebsten haben!
Und mich in seinem Fleisch vergraben.

Karma.

Hab' in einer sternlodernden Nacht
Den Mann neben mir um's Leben gebracht.
Und als sein girrendes Blut gen Morgen rann,
Blickte mich düster sein Schicksal an.

Eifersucht.

Denk' mal: wir beide
Zwischen feurigem Zigeunervolk
  Auf der Haide.
Ich zu deinen Füssen liegend,

Du, die Fiedel spielend,
Meine Seele einwiegend
Und der brennende Steppenwind
Saust um uns!

... Aber die Mariennacht verschmerz' ich nicht ...
Die Mariennacht!
Da ich dich sah
Mit der Einen ....
Wie duftendes Schneien
Fielen die Blüten von den Bäumen.
Die Mariennacht verschmerz' ich nicht ...
Die blonde Blume in deinen Armen nicht!

Nervus erotis.

Dass uns nach all der heissen Tagesglut
Nicht eine Nacht gehört ...
Die Tuberosen färben sich mit meinem Blut.
Aus ihren Kelchen loderts brandrot!

Sag mir, ob auch in Nächten deine Seele schreit,
Wenn sie aus bangem Schlummer auffährt,
Wie wilde Vögel schreien durch die Nachtzeit.

Die ganze Welt scheint rot,
Als ob des Lebens weite Seele blutet.
Mein Herz stöhnt wie das Leid der Hungersnot,
Aus roten Geisteraugen stiert der Tod.

Sag mir, ob auch in Nächten deine Seele klagt
Vom starken Tuberosenduft umflutet,
Und an dem Nerv des bunten Traumes nagt.

Kühle.

In den weissen Gluten
Der hellen Rosen
Möchte ich verbluten.

Doch auf den Teichen
Warten die starren, seelenlosen Wasserrosen,
Um meiner Sehnsucht Kühle zu reichen.

Das Lied des Gesalbten.

Zebaoth spricht aus dem Abend:
Verschwenden sollst Du mit Liebe!
Denn ich will Dir Perlen meiner Krone schenken,
In goldträufelnden Honig Dein Blut verwandeln
Und Deine Lippen mit den Düften süsser Mandeln tränken.
Verschwenden sollst Du mit Liebe!
Und mit schmelzendem Jubel meine Feste umgolden
Und die Schwermut, die über Jerusalem trübt,
Mit singenden Blütendolden umkeimen.
Ein prangender Garten wird Dein Herz sein,
Darin die Dichter träumen.
O, ein hängender Garten wird Dein Herz sein,
Aller Sonnen Aufgangheimat sein,
Und die Sterne kommen, ihren Flüsterschein
Deinen Nächten sagen.
Verschwenden sollst Du mit Liebe!
Tausend greifende Aeste werden Deine Arme tragen
Und meinem Paradiesheimweh wiegende Troste sein.

Sulamith.

O, ich lernte an Deinem süssen Munde
Zu viel der Seligkeiten kennen!
Schon fühl' ich die Lippen Gabriels
  Auf meinem Herzen brennen,
Und die Nachtwolke trinkt
Meinen tiefen Cederntraum.
O, wie Dein Leben mir winkt,
  Und ich vergehe
Mit blühendem Herzeleid!
Und verwehe im Weltraum,
  In Zeit,
  In Ewigkeit,
Und meine Seele verglüht in den Abendfarben
  Jerusalems.

Fieber.

Es weht von deinen Gärten her der Duft,
Wie trock'ner Südwind über mein Gesicht.
O, diese heiße Not in meiner Nacht!
Ich trinke die verdorrte Feuerluft
    Meiner Brände.

Aus meinen schlummerlosen Augen flammt
Ein grelles, ruheloses Licht
Wie Irrlichtflackern durch die Nacht.
Ich weiß, ich bin verdammt,
Und fall' aus Himmelshöh'n in deine Hände!

Sterne des Fatums.

Deine Augen harren vor meinem Leben
Wie Nächte, die sich nach Tagen sehnen,
Und der schwüle Traum liegt auf ihnen,
    Unergründet.

Seltsame Sterne starren zur Erde,
Eisenfarb'ne mit Sehnsuchtsschweifen,
Mit brennenden Armen, die Liebe suchen
Und in die Kühle der Lüfte greifen.

Sterne, in denen das Schicksal mündet.

Sterne des Tartaros.

Warum suchst du mich in unsren Nächten
In Wolken des Hasses, auf bösen Sternen?
Laß mich allein mit den Geistern fechten!

Sie schnellen vorbei auf Geyerschwingen
Aus längst vergess'nen Wildlandfernen,
Eiswinde durch Lenzessingen.

Und du vergißt die Gärten der Sonne
Und blickst gebannt in die Todestrübe.
Ach, was irrst du hinter meiner Not!

Abend.

Es riß mein Lachen sich aus mir,
Mein Lachen mit den Koboldaugen;
Mein junges, springendes Lachen
Singt Tag der dunklen Nacht vor deiner Thür.

Es kehrte aus mir ein in dir,
Zur Lust dein Trübstes zu entfachen;
Nun lächelt es wie Greisenlachen
Und leidet Jugendnot.
Mein tolles, übermüt'ges Frühlingslachen
        Träumt vom Tod.

Herzkirschen waren meine Lippen beid'.

Ach, ich irre wie die Todsünde
Über wilde Haiden und Abgründe,
Über weinende Blumen im Herbstwind,
Die dicht von Brennesseln umklammert sind.

Herzkirschen waren meine Lippen beid' …
Ich suchte ihn im Abend, in der Dämmerung früh,
Und trank mein Blut und meine Süßigkeit.

Der Schatten, der auf meiner Wange glüht,
Wie eine Trauerrose ist er aufgeblüht
Aus meiner Seele Sehnsuchtsmelodie.

Winternacht.

(Cello-Lied.)

Ich schlafe tief in starrer Winternacht;
Mir ist: ich lieg' in Grabesnacht,
Als ob ich spät um Mitternacht gestorben sei,
Und schon ein Sternen-Leben tot sei.

Zu meinem Kinde zog mein Glück,
Und alles Leiden in das Leid zurück.
Nur meine Sehnsucht sucht sich heim
Und zuckt wie zähes Leben,
Und stirbt zurück
In sich.

Ich schlafe tief in starrer Winternacht;
Mir ist: ich lieg' in Grabesnacht …

Styx

Chronica.

(Meinen Schwestern zu eigen.)

Mutter und Vater sind im Himmel
Und sprühen ihre Kraft
An singenden Fernen vorbei,
An spielenden Sternen vorbei
  Auf mich nieder.
Himmel bebender Leidenschaft
  Prangen auf,
O, meine ganze Sehnsucht reisst sich auf
Durch goldenes Sonnenblut zu gleiten!
Fühle Mutter und Vater wiederkeimen
Auf meinen ahnungsbangen Mutterweiten.
  Drei Seelen breiten
Aus stillen Morgenträumen
Zum Gottland ihre Wehmut aus.
Denn drei sind wir Schwestern,
Und die vor mir träumten schon in Sphinxgestalten
  Zu Pharaozeiten.
Mich formte noch im tiefsten Weltenschooss
  Die schwerste Künstlerhand.
Und wisset, wer meine Brüder sind!
Sie waren die drei Könige, die gen Osten zogen
Dem weissen Sterne nach durch brennenden Wüstenwind.
Aber acht Schicksale wucherten aus unserem Blut
Und lauern hinter unseren Himmeln:
Vier plagen uns im Abendrot,
Vier verdunkeln uns die Morgenglut,
Sie brachten über uns Hungersnot
Und Herzensnot und Tod!
Und es steht:
Ueber unserem letzten Grab ihr Fortleben noch,
Den Fluch über alle Welten zu weben,
Sich ihres Bösen zu freuen.
Aber die Winde werden einst ihren Staub scheuen.
  Satanas miserere eorum!!

Mutter.

Ein weisser Stern singt ein Totenlied
  In der Julinacht,
Wie Sterbegeläut in der Julinacht.
Und auf dem Dach die Wolkenhand,
Die streifende, feuchte Schattenhand
Sucht nach meiner Mutter.
Ich fühle mein nacktes Leben,
Es stösst sich ab vom Mutterland,
So nackt war nie mein Leben,
So in die Zeit gegeben,
Als ob ich abgeblüht
Hinter des Tages Ende,
  Versunken
Zwischen weiten Nächten stände,
Von Einsamkeiten gefangen.
Ach Gott! Mein wildes Kindesweh!
… Meine Mutter ist heimgegangen.

Weltflucht.

Ich will in das Grenzenlose
  Zu mir zurück,
Schon blüht die Herbstzeitlose
  Meiner Seele,
Vielleicht – ist's schon zu spät zurück!
O, ich sterbe unter Euch!
Da Ihr mich erstickt mit Euch.
Fäden möchte ich um mich ziehn –
Wirrwarr endend!
  Beirrend,
Euch verwirrend,
  Um zu entfliehn
    Meinwärts!

Eifersucht.

Denk' mal, wir beide
Zwischen feurigem Zigeunervolk
   Auf der Haide!
Ich zu Deinen Füssen liegend,
Du die Fiedel spielend,
   Meine Seele einwiegend,
Und der brennende Steppenwind
   Saust um uns!

... Aber die Mariennacht verschmerz' ich nicht!
   Die Mariennacht –
Da ich Dich sah
   Mit der Einen ...
Wie duftendes Schneien
   Fielen die Blüten von den Bäumen.
Die Mariennacht verschmerz' ich nicht,
Die blonde Blume in Deinen Armen nicht!

Frühling.

Wir wollen wie der Mondenschein
Die stille Frühlingsnacht durchwachen,
Wir wollen wie zwei Kinder sein,
Du hüllst mich in Dein Leben ein
Und lehrst mich so, wie Du, zu lachen.

Ich sehnte mich nach Mutterlieb'
Und Vaterwort und Frühlingsspielen,
Den Fluch, der mich durch's Leben trieb,
Begann ich, da er bei mir blieb,
Wie einen treuen Feind zu lieben.

Nun blühn die Bäume seidenfein
Und Liebe duftet von den Zweigen.
Du musst mir Mutter und Vater sein
Und Frühlingsspiel und Schätzelein!
– – Und ganz mein Eigen …

Die schwarze Bhowanéh.

(Die Göttin der Nacht.)
(Zigeunerlied.)

Meine Lippen glühn
Und meine Arme breiten sich aus wie Flammen!
Du musst mit mir nach Granada ziehn
In die Sonne, aus der meine Gluten stammen …
Meine Ader schmerzt
Von der Wildheit meiner Säfte,
Von dem Toben meiner Kräfte.

Granatäpfel prangen
Heiss, wie die Lippen der Nacht!
Rot, wie die Liebe der Nacht!
Wie der Brand meiner Wangen.

Auf dem dunklen Schein
Meiner Haut schillern Muscheln auf Schnüre gezogen,
Und Perlen von sonnenfarb'gem Bernstein
Durchglühn meine Zöpfe wie Feuerwogen.
Meine Seele bebt,
Wie eine Erde bebt und sich aufthut
Dürstend nach Luft! Nach säuselnder Flut!

Heisse Winde stöhnen,
Wie der Odem der Sehnsucht,

Verheerend wie die Qual der Sehnsucht …
Und über die Felsen Granadas dröhnen
Die Lockrufe der schwarzen Bhowanéh!

Meine Schamröte.

Du! Sende mir nicht länger den Duft,
Den brennenden Balsam
Deiner süssen Gärten zur Nacht!
Auf meinen Wangen blutet die Scham
Und um mich zittert die Sommerluft.

Du … wehe Kühle auf meine Wangen
Aus duftlosen, wunschlosen
Gräsern zur Nacht.
Nur nicht länger den Hauch Deiner sehnenden Rosen,
  Er quält meine Scham.

Trieb.

Es treiben mich brennende Lebensgewalten,
Gefühle, die ich nicht zügeln kann,
Und Gedanken, die sich zur Form gestalten,
Fallen mich wie Wölfe an!

Ich irre durch duftende Sonnentage …
Und die Nacht erschüttert von meinem Schrei.
Meine Lust stöhnt wie eine Marterklage
Und reisst sich von ihrer Fessel frei.

Und schwebt auf zitternden, schimmernden Schwingen
Dem sonn'gen Thal in den jungen Schoss,
Und lässt sich von jedem Mai'nhauch bezwingen
Und giebt der Natur sich willenlos.

Syrinxliedchen.

Die Palmenblätter schnellen wie Viperzungen
In die Kelche der roten Gladiolen,
Und die Mondsichel lacht
Wie ein Faunsaug' verstohlen.

Die Welt hält das Leben umschlungen
Im Strahl des Saturn
Und durch das Träumen der Nacht
Sprüht es purpurn.

Jüx! Wollen uns im Schilfrohr
Mit Binsen aneinander binden
Und mit der Morgenröte Frühlicht
Den Süden unserer Liebe ergründen!

Nervus Erotis.

Dass uns nach all' der heissen Tagesglut
Nicht eine Nacht gehört …
Die Tuberosen färben sich mit meinem Blut,
Aus ihren Kelchen lodert's brandrot!

Sag' mir, ob auch in Nächten Deine Seele schreit,
Wenn sie aus bangem Schlummer auffährt,
Wie wilde Vögel schreien durch die Nachtzeit.

Die ganze Welt scheint rot,
Als ob des Lebens weite Seele blutet.
Mein Herz stöhnt wie das Leid der Hungersnot,
Aus roten Geisteraugen stiert der Tod!

Sag' mir, ob auch in Nächten Deine Seele klagt,
Vom starken Tuberosenduft umflutet,
Und an dem Nerv des bunten Traumes nagt.

Winternacht.

(Cellolied.)

Ich schlafe tief in starrer Winternacht,
Mir ist, ich lieg' in Grabesnacht,
Als ob ich spät um Mitternacht gestorben sei
Und schon ein Sternenleben tot sei.

Zu meinem Kinde zog mein Glück
Und alles Leiden in das Leid zurück,
Nur meine Sehnsucht sucht sich heim
Und zuckt wie zähes Leben
Und stirbt zurück
   In sich.

Ich schlafe tief in starrer Winternacht,
Mir ist, ich lieg' in Grabesnacht.

Urfrühling.

Sie trug eine Schlange als Gürtel
Und Paradiesäpfel auf dem Hut,
Und meine wilde Sehnsucht
Raste weiter in ihrem Blut.

Und das Ursonnenbangen,
Das Schwermüt'ge der Glut
Und die Blässe meiner Wangen
Standen auch ihr so gut.

Das war ein Spiel der Geschicke
Ein's ihrer Rätseldinge …
Wir senkten zitternd die Blicke
In die Märchen unserer Ringe.

Ich vergass meines Blutes Eva
Ueber all' diesen Seelenklippen,
Und es brannte das Rot ihres Mundes,
Als hätte ich Knabenlippen.

Und das Abendröten glühte
Sich schlängelnd am Himmelssaume,
Und vom Erkenntnisbaume
Lächelte spottgut die Blüte.

Mairosen.

(Reigenlied für die grossen Kinder.)

Er hat seinen heiligen Schwestern versprochen,
Mich nicht zu verführen,
Zwischen Mairosen hätte er fast
 Sein Wort gebrochen,
Aber er machte drei Kreuze
Und ich glaubte heiss zu erfrieren.

Nun lieg' ich im düst'ren Nadelwald,
Und der Herbst saust kalte Nordostlieder
Ueber meine Lenzglieder.

Aber wenn es wieder warm wird,
Wünsch' ich den heiligen Schwestern beid'
 Hochzeit
Und wir – spielen dann unter den Mairosen ....

Dann.

.... Dann kam die Nacht mit Deinem Traum
Im stillen Sternebrennen.
Und der Tag zog lächelnd an mir vorbei,
Und die wilden Rosen atmeten kaum.

Nun sehn' ich mich nach Traumesmai,
Nach Deinem Liebeoffenbaren.
Möchte an Deinem Munde brennen
Eine Traumzeit von tausend Jahren.

Abend.

Es riss mein Lachen sich aus mir,
Mein Lachen mit den Kinderaugen,
Mein junges, springendes Lachen
Singt Tag der dunklen Nacht vor Deiner Thür.

Es kehrte aus mir ein, in Dir
Zur Lust Dein Trübstes zu entfachen –
Nun lächelt es wie Greisenlachen
    Und leidet Jugendnot.
Mein tolles, übermütiges Frühlingslachen
    Träumt von Tod.

Karma.

Hab' in einer sternlodernden Nacht
Den Mann neben mir um's Leben gebracht.

Und als sein girrendes Blut gen Morgen rann,
Blickte mich düster sein Schicksal an.

Orgie.

Der Abend küsste geheimnisvoll
    Die knospenden Oleander.
Wir spielten und bauten Tempel Apoll
Und taumelten sehnsuchtsübervoll
    Ineinander.
Und der Nachthimmel goss seinen schwarzen Duft
In die schwellenden Wellen der brütenden Luft,
    Und Jahrhunderte sanken
    Und reckten sich

Und reihten sich wieder golden empor
Zu sternenverschmiedeten Ranken.
Wir spielten mit dem glücklichsten Glück,
Mit den Früchten des Paradiesmai,
Und im wilden Gold Deines wirren Haars
Sang meine tiefe Sehnsucht
Geschrei,
Wie ein schwarzer Urwaldvogel.
Und junge Himmel fielen herab,
Unersehnbare, wildsüsse Düfte;
Wir rissen uns die Hüllen ab
Und schrieen!
Berauscht vom Most der Lüfte.
Ich knüpfte mich an Dein Leben an,
Bis dass es ganz in ihm zerrann,
Und immer wieder Gestalt nahm
Und immer wieder zerrann.
Und unsere Liebe jauchzte Gesang,
Zwei wilde Symphonieen!

Fieber.

Es weht von Deinen Gärten her der Duft,
Wie trockner Südwind über mein Gesicht.
O, diese heisse Not in meiner Nacht!
Ich trinke die verdorrte Feuerluft
Meiner Brände.

Aus meinem schlummerlosen Auge flammt
Ein grelles, ruheloses Licht,
Wie Irrlichtflackern durch die Nacht.
Ich weiss, ich bin verdammt
Und fall' aus Himmelshöhen in Deine Hände.

Dasein.

Hatte wogendes Nachthaar,
Liegt lange schon wo begraben.
Hatte zwei Augen wie Bäche klar,
Bevor die Trübsal mein Gast war,
Hatte Hände muschelrotweiss,
Aber die Arbeit verzehrte ihr Weiss.
Und einmal kommt der Letzte,
Der senkt den unabänderlichen Blick
Nach meines Leibes Vergänglichkeit
Und wirft von mir alles Sterben.
Und es atmet meine Seele auf
Und trinkt das Ewige ....

Sinnenrausch.

Dein sünd'ger Mund ist meine Totengruft,
Betäubend ist sein süsser Atemduft,
Denn meine Tugenden entschliefen.
Ich trinke sinnberauscht aus seiner Quelle
Und sinke willenlos in ihre Tiefen,
Verklärten Blickes in die Hölle.

Mein heisser Leib erglüht in seinem Hauch,
Er zittert, wie ein junger Rosenstrauch,
Geküsst vom warmen Maienregen.
– Ich folge Dir ins wilde Land der Sünde
Und pflücke Feuerlilien auf den Wegen,
– Wenn ich die Heimat auch nicht wiederfinde ....

Sein Blut.

Am liebsten pflückte er meines Glückes
Letzte Rose im Maien
Und würfe sie in den Rinnstein.
.... Sein Blut plagt ihn.

Am liebsten lockte er meiner Seele
Zitternden Sonnenstrahl
In seine düst're Nächtequal.

Am liebsten griff er mein spielendes Herz
Aus wiegendem Lenzhauch
Und hing es auf wo an einem Dornstrauch.
.... Sein Blut plagt ihn.

Viva!

Mein Wünschen sprudelt in der Sehnsucht meines Blutes
Wie wilder Wein, der zwischen Feuerblättern glüht.
Ich wollte, Du und ich, wir wären eine Kraft,
Wir wären eines Blutes
Und ein Erfüllen, eine Leidenschaft,
Ein heisses Weltenliebeslied!

Ich wollte, Du und ich, wir würden uns verzweigen,
Wenn sonnentoll der Sommertag nach Regen schreit
Und Wetterwolken bersten in der Luft!
Und alles Leben wäre unser Eigen;
Den Tod selbst rissen wir aus seiner Gruft
Und jubelten durch seine Schweigsamkeit!

Ich wollte, dass aus unserer Kluft sich Massen
Wie Felsen aufeinandertürmen und vermünden
In einen Gipfel, unerreichbar weit!
Dass wir das Herz des Himmels ganz erfassen
Und uns in jedem Hauche finden
Und überstrahlen alle Ewigkeit!

Ein Feiertag, an dem wir ineinanderrauschen,
Wir beide ineinanderstürzen werden,
Wie Quellen, die aus steiler Felshöh' sich ergiessen
In Wellen, die dem eignen Singen lauschen
Und plötzlich niederbrausen und zusammenfliessen
In unzertrennbar, wilden Wasserheerden!

Eros.

O, ich liebte ihn endlos!
Lag vor seinen Knie'n
Und klagte Eros
        Meine Sehnsucht.
O, ich liebte ihn fassungslos.
Wie eine Sommernacht
        Sank mein Kopf
Blutschwarz auf seinen Schoss
Und meine Arme umloderten ihn.
Nie schürte sich so mein Blut zu Bränden,
Gab mein Leben hin seinen Händen,
Und er hob mich aus schwerem Dämmerweh.
Und alle Sonnen sangen Feuerlieder
        Und meine Glieder
    Glichen
        Irrgewordenen Lilien.

Dein Sturmlied.

Brause Dein Sturmlied Du!
Durch meine Liebe,
Durch mein brennendes All.
Verheerend, begehrend,
    Dröhnend wiedertönend
    Wie Donnerhall!

Brause Dein Sturmlied Du!
Und lösche meine Feuersbrunst,
Denn ich ersticke in Flammendunst.
Mann mit den ehernen Zeusaugen,
  Grolle Gewitter,
Entlade Wolken auf mich.
Und wie eine Hochsommererde
  Werde ich
  Aufsehnend
Die Ströme einsaugen.
Brause Dein Sturmlied Du!

Das Lied des Gesalbten.

Zebaoth spricht aus dem Abend:
Verschwenden sollst Du mit Liebe!
Denn ich will Dir Perlen meiner Krone schenken,
In goldträufelnden Honig Dein Blut verwandeln
Und Deine Lippen mit den Düften süsser Mandeln tränken.

Verschwenden sollst Du mit Liebe!
Und mit schmelzendem Jubel meine Feste umgolden
Und die Schwermut, die über Jerusalem trübt,
Mit singenden Blütendolden umkeimen.

Ein prangender Garten wird Dein Herz sein,
Darin die Dichter träumen.
O, ein hängender Garten wird Dein Herz sein,
Aller Sonnen Aufgangheimat sein,
Und die Sterne kommen, ihren Flüsterschein
Deinen Nächten sagen.
Ja, tausend greifende Aeste werden Deine Arme tragen,
Und meinem Paradiesheimweh wiegende Troste sein!

Sulamith.

O, ich lernte an Deinem süssen Munde
Zu viel der Seligkeiten kennen!
Schon fühl' ich die Lippen Gabriels
  Auf meinem Herzen brennen …
Und die Nachtwolke trinkt
Meinen tiefen Cederntraum.
O, wie Dein Leben mir winkt!
  Und ich vergehe
Mit blühendem Herzeleid
Und verwehe im Weltraum,
  In Zeit,
  In Ewigkeit,
Und meine Seele verglüht in den Abendfarben
  Jerusalems.

Kühle.

In den weissen Gluten
Der hellen Rosen
Möchte ich verbluten.

Doch auf den Teichen
Warten die starren, seelenlosen Wasserrosen,
Um meiner Sehnsucht Kühle zu reichen.

Chaos.

Die Sterne fliehen schreckensbleich
Vom Himmel meiner Einsamkeit,
Und das schwarze Auge der Mitternacht
Starrt näher und näher.

Ich finde mich nicht wieder
In dieser Todverlassenheit!
Mir ist: ich lieg' von mir weltenweit
Zwischen grauer Nacht der Urangst …

Ich wollte, ein Schmerzen rege sich
Und stürze mich grausam nieder
Und riss mich jäh an mich!
Und es lege eine Schöpferlust
Mich wieder in meine Heimat
   Unter der Mutterbrust.

Meine Mutterheimat ist seeleleer,
Es blühen dort keine Rosen
Im warmen Odem mehr. –
…. Möcht' einen Herzallerliebsten haben!
Und mich in seinem Fleisch vergraben.

Mein Blick.

Ich soll Dich anseh'n,
  Immerzu.
Aber mein Blick irrt über alles Sehen weit,
Floh himmelweit, ferner als die Ewigkeit.
Du! locke ihn mit Deiner Sehnsucht Sonnenschein, –
Er wird mir selbst ein Hieroglyph geworden sein.

Lenzleid.

Dass Du Lenz gefühlt hast
Unter meiner Winterhülle,
Dass Du den Lenz erkannt hast
  In meiner Todstille.
Nicht wahr, das ist Gram
Winter sein, eh' der Sommer kam,
Eh' der Lenz sich ausgejauchzt hat.

O, Du! schenk' mir Deinen gold'nen Tag
Von Deines Blutes blühendem Rot.
Meine Seele friert vor Hunger,
Ist satt vom Reif.
O, Du! giesse Dein Lenzblut
  Durch meine Starre,
Durch meinen Scheintod.
  Sieh, ich harre
Schon Ewigkeiten auf Dich!

Verdammnis.

Krallen reissen meine Glieder auf
Und Lippen nagen an meinem Traumschlaf.
Weh Deinem Schicksal und dem meinen,
Das sich im Zeichen böser Sterne traf.
Meine Sehnsucht schreit zu diesen Sternen auf
Und erstarrt im Morgenscheinen –
  Und ich weine
  Zu den Höllen.

Schenk' mir Deine Arme eine Nacht,
Die so frischen Odem strömen
Wie zwei nordische Meereswellen.
Dass, wenn ich aus Finsternis erwacht,
Mich nicht böse Geister treten,
Ich nicht einsam bin mit meinem Grämen.
Zu den Himmeln fleh' ich jede Nacht,
Doch der Satan hetzt die Teufel auf mein Beten.

Weltschmerz.

Ich, der brennende Wüstenwind,
Erkaltete und nahm Gestalt an.

Wo ist die Sonne, die mich auflösen kann,
Oder der Blitz, der mich zerschmettern kann!

Blick' nun: ein steinernes Sphinxhaupt,
Zürnend zu allen Himmeln auf.

Hab' an meine Glutkraft geglaubt.

Mein Drama.

Mit allen duftsüssen Scharlachblumen
Hat er mich gelockt,
Keine Nacht mehr hielt ich es im engen Zimmer aus,
Liebeskrumen stahl ich mir vor seinem Haus
Und sog mein Leben, ihn ersehnend, aus.
Es weint ein blasser Engel leis' in mir
Versteckt – ich glaube tief in meiner Seele,
    Er fürchtet sich vor mir.
Im wilden Wetter sah ich mein Gesicht!
Ich weiss nicht wo, vielleicht im dunklen Blitz,
Mein Auge stand wie Winternacht im Antlitz,
Nie sah ich grimmigeres Leid.
… Mit allen duftsüssen Scharlachblumen
    Hat er mich gelockt,
Es regt sich wieder weh in meiner Seele
Und leitet mich durch all' Erinnern weit.
Sei still, mein wilder Engel mein,
    Gott weine nicht
  Und schweige von dem Leid,
Mein Schmerzen soll sich nicht entladen,
Keinen Glauben hab' ich mehr an Weib und Mann,
Den Faden, der mich hielt mit allem Leben,
Hab' ich der Welt zurückgegeben
    Freiwillig!
Aus allen Sphinxgesteinen wird mein Leiden brennen,
Um alles Blühen lohen, wie ein dunkler Bann.
Ich sehne mich nach meiner blind verstoss'nen Einsamkeit,
Trostsuchend, wie mein Kind, sie zu umfassen,
Lernte meinen Leib, mein Herzblut und ihn hassen,
    Nie so das Evablut kennen
    Wie in Dir, Mann!

Sterne des Fatums.

Deine Augen harren vor meinem Leben
Wie Nächte, die sich nach Tagen sehnen,
Und der schwüle Traum liegt auf ihnen
  Unergründet.

Seltsame Sterne starren zur Erde,
Eisenfarb'ne mit Sehnsuchtsschweifen,
Mit brennenden Armen, die Liebe suchen
Und in die Kühle der Lüfte greifen.

Sterne in denen das Schicksal mündet.

Sterne des Tartaros.

Warum suchst Du mich in unseren Nächten
In Wolken des Hasses auf bösen Sternen!
Lass mich allein mit den Geistern fechten.

Sie schnellen vorbei auf Geyerschwingen
Aus längst vergess'nen Wildlandfernen.
Eiswinde durch Lenzessingen.

Und Du vergisst die Gärten der Sonne
Und blickst gebannt in die Todestrübe.
Ach, was irrst Du hinter meiner Not!

Du, mein.

(Meinem Bruder Paul zu eigen.)

Der Du bist auf Erden gekommen,
Mich zu erlösen
Aus aller Pein,
Aus meiner Furie Blut,
Du, der Du aus Sonnenschein
Geboren bist,
Vom glücklichsten Wesen
Der Gottheit
Genommen bist,
Nimm mein Herz zu Dir
Und küsse meine Seele
Vom Leid
Frei.

Fortissimo.

Du spieltest ein ungestümes Lied,
Ich fürchtete mich nach dem Namen zu fragen,
Ich wusste, er würde das alles sagen,
Was zwischen uns wie Lava glüht.

Da mischte sich die Natur hinein
In unsere stumme Herzensgeschichte,
Der Mondvater lachte mit Vollbackenschein,
Als machte er komische Liebesgedichte.

Wir lachten heimlich im Herzensgrund,
Doch unsere Augen standen in Thränen
Und die Farben des Teppichs spielten bunt
In Regenbogenfarbentönen.

Wir hatten beide dasselbe Gefühl,
Der Smyrnateppich wäre ein Rasen,
Und die Palmen über uns fächelten kühl,
Und unsere Sehnsucht begann zu rasen.

Und unsere Sehnsucht riss sich los
Und jagte uns mit Blutsturmwellen:
Wir sanken in das Smyrnamoos
Urwild und schrieen wie Gazellen.

Der gefallene Engel.

(St. Petrus Hille zu eigen.)

Des Nazareners Lächeln strahlt aus Deinen Mienen,
Und meine Lippen öffnen sich mit Zagen,
Wie gift'ge Blüten, die dem Satan dienen
Und scheu den Lenzwind nach dem Himmel fragen.
Die heisse Sehnsucht hat mich tief gebräunt,
In kühler Not erstarrte meine Seele,
Ein Wetter stählte mein Gewissen!

Es wachsen Sträucher blütenlos auf meinen Wegen
Wie Schatten, die verbot'ne Thaten werfen,
Und meine Träume tränkt ein blut'ger Regen
Und reizt mit seinem Schein zum Laster meine Nerven.
Die Unschuld hat an meinem Bett geweint,
Und rang und klagte dann um meine Seele
Und pflanzte Trauerrosen um mein Kissen.

Siehst Du den Kettenring an meinem Finger –
Sein Stein erblindete, sein blaues Scheinen,
Vielleicht Verlor ihn mal ein Gottesjünger
Auf seinem Pfade hoch in Felsgesteinen.

Und diese roten, feurigen Granaten
Gab mir ein Königgreis für meine Nächte,
Wie heisse Tropfen auf die Schnur gereiht.

Der Sonnenuntergang erzählt im Westen
Von späten Rosen, die ergrauen müssen
Im Herbste unter morschem Laub und Aesten,
Und nichts vom Sonnenglanz des Sommers wissen,
Als Sünderinnen sterben für die Thaten
Der eitelen Natur, die duften möchte
Noch in der späten Winterabendzeit.

Darf ich mit Dir auf weiten Höhen schreiten!
Hand in Hand, Du und ich, wie Kinder ...
Wenn aus dem Abendhimmel wilde Sterne gleiten
Durch's tiefe Blauschwarz, wie verstoss'ne Sünder,
Und scheu in Gärten fallen, die voll Orchideeen
Und stummen Blüten steh'n
In gold'nen Hüllen.

Und in den Kronen schlanker Märchenbäume
Harrt meine Unschuld unter Wolkenflor,
Und meine ersten, holden Kinderträume
Erwachen vor dem gold'nen Himmelsthor.
Und wenn wir einst ins Land des Schweigens gehen,
Der schönste Engel wird mein Heil erfleh'n
Um Deiner Liebe willen.

Mein Kind.

Mein Kind schreit auf um die Mitternacht
Und ist so heiss aus dem Traum erwacht
Wie meine sehnende Jugend.

Gäb' ihm so gern meines Blutes Mai,
Spräng' nur mein bebendes Herz entzwei.

– Der Tod schleicht im Hyänenfell
Am Himmelsstreif im Mondeshell.

Aber die Erde im Blütenkeusch
Singt Lenz im kreisenden Weltgeräusch.

Und wundersüss küsst der Maienwind
Als duftender Gottesbote mein Kind.

'Αϑανατοι.

Du, ich liebe Dich grenzenlos!
Ueber alles Lieben, über alles Hassen!
Möchte Dich wie einen Edelstein
In die Strahlen meiner Seele fassen.
Leg' Deine Träume in meinen Schoss,
Ich liess ihn mit goldenen Mauern umschliessen
Und ihn mit süssen griechischem Wein
Und mit dem Oele der Rosen begiessen.

O, ich flog nach Dir wie ein Vogel aus,
In Wüstenstürmen, in Meereswinden,
In meiner Tage Sonnenrot,
In meiner Nächte Stern Dich zu finden.
Du! breite die Kraft Deines Willens aus,
Dass wir über alle Herbste schweben,
Und Immergrün schlingen wir um den Tod
Und geben ihm Leben.

Selbstmord.

Wilde Fratzen schneidet der Mond in den Sumpf
  Und dumpf
  Kreist die Welt.
Hätt' ich nur die Welt überstanden!
Damals als wir uns beide fanden
Blickte auch die Natur so gemein,
Aber dann kam der Sonnenschein
Und sang sein Strahlenlied
  Bis über den Norden.

Nun nagt der Maulwurf an Deinem Gebein,
In der Truhe heult die rote Katze.
Ein Kater schlich, sie lustzumorden
Aus vollmondblutendem Abendschein.
Wie die Nacht voll grausamer Sehnsucht blüht!
Der Tod selbst fürchtet sich zu zwei'n
Und kriecht in seinen Erdenschrein,
Aber – ich pack' ihn mit meiner Tatze!

Morituri.

Du hast ein dunkles Lied mit meinem Blut geschrieben,
Seitdem ist meine Seele jubellahm.
Du hast mich aus dem Rosenparadies vertrieben,
Ich musst sie lassen, Alle, die mich lieben.
Gleich einem Vagabund jagt mich der Gram.

Und in den Nächten, wenn die Rosen singen,
Dann brütet still der Tod – ich weiss nicht was –
Ich möchte Dir mein wehes Herze bringen,
Den bangen Zweifel und mein müh'sam Ringen
Und alles Kranke und den Hass!

Jugend.

Ich hört Dich hämmern diese Nacht
An einem Sarg im tiefen Erdenschacht.
Was willst Du von mir, Tod!
Mein Herz spielt mit dem jungen Morgenrot
Und tanzt im Funkenschwarm der Sonnenglut
Mit all den Blumen und der Sommerlust.
Scheer' Dich des Weges, alter Nimmersatt!
Was soll ich in der Totenstadt,
Ich, mit dem Jubel in der Brust!!

Meinlingchen.

(Meinem Jungen zu eigen.)

Meinlingchen sieh mich an –
Dann schmeicheln tausend Lächeln mein Gesicht,
Und tausend Sonnenwinde streicheln meine Seele,
Hast wie ein Wirbelträumchen
Unter ihren Fittichen gelegen.

Nie war so lenzensüss mein Blut,
Als Dich mein Odem tränkte,
Die Quellen Edens müssen so geduftet haben
Bis Dich der Muttersturm
Aus süssem Dunkel
Von meinen Herzwegen pflückte
Und Dich in meine Arme legte,
In ein Bad von Küssen.

Ballade.

(Aus den sauerländischen Bergen.)

Er hat sich
In ein verteufeltes Weib vergafft,
In sing Schwester!

Wie ein lauerndes Katzentier
Kauerte sie vor seiner Thür
Und leckte am Geld seiner Schwielen.

Im Wirtshaus bei wildem Zechgelag
Sass er und sie und zechten am Tag
Mit rohen Gesellen.

Und aus dem roten, lodernden Saft
Stieg er ein Riese aus zwergenhaft
Verkümmerten Gesellen.

Und ihm war, als blicke er weltenweit,
Und sie schürte den Wahn seiner Trunkenheit
Und lachte!

Und eine Krone von Felsgestein,
Von golddurchäderten Felsgestein,
Wuchs ihm aus seinem Kopf.

Und die Säufer kreischten über den Spass.
»Gott verdamm' mich, ich bin der Satanas!«
Und der Wein sprühte Feuer der Hölle.

Und die Stürme sausten wie Weltuntergang,
Und die Bäume brannten am Bergeshang,
Es sang die Blutschande ……

Und sie holten ihn um die Dämmerzeit,
Und die Gassenkinder schrie'n vor Freud'
Und bewarfen ihn mit Unrat.

Seitdem spuckt es in dieser Nacht,
Und Geister erscheinen in dieser Nacht,
Und die frommen Leute beten. –

Sie schmückte mit Trauer ihren Leib,
Und der reiche Schankwirt nahm sie zum Weib,
Gelockt vom Sumpf ihrer Thränen.

– Und der mit der schweren Rotsucht im Blut
Wankt um die stöhnende Dämmerglut
Gespenstisch durch die Gassen,

Wie leidender Frevel,
Wie das frevelnde Leid,
Ueberaltert dem lässigen Leben.

Und er sieht die Weiber so eigen an,
Und sie fürchten sich vor dem stillen Mann
Mit dem Totenkopf.

Königswille.

Ich will vom Leben der gazellenschlanken
Mädchen mit glühenden Rosengedanken,
Wenn glanzlose Sterne mein Sterbelied singen
Und bleiche Winde durch die Totenstadt weh'n
Und vom Licht mein warmes Leben erzwingen.

Ich will vom Leben der wettergebräunten
Knaben, die nie eine Thräne weinten,
Wenn die Tode vor meinen Herzthoren steh'n
Und mit der Kraft meiner Seele ringen.

Ich will vom Leben der weissen Gluten
Der Sonne und von der Wolke Morgenbluten
Dem quellenden Rot der Himmelsbrust.
Bis meine Lippen sich wieder färben
Und junger Odem durchströmt meine Brust …
Ich will nicht sterben!

Volkslied.

Verlacht mich auch neckisch der Wirbelwind,
– Mein Kind, das ist ein Himmelskind
Mit Locken, wie Sonnenscheinen.

Ich sitze weinend unter dem Dach,
Bin in den Nächten fieberwach
Und nähe Hemdchen aus Leinen.

Meiner Mutter Wiegenfest ist heut,
Gestorben sind Vater und Mutter beid'
Und sahen nicht mehr den Kleinen.

Meine Mutter träumte einmal schwer,
Sie sah mich nicht an ohne Seufzer mehr
Und ohne heimliches Weinen. –

Dir.

Drum wein' ich,
Dass bei Deinem Kuss
Ich so nichts empfinde
Und ins Leere versinken muss.
Tausend Abgründe
Sind nicht so tief,
Wie diese grosse Leere.
Ich sinne im engsten Dunkel der Nacht,
Wie ich Dir's ganz leise sage,
Doch ich habe nicht den Mut.
Ich wollte, es käme ein Südenwind,
Der Dir's herüber trage,
Damit es nicht gar voll Kälte kläng'
Und er Dir's warm in die Seele säng'
Kaum merklich durch Dein Blut.

Müde.

All' die weissen Schlafe
Meiner Ruh'
Stürzten über die dunklen Himmelssäume.
Nun deckt der Zweifel meine Sehnsucht zu
Und die Qual erdenkt meine Träume.

O, ich wollte, dass ich wunschlos schlief,
Wüsst' ich einen Strom, wie mein Leben so tief,
Flösse mit seinen Wassern.

Schuld.

Als wir uns gestern gegenübersassen,
Erschrak ich über Deine Blässe,
Ueber die Leidenslinie Deiner Wange.
Da kam's, dass meine Gedanken mich vergassen
Ueber der Leidenslinie Deiner Wange.

Es trafen unsere Blicke sich wie Sternenfragen,
Es war ein goldenes Hin- und Herverweben
Und Deine Augen glichen seid'nen Mädchenaugen.
Du öffnetest die Lippen, mir zu sagen .....
Und meine Seele färbte sich in Matt,
Dumpf läutete noch einmal Brand mein Leben
Und schrumpfte dann zusammen wie ein Blatt.

Unglücklicher Hass.

(Versrelief.)

Du! Mein Böses liebt Dich
Und meine Seele steht
Furchtbarer über Dir,
Wie der drohendste Stern über Herculanum.

Wie eine Wildkatze springt
Mein Böses aus mir,
Und beisst nach Dir.
  Entrissen
Von Liebesküssen
Aber taumelst Du
In Armen bekränzter Hetären
Durch rosenduftender Sphären
  Rauschgesang.

Nachts schleichen Hyänen,
Wie brütende Finsternisse
Hungrig über meine Träume
Im Wutglüh'n meiner Thränen.

Nachweh.

Weisst Du noch als ich krank lag,
So Gott verlassen –
Da kamst Du,
Es war am Herbsttag,
Der Wind wehte krank durch die Gassen.

Zwei kalte Totenaugen
Hätten mich nicht so gequält,
Wie Deine Saphiraugen,
Die beiden brennenden Märchen.

Mein Tanzlied.

Aus mir braust finst're Tanzmusik,
Meine Seele kracht in tausend Stücken!
Der Teufel holt sich mein Missgeschick
Um es ans brandige Herz zu drücken.

Die Rosen fliegen mir aus dem Haar
Und mein Leben saust nach allen Seiten,
So tanz' ich schon seit tausend Jahr,
Seit meiner ersten Ewigkeiten.

Vergeltung.

Hab' hinter Deinem trüben Grimm geschmachtet,
Und der Tod hat in meiner Seele genachtet
  Und frass meine Lenze.
Und da kam ein Augenblick,
Ein spielender, jauchzender Augenblick
Und tanzte mit mir ins Leben zurück
  Bis zur Grenze.
Aber das Netz meiner Augen zerriss
  Vom plötzlichen Lichtglanz.
Wie soll ich nun die Goldzeiten auffangen!
Meine Seele die Goldlüfte einsaugen!
Der Tod hat sich fest an mein Leben gehangen,
Ich fühle immer stilleres Vergessen ...
Himmelszeichen künden Unheil an im Westen,
In der Sackgasse brütet Frucht ein Nebelbaum
Und winkt mir heimlich mit den Schattenästen –
Ja! Meine Seele soll Beklemmniss von ihm essen!
Und ein Alb auf Dir liegen Nachts im Traum.

Hundstage.

Ich will Deiner schweifenden Augen Ziel wissen
Und Deiner flatternden Lippen Begehr,
Denn so ertrag' ich das Leben nicht mehr,
Von der Tollwut der Zweifel zerbissen.

.... Wie friedvoll die Malvenblüten starben
Unter süssen Himmeln der Lenznacht –
Ich war noch ein Kind, als sie starben.

Hab' so still in der Seele Gottes geruht –
Möcht' mich nun in rasendes Meer stürzen
Von schreiendem Herzblut!

Melodie.

Deine Augen legen sich in meine Augen
Und nie war mein Leben so in Banden,
Nie hat es so tief in Dir gestanden
Es so wehrlos tief.

Und unter Deinen schattigen Träumen
Trinkt mein Anemonenherz den Wind zur Nachtzeit,
Und ich wandle blühend durch die Gärten
Deiner stillen Einsamkeit.

Elegie.

Du warst mein Hyazinthentraum,
Bist heute noch mein süssestes Sehnen,
Aber mein Wünschen zittert durch Thränen
Und meine Hoffnung klagt vom Trauereschenbaum.

Tausend Wunschjahre lag ich vor Deinen Knieen,
Meine Gedanken sprudelten wie junge Weine,
Ein Venussehnen lag vor Deinen Knieen!

Zwei Sommer hielten wir uns schwer umfangen,
Ich tauchte in den goldenen Strudel Deiner Schelmenlaunen,
Bis aus den späten Nächten unsere Sterbeglocken klangen.

Und Neide schlichen heimlich, ihre Geil zu rächen,
Die Wolken drohten wild wie schwarze Posaunen,
Wir träumten beide einen Schmerzenstraum:
Zwei böse Sterne fielen in derselben Nacht
Und wir erblindeten in ihrem Stechen.

Der erste Blick, der uns zu eins gehämmert,
Er quälte sich bis in die Morgenstunden,
Bis weh das Herz des Ostens aufgedämmert.

Da sprangen alle grausigen Sagen auf,
Träumte nur noch Plagen,
Alle Plagen erdrosselten mich
Und reissende Hasse kamen
Und verheerten
Die Haine unserer jung gestorbenen Liebe.
Und wehrten meiner Seele Flucht zu Gott,
Gramjahre bebte ich hin,
Krankte zurück,
Kein Himmel beugte sich zu meinem Harme!
Durch alle Sümpfe schleift' ich mein verhungert Glück,
Und warf mich müd dem Satan in die Arme.

Vagabunden.

O, ich wollte in den Tag gehen,
Alle Sonnen, alle Glutspiele fassen,
Muss in trunk'ner Lenzluft untergeh'n
Tief in meinem Rätselblut.
Sehnte mich zu sehr nach dem Jubel!
Dass mein Leben verspiele mit dem Jubel.
Kaum noch fühlt' meine Seele den Goldsinn des Himmels,
Kaum noch sehen können meine Augen,

Wie müde Welle gleiten sie hin.
Und meine Sehnsucht taumelt wie eine sterbende Libelle.

Giesse Brand in mein Leben!
Ja, ich irre mit Dir,
Durch alle Gassen wollen wir streifen,
Wenn unsere Seelen wie hungernde Hunde knurren.
An allen Höllen unsere Lüste schleifen,
Um sünd'ge Launen alle Teufel fleh'n
Und Wahnsinn werden uns're Frevel sein,
Wie bunte, grelle Abendlichter surren;
Irrsinnige Gedanken werden diese Lichte sein!
Ach Gott! Mir bangt vor meiner schwarzen Stunde,
Ich grabe meinen Kopf selbst in die Erde ein!

Herzkirschen waren meine Lippen beid'.

Ach, ich irre wie die Todsünde
Ueber wilde Haiden und Abgründe,
Ueber weinende Blumen im Herbstwind,
Die dicht von Brennesseln umklammert sind.

Herzkirschen waren meine Lippen beid',
Sie sind nun bleich und schweigend wie das Leid.
Ich suchte ihn im Abend, in der Dämmerung früh,
Und trank mein Blut und meine Süssigkeit.

Der Schatten, der auf meiner Wange glüht,
Wie eine Trauerrose ist er aufgeblüht
Aus meiner Seele Sehnsuchtsmelodie.

Die Beiden.

Dem zuckte sein zackiges Augenbrau jäh
Wie der Blitzstrahl einer Winternacht,
Und jener mit dem süssen Weh,
Dem ringenden Eden im Auge,
Mit dem Himmelblond auf der Stirn .....

Ich senkte mich in Beide
Wie ein erleuchtendes Gestirn –
Und es war, als sei ich:
Ihnen ihr Blut zu verraten:

Er mit dem scharfen Stahl im Aug'
Träumte von Heldenthaten
Im Dickicht meiner Urwaldaugen.
Und jenem, dem die Höhen des Parnassos
Mit Goldblicken winkten sternenwärts,
Ihm spannte ich zwei meiner wilden,
Ungezähmten Dürste ans Herz.

Meine Blutangst.

Es war eine Ebbe in meinem Blut,
Es schrie wie brüllende Ozeane
Und mit meiner Seele wehte der Tod
Wie mit einer Siegesfahne.

Zehn Könige standen um mein Bett,
Zehn stolze, leuchtende Sterne,
Sie tränkten mit Himmelsthau meine Qual,
Alle Abende meine Erbqual.

Jäh rissen sich ihre Willen los,
Wie schneidende Winterstürme.
Ueber die Herzen hinweg!
Ueber das Leben hinweg!
Und ihr rasender Mut wuchs Türme!
Und sie schlugen meine Blutangst tot,
Wie Himmelsbrand blühte das Morgenrot,
Und mein Blass schneite von ihren Wangen.

Im Anfang.

(Weltscherzo.)

Hing an einer goldenen Lenzwolke,
Als die Welt noch Kind war,
Und Gott noch junger Vater war.
Schaukelte, hei!
Auf dem Aetherei,
Und meine Wollhärchen flitterten ringelrei.
Neckte den wackelnden Mondgrosspapa,
Naschte Goldstaub der Sonnenmama,
In den Himmel sperrte ich Satan ein
Und Gott in die rauchende Hölle ein.
Die drohten mit ihrem grössten Finger
Und haben »klumbumm! klumbumm!« gemacht
Und es sausten die Peitschenwinde!
Doch Gott hat nachher zwei Donner gelacht
Mit dem Teufel über meine Todsünde.
Würde 10 000 Erdglück geben,
Noch einmal so gottgeboren zu leben,
So gottgeborgen, so offenbar.
  Ja! Ja!
Als ich noch Gottes Schlingel war!

Gedichte 1903 bis 1905

Weltende.

Es ist ein Weinen in der Welt,
als ob der liebe Gott gestorben wär,
und der bleierne Schatten, der niederfällt,
lastet grabesschwer.

Komm, wir wollen uns näher verbergen …
Das Leben liegt in aller Herzen
wie in Särgen.

Du, wir wollen uns tief küssen …
Es pocht eine Sehnsucht an die Welt,
an der wir sterben müssen.

Wir Beide

Der Abend weht Sehnen aus Blütensüße,
Und auf den Bergen brennt wie Silberdiamant der Reif,
Und Engelköpfchen gucken überm Himmelstreif,
Und wir Beide sind im Paradiese.

Und uns gehört das ganze bunte Leben,
Das blaue, große Bilderbuch mit Sternen,
Mit Wolkentieren, die sich jagen in den Fernen
Und hei! die Kreiselwinde, die uns drehn und heben!

Der liebe Gott träumt seinen Kindertraum
Vom Paradies – von seinen zwei Gespielen,
Und große Blumen sehn uns an von Dornenstielen ….

Die düstere Erde hing noch grün am Baum.

Liebesflug

Drei Stürme liebt ich ihn eher, wie er mich,
Jäh schrien seine Lippen,
Wie der geöffnete Erdmund!
Und Gärten berauschten an Mairegen sich.

Und wir griffen unsere Hände,
Die verlöteten wie Ringe sich.
Und er sprang mit mir auf die Lüfte
Gotthin, bis der Atem verstrich.

Dann kam ein leuchtender Sommertag,
Wie eine glückselige Mutter.
Und die Mädchen blickten schwärmerisch,
Nur meine Seele lag müd und zag.

Nachklänge

Auf den harten Linien
Meiner Siege
Lass ich meine späte Liebe tanzen.

Herzauf, seelehin,
Tanze, tanze meine späte Liebe,
Und ich lächle schwer vergessene Lieder.

Und mein Blut beginnt zu wittern
Sich zu sehnen
Und zu flattern.

Schon vor Sternzeiten
Wünschte ich mir diese blaue
Helle, leuchteblaue Liebe.

Deine Augen singen
Schönheit,
Duftende Schönheit ......

Auf den harten Linien
Meiner Siege
Lasse ich meine späte Liebe tanzen.

Und ich schwinge sie –
Fangt auf Ihr Rosenhimmel!
Auf und nieder!

Tanze, tanze meine späte Liebe,
Herzab, seelehin –
Arglos über stille Tiefen ......
Ueber mein bezwungenes Leben.

Maria.

Träume, säume, Marienmädchen
Überall löscht der Rosenwind
Die schwarzen Sterne aus.
  Wiege im Arme
  Dein Seelchen.

Alle Kinder kommen auf Lämmern
  Zottehotte geritten
  Gottlinchen sehen
Und die vielen Schimmerblumen
  An den Hecken ....

Hahle, hahle,
Der grosse Himmel da
Geht spazieren im kurzen Blaukleide!

Träume, säume, Marienmädchen.

Vollmond.

Leise schwimmt der Mond durch mein Blut ...
Schlummernde Töne sind die Augen der Tage.
Wandelhin ... taumelher ...
Ich kann Deine Lippen nicht finden.
Wo bist Du ferne Stadt
Mit den segnenden Düften .....
Immer senken sich meine Lider
Ueber die Welt
Alles schläft ....
Und hinter dem Mittag beugt sich
Ein alter, traumweißer Wind
Und bläst die Sonne aus.

Der siebente Tag

Erkenntnis

Schwere steigt aus allen Erden auf
Und wir ersticken im Bleidunst,
Jedoch die Sehnsucht reckt sich
Und speit wie eine Feuersbrunst.
Es tönt aus allen wilden Flüssen
Das Urgeschrei, Evas Lied.
Wir reißen uns die Hüllen ab,
Vom Schall der Vorwelt hingerissen,
  Ich nackt! Du nackt!

– – – – – – – – – – – – – – –

Wilder, Eva, bekenne schweifender,
Deine Sehnsucht war die Schlange,
Ihre Stimme wand sich über Deine Lippe,
Und biß in den Saum Deiner Wange.

Wilder, Eva, bekenne reißender,
Den Tag, den Du Gott abrangst,
Da Du zu früh das Licht sahst
Und in den blinden Kelch der Scham sankst.

Riesengroß
Steigt aus Deinem Schoß
Zuerst wie Erfüllung zagend,
Dann sich ungestüm raffend,
  Sich selbst schaffend
  Gott-Seele ....

Und sie wächst
Über die Welt hinaus,
Ihren Anfang verlierend,
Über alle Zeit hinaus,

Und zurück um Dein Tausendherz
Ende überragend …

Singe, Eva, Dein banges Lied einsam,
Einsamer, tropfenschwer wie Dein Herz schlägt,
Löse die düstere Tränenschnur,
Die sich um den Nacken der Welt legt.

Wie das Mondlicht wandele Dein Antlitz ….
Du bist schön ….
Singe, singe, horch, den Rauscheton,
Spielt die Nacht auf Deinem Goldhaar schon:

»Ich trank atmende Süße
Vom schillernden Aste
Aus holden Dunkeldolden.
Ich fürchte mich nun
Vor meinem wachenden Blick –
Verstecke mich, Du –
Denn meine wilde Pein
  Wird Scham,
Verstecke mich, Du,
Tief in das Auge der Nacht,
Daß mein Tag Nachtdunkel trage.
Dieses taube Getöse, das mich umwirrt!
Meine Angst rollt die Erdstufen herauf,
Düsterher, zu mir zurück, nachthin,
Kaum rastet eine Spanne zwischen uns.
Brich mir das glühende Eden von der Schulter!
Mit seinen kühlen Armen spielten wir,
Durch seine hellen Wolkenreife sprangen unsere Jubel.
Nun schnellen meine Zehe wie irre Pfeile über die Erde,
Und meine Sehnsucht kriecht in jähen Bogen mir voran.«

Eva, kehre um vor der letzten Hecke noch!
Wirf nicht Schatten mit Dir,
Blühe aus, Verführerin.

Eva Du heiße Lauscherin,
O, Du schaumweiße Traube,
Flüchte um vor der Spitze Deiner schmalsten Wimper noch!

Liebesflug

Drei Stürme liebt ich ihn eh'r wie er mich,
Jäh schrien seine Lippen,
Wie der geöffnete Erdmund!
Und Gärten berauschten an Mairegen sich.

Und wir griffen unsere Hände,
Die verlöteten wie Ringe sich.
Und er sprang mit mir auf die Lüfte
Gotthin, bis der Atem verstrich.

Dann kam ein leuchtender Sommertag,
Wie eine glückselige Mutter.
Und die Mädchen blickten schwärmerisch,
Nur meine Seele lag müd und zag.

Wir Beide

Der Abend weht Sehnen aus Blütensüße,
Und auf den Bergen brennt wie Silberdiamant der Reif,
Und Engelköpfchen gucken überm Himmelstreif,
Und wir Beide sind im Paradiese.

Und uns gehört das ganze bunte Leben,
Das blaue, große Bilderbuch mit Sternen,
Mit Wolkentieren, die sich jagen in den Fernen
Und hei! die Kreiselwinde, die uns drehn und heben!

Der liebe Gott träumt seinen Kindertraum
Vom Paradies – von seinen zwei Gespielen,
Und große Blumen sehn uns an von Dornenstielen …
Die düstere Erde hing noch grün am Baum.

Die Liebe

Es rauscht durch unseren Schlaf
Ein feines Wehen wie Seide,
Wie pochendes Erblühen
Über uns beide.

Und ich werde heimwärts
Von Deinem Atem getragen,
Durch verzauberte Märchen,
Durch verschüttete Sagen.

Und mein Dornenlächeln spielt
Mit Deinen urtiefen Zügen,
Und es kommen die Erden
Sich an uns zu schmiegen.

Es rauscht durch unseren Schlaf
Ein feines Wehen wie Seide –
Der weltalte Traum
Segnet uns beide.

Traum

Der Schlaf entführte mich in Deine Gärten,
In Deinen Traum – die Nacht war wolkenschwarz
umwunden –
Wie düstere Erden starrten Deine Augenrunden,
Und Deine Blicke waren Härten.

Und zwischen uns lag eine weite, steife,
Tonlose Ebene ....
Und meine Sehnsucht hingegebene,
Küßt Deinen Mund, die blassen Lippenstreife.

Meiner Schwester Kind

Der Morgen ist bleich von Traurigkeit,
Es sind so viel junge Blumen gestorben,
Und Du, o Du bist gestorben,
Und mein Herz klagt eine Sehnsucht weit

Über die ziellose Flut
Der blaublühenden Meere,
Und Deine Mutter höre
Ich weinen in meinem Blut.

Und ich muß immer träumen
Von Deinen tiefen Lenzaugen,
Die blickten wie wilde Knospen
Von gottalten Bäumen.

»Täubchen, das in seinem eigenen Blute schwimmt«

Als ich also diese Worte an mich las,
Erinnerte ich mich
Tausend Jahre meiner.

Eisige Zeiten verschollen – Leben vom Leben,
Wo liegt mein Leben –
Und träumt nach meinem Leben.

Ich lag allen Tälern im Schoß,
Umklammerte alle Berge,
Aber nie meine Seele wärmte mich.

Mein Herz ist die tote Mutter,
Und meine Augen sind traurige Kinder,
Die über die Lande gehen.

»Täubchen, das in seinem eigenen Blute schwimmt« ....
Ja, diese Worte an mich sind heiße Tropfen,
Sind mein stilles Aufsterben.
»Täubchen, das in seinem eigenen Blute schwimmt« ....

In den Nächten sitzen sieben weinende Stimmen
Auf der Stufe des dunklen Tors
   Und harren.

Auf den Hecken sitzen sie
Um meine Träume
   Und tönen.

Und mein braunes Auge blüht
Halberschlossen vor meinem Fenster
   Und zirpt. –
»Täubchen, das in seinem eigenen Blute schwimmt« ....

Eva

Du hast Deinen Kopf tief über mich gesenkt,
Deinen Kopf mit den goldenen Lenzhaaren,
Und Deine Lippen sind von rosiger Seidenweichheit,
Wie die Blüten der Bäume Edens waren.

Und die keimende Liebe ist meine Seele,
O, meine Seele ist das vertriebene Sehnen,
Und Du zitterst von Ahnungen
Und weißt nicht, warum Deine Träume stöhnen.

Und ich liege schwer auf Deinem Leben,
Wie eine tausendstämmige Erinnerung.
Und Du bist so blindjung, so adamjung....
Du hast Deinen Kopf tief über mich gesenkt.

Unser stolzes Lied

Der Goldhäutigen zu eigen

Aber fremde Tage hängen
Über uns mit kühlen Bläuen,
Und weiße Wolkenschollen dräuen,
Das goldene Strahleneiland zu verdrängen.

Auch wir beide sind besiegte Siegerinnen,
Und Kronen steigen uns vom Blut der Ceder,
Propheten waren unsere Väter,
Und unsere Mütter Königinnen.

Und süße Schwermutwolken ranken
Sich über ihre Gräber lilaheiß in Liebeszeilen,
Und unsere Leiber ragen stolz, zwei goldene Säulen,
Über das Abendland, wie östliche Gedanken.

Unser Liebeslied

Der Schlanken in Grazie

Laß die kleinen Sterne stehn,
Lenzseits winken junge Matten
Meiner Welten, die nichts wissen vom Geschehn.

Und wir wollen unter Pinien
Heimlich beide umschlungen gehn,
In die blaue Allmacht sehn.

Und von roten Abendlinien
Blicken Marmorwolkenfresken
Uns verzückte Arabesken.

Zwischen Garben
Und Schilfrohrruten
Steigen Schlummer auf aus Farben.

Du .... mein Nacken ist ein Mattgold-Abendfluten
Gleite, gleite Wildschwane.

Unser Kriegslied

Der Kühnen in Herbe

Unsere Arme schlingen sich entgegen
Durch das Leben in runden Schwingen,
Durch das Spiel von Feuerringen,
Wie zwei Äste sich durch Bogenwegen.

Unsere Seelen tragen scharfe Blüten
Und aus ihren Kelchen steigen
Weihedüfte .... und die Himmel neigen
Ihre Häupter mit den blauen Güten.

Unsere Willen sind zwei harte Degen
Und sie haben nie verfehlt gestritten,
Und wir dringen bis zum Erzkreis vor, in seiner Mitten
Fällt nach dürren Ewigkeiten Freudenregen,

Alles Sehnen nieder, und vor unserm Schilde
Stürzt das blinde Dämmergraugebilde!
Unsere Adern schmettern wie Posaunen!

Unsere Augen blicken sich in Blicken,
Wie zwei Siege sich erblicken –
Und die Nacht des Tages voll in Lichterstaunen.

Erfüllung

Wir sitzen traurig Hand in Hand,
Die gelbe Sonnenrose,
Die strahlende Braut Gottes,
Leuchtet erdenabgewandt .....

Und wie golden ihr Blick war!
Und unsere Augen weiten
Sich fragend wie Kinderaugen,
Weiß liegt die Sehnsucht schon auf unserm Haar.

Und zwischen den kahlen Buchen
Steigen ruhelose Dunkelheiten,
Auferstandene Nächte,
Die ihre weinenden Tage suchen.

Und es schließen sich wie Rosen
Unsere Hände. Du, wir wollen
Wie junge Himmel uns lieben
Im Kranz von grauen Grenzenlosen.

Ein tiefer Sommer wird schweben
Auf laubigen Flügeln zur Erde,
Und eine rauschende Süße
Strömt durch das schwermütige Leben.

Und was werden wir beide spielen .....
Wir halten uns jauchzend umschlungen
Und kugeln uns über die Erde,
  Über die Erde.

Ruth

Und Du suchst mich vor den Hecken,
Ich höre Deine Schritte seufzen,
Und meine Augen sind schwere dunkle Tropfen.

In meiner Seele blühen süß Deine Blicke
Und füllen sich,
Wenn meine Augen in den Schlaf wandeln.

Am Brunnen meiner Heimat
Steht ein Engel,
Der singt das Lied meiner Liebe,
  Der singt das Lied Ruths.

Als ich noch im Flügelkleide …

Unter süßem Veilchenhimmel
Ist unsere Liebe aufgegangen,
Und ich suche allerwegen
Nach Dir und Deinen Morgenwangen.

Und den Ringelrangelhaaren
Rötlichblonden Rosenlocken,
Und den frühlingshellen Augen,
Die so frischfreifrohfrohlocken.

Zwischen dicken Gummipflanzen
Lauern hinter Irdentöpfen
Strickpicknadelspitze Augen
Tüksch aus bitteren Frauenköpfen.

Daß die beiden alten Damen
Hinter unsere Liebe kamen
Und Dich in Gewahrsam nahmen,
Sind die Dramen unserer Herzen.

Groteske

Seine Ehehälfte sucht der Mond,
Da sonst das Leben sich nicht lohnt.

Der Lenzschalk springt mit grünen Füßen
Blühheilala über die Wiesen.

Steif steht im Teich die Schmackeduzie,
Es sehnt und dehnt sich Fräulein Luzie.

Das Geheimnis

Die runde Ampel hängt wie eine Süßfrucht in der Nische,
Des Fensters beide Glasgestalten regen sich,
Der Paradiesbaum hinter ihnen bläht sich,
Und meine Hände fallen bleich vom Marmortische.

Und aus dem Abend tritt ein schwerer Duft,
Und unsere Heiterkeiten klingen ferne
Hellhin .... wir sind auf einem greisen Sterne –
Wir Vier – und schwanken in der Luft.

Dein Auge füllt sich ... und ich ahne, wer ich bin –
Die zärtlich Glatte schlingt den Arm um Deinen Leib und wittert,
Und der im Lichtschein beugt den Kopf, das Schweigen über
uns gewittert,
Es blickt sich unser Blut um, hin zum Anbeginn.

Und siegeslockend schwingt der runde Odem uns ums Leben
Am Rand vorbei, der stillste Kreis umkrampft uns.
Und Nähe sucht in Nähe zu verkriechen ....
Mein Arm hebt wie ein Schwert sich auf vor uns,
Versteinte Zeichen reißen sich aus Urgeweben.

Und draußen fällt ein bleicher, blinder Regen
Und tastet auf in hohlen, toten Fragen.
Wir sind von der Schlange noch nicht ausgetragen
Und finden das Ziel nicht in ihrem dunklen Bewegen.

Nachklänge

Auf den harten Linien
Meiner Siege
Laß ich meine späte Liebe tanzen.

Herzauf, seelehin,
Tanze, tanze meine späte Liebe,
Und ich lächle schwer vergessene Lieder.

Und mein Blut beginnt zu wittern,
Sich zu sehnen
Und zu flattern.

Schon vor Sternzeiten
Wünschte ich mir diese blaue,
Helle, leuchteblaue Liebe.

Deine Augen singen
Schönheit,
Duftende Schönheit .....

Auf den harten Linien
Meiner Siege
Laß ich meine späte Liebe tanzen.

Und ich schwinge sie –
»Fangt auf Ihr Rosenhimmel,
Auf und nieder!«

Tanze, tanze, meine späte Liebe.
Herzab, seelehin –
Arglos über stille Tiefen ......
Über mein bezwungenes Leben.

Evas Lied

Die Luft ist von gährender Erde herb,
Und der nackte Märzwald sehnt sich
Wie Du – o, ich wollte, ich würde der Frühling,
Mit lauter Märchen umblühte ich Dich.

Wäre meine Kraft nicht tot!
Ich hab all das Nachleid tragen müssen,
Und mein tagendes Herzrot
Ist von grollenden Himmeln zerrissen.

Und Deine Sinne sind kühl,
Und Deine Augen sind zwei Morgenfrühen,
Und das Blondgewirr auf Deiner Stirn
Glüht, als ob Sonnen sie besprühen.

Aber Du bist vertrieben wie ich,
Weil Du auf das Land meiner Seele sankst,
Als das Glück des Erkenntnißtags aus mir schrie
Und seines Genießens Todesangst.

Maienregen

Du hast Deine warme Seele
Um mein verwittertes Herz geschlungen,
Und all seine dunklen Töne
Sind wie ferne Donner verklungen.

Aber es kann nicht mehr jauchzen
Mit seiner wilden Wunde,
Und wunschlos in Deinem Arme
Liegt mein Mund auf Deinem Munde.

Und ich höre Dich leise weinen,
Und es ist – die Nacht bewegt sich kaum –
Als fiele ein Maienregen
Auf meinen greisen Traum.

Mein stilles Lied

Mein Herz ist eine traurige Zeit,
Die tonlos tickt.

Meine Mutter hatte goldene Flügel,
Die keine Welt fanden.

Horcht, mich sucht meine Mutter,
Lichte sind ihre Finger und ihre Füße wandernde Träume.

Und süße Wetter mit blauen Wehen
Wärmen meine Schlummer

Immer in den Nächten,
Deren Tage meiner Mutter Krone tragen.

Und ich trinke aus dem Monde stillen Wein,
Wenn die Nacht einsam kommt.

Meine Lieder trugen des Sommers Bläue
Und kehrten düster heim.

Verhöhnt habt ihr mir meine Lippe
Und redet mit ihr.

Doch ich griff nach euern Händen,
Denn meine Liebe ist ein Kind und wollte spielen.

Einen nahm ich von euch und den zweiten
Und küßte ihn,

Aber meine Blicke blieben rückwärts gerichtet
Meiner Seele zu.

Arm bin ich geworden
Von eurer bettelnden Wohltat.

Und ich wußte nichts vom Kranksein,
Und bin krank von euch,

Und nichts ist diebischer als Kränke,
Sie bricht dem Leben die Füße,

Stiehlt dem Grabweg das Licht,
Und verleumdet den Tod.

Aber mein Auge
Ist der Gipfel der Zeit,

Sein Leuchten küßt
Gottes Saum.

Und ich will euch noch mehr sagen,
Bevor es finster wird zwischen uns.

Bist Du der Jüngste von euch,
So sollst Du mein Ältestes wissen.

Auf Deiner Seele werden es fortan
Alle Welten spielen.

Und die Nacht wird es wehklagen
Dem Tag.

Ich bin der Hieroglyph,
Der unter der Schöpfung steht.

Und ich artete mich nach euch,
Der Sehnsucht nach dem Menschen wegen.

Ich riß die ewigen Blicke von meinen Augen,
Das siegende Licht von meinen Lippen –

Weißt Du einen schwereren Gefangenen,
Einen böseren Zauberer, denn ich.

Und meine Arme, die sich heben wollen,
Sinken ......

Mein Volk

Der Fels wird morsch,
Dem ich entspringe
Und meine Gotteslieder singe ....
Jäh stürz ich vom Weg
Und riesele ganz in mir
Fernab, allein über Klagegestein
Dem Meer zu.

Hab mich so abgeströmt
Von meines Blutes
Mostvergorenheit.
Und immer, immer noch der Wiederhall
In mir,
Wenn schauerlich gen Ost
Das morsche Felsgebein,
Mein Volk,
Zu Gott schreit.

Zebaoth

Gott ich liebe Dich in Deinem Rosenkleide,
Wenn Du aus Deinen Gärten trittst, Zebaoth.
O, Du Gottjüngling,
Du Dichter,
Ich trinke einsam von Deinen Düften.

Meine erste Blüte Blut sehnte sich nach Dir,
So komme doch,
Du süßer Gott,
Du Gespiele Gott,
Deines Tores Gold schmilzt an meiner Sehnsucht.

Mein Sterbelied

Die Nacht ist weich von Rosensanftmut …
Komm gieb mir Deine beiden Hände her,
Mein Herz pocht spät
Und durch mein Blut
Wandert die letzte Nacht und geht
Und naht so weit und ewig wie ein Meer.

Und hast Du mich so sehr geliebt,
So nimm das Jubelndste von Deinem Tag,
Gieb mir, was keine Wolke trübt,
Das Gold von seinem frühsten Lenzschein …
Es wallen Harmonien aus der Nachtlandferne
Ich ziehe ein
Und werde Leben sein
Und Leben mich an Leben schmiegen,
Wenn über mir Paradiessterne
Ihre ersten Menschen wiegen.

Streiter

Und Deine hellen Augen heben sich im Zorn,
Schwarz, wie die lange Nacht, und morgenlose,
Des Eitlen Stimme brüllt in toter Pose,
Wie durch ein enggebogenes Horn.

Und durch das übermütige Tausendlachen
Der Einen und der Zweiten und der Vielen,
Zerbersten Wort an Worten sich aus Wetterschwielen,
Wie reife Härten auf den lauten Schwachen.

Und Abendwinde, die von her und dort sich trafen
Und schrill in Kreiseleile sich beschielen,
Aufpfiffen fröstelnd über die gebohnten Dielen –
Ich konnte nachts vor Träumerei nicht schlafen.

Und meine Seele liegt wie eine bleiche Weite
Und hört das Leben mahlen in der Mühle,
Es löst sich auf in schwere Kühle,
Und ballt sich wieder heiß zum Streite.

Wir Drei

Unsere Seelen hingen an den Morgenträumen,
Wie die Herzkirschen,
Wie lachendes Blut an den Bäumen.

Kinder waren unsere Seelen,
Als sie mit dem Leben spielten,
Wie die Märchen sich erzählen.

Und von weißen Azaleen
Sangen die Spätsommerhimmel
Über uns im Südwindwehen.

Und ein Kuß und ein Glauben
Waren unsere Seelen eins,
Wie drei Tauben.

Mein Liebeslied

Wie ein heimlicher Brunnen
Murmelt mein Blut,
Immer von Dir, immer von mir.
Unter dem taumelnden Mond
Tanzen meine nackten, suchenden Träume,
Nachtwandelnde, fiebernde Kinder,
Leise über düstere Hecken.
O, Deine Lippen sind sonnig ....
Diese Rauschedüfte Deiner Lippen ....
Und aus blauen Dolden, silberumringt
Lächelst Du ... Du, Du.
Immer das schlängelnde Geriesel
  Auf meiner Haut
Über die Schulter hinweg –
  Ich lausche ....
Wie ein heimlicher Brunnen
Murmelt mein Blut ...

Mein Wanderlied

Zwölf Morgenhellen weit
Verschallt der Geist der Mitternacht,
Und meine Lippen haben ausgedacht
In stolzer Linie mit der Ewigkeit.

Torabwärts schreitet das Verflossene,
Indessen meine Seele sich im Glanz der Lösung bricht,
Ihr tausendheißes, weißes Licht
Scheint mir voran ins Ungegossene.

Und ich wachse über all Erinnern weit
So ferne Musik … und zwischen Kampf und Frieden
Steigen meine Blicke hoch wie Pyramiden,
Und sind die Ziele hinter aller Zeit.

Der Letzte

Wilde Winde wehte ich,
Bis ich stand.
Alle Sterne träumen von mir,
Und ihre Strahlen werden goldener,
Und meine Ferne undurchdringlicher.
Ich lehne am geschlossenen Lid der Nacht
Und horche in die Ruhe.
Wie mich der Mond umwandelt,
Immer leises, blindes Geschimmer murmelnd,
Ein Derwisch ist er in seinem Wandeltanz.
Weißgelbenjung hing sein Schein
Schaumleicht an der Nacht,
Und jäh über die Wolken sein Lawinengedröhne
Immer grauab

Mir zur Seite streifte sein Gold.
Mein Heimatmeer lauscht still in meinem Schoß,
Helles Schlafen – dunkles Wachen .....
In meiner Hand liegt schwer mein Volk begraben,
Und Wetter ziehen schüchtern über mich.
Ich lehne am geschlossenen Lid der Nacht
Und horche in die Ruhe.

O, meine schmerzliche Lust ....

Mein Traum ist eine junge, wilde Weide
Und schmachtet in der Dürre.
Wie die Kleider um den Tag brennen ....
Alle Lande bäumen sich.
Soll ich Dich locken mit dem Liede der Lerche
Oder soll ich Dich rufen wie der Feldvogel
Tuuh! Tuuh!
Wie die Silberähren
Um meine Füße sieden ....
O, meine schmerzliche Lust
Weint wie ein Kind.

Der letzte Stern

Mein silbernes Blicken rieselt durch die Leere,
Nie ahnte ich, daß das Leben hohl sei.
Auf meinem leichtesten Strahl
Gleite ich wie über Gewebe von Luft
Die Zeit rundauf, kugelab,
Unermüdlicher tanzte nie der Tanz.
Schlangenkühl steigt der Atem der Winde,

Wie Säulen aus blassen Ringen
Und fallen wieder.
Was soll das klanglose Luftgelüste –
Dieses Schwanken unter mir,
Wenn ich über die Lende der Zeit mich drehe,
– Wie eine sanfte Farbe ist mein Bewegen –
Und doch hatte sie nie das frische Auftagen,
Nicht das jubelnde Blühen eines Morgen für mich.
Es naht der siebente Tag –
Und noch ist das Ende nicht erschaffen.
Tropfen an Tropfen erlöschen
Und reiben sich wieder,
In den Tiefen taumeln die Wasser
Und drängen hin und stürzen erdenab.
Wilde, schimmernde Rauscharme
Schäumen auf und verlieren sich,
Und wie alles drängt und sich engt
Ins letzte Bewegen.
Kürzer atmet die Zeit im Schoß der Zeitlosen –
Hohle Lüfte schleichen
Und erreichen das Ende nicht,
Und ein Punkt wird mein Tanz
In der Blindnis ....

Heim

Unsere Zimmer haben blaue Wände,
Und wir wandeln leisehin durch Himmelweiten,
Und am Abend legen Innigkeiten
Mit Engelaugen ineinander unsere Hände.

Und wir erzählen uns Geschichten,
Bis der Morgen kommt, in Silberglocken
Und dem Dämmersteine in den Locken,
Der Sonne winkt durchs Tor von Wolkenschichten.

Und wie sie tanzt auf unseren wiesenhellen
Teppichen; leicht über sanftverschlungene Blumenstiele!
Zum Liebeslauschen laden unsere Stühle,
Und von den Pfeilern fallen Seidenquellen.

Sphinx

Sie sitzt an meinem Bette in der Abendzeit
Und meine Seele tut nach ihrem Willen,
Und in dem Dämmerscheine, traumesstillen,
Engen wie Fäden dünn sich ihre Glanzpupillen
Um ihrer Sinne schläfrige Geschmeidigkeit.

Und auf dem Nebenbette an den Leinennähten
Knistern die Spitzenranken von Narzissen,
Und ihre Hände dehnen breit sich nach den Kissen,
Auf dem noch Träume blühn aus seinen Küssen,
Wie süßer Duft auf weißen Beeten.

Und lächelnd taucht die Mondfrau in die Wolkenwellen
Und meine bleichen, leidenden Psychen
Erstarken neu im Kampf mit Widersprüchen,
Und meine Seele heilt in Erdgerüchen,
Die sommerheiß aus ihren Poren quellen.

Weltende

Herwarth Walden

Es ist ein Weinen in der Welt,
Als ob der liebe Gott gestorben wär,
Und der bleierne Schatten, der niederfällt
Lastet grabesschwer.

Komm, wir wollen uns näher verbergen ....
Das Leben liegt in aller Herzen
Wie in Särgen.

Du! wir wollen uns tief küssen ....
Es pocht eine Sehnsucht an die Welt,
An der wir sterben müssen.

Gedichte 1906 bis 1913

⟨Die Pavianmutter singt ihr Paviänchen in den Schlaf⟩

Schlafe, schlafe,
Mein Rosenpöpöchen,
Mein Zuckerläuschen,
Mein Goldflöhchen,
Morgen wird die Kaiserin aus Asien kommen
Mit Zucker, Chokoladen und Bombommen,
Schnell, schnell,
Hase Hase machen,
Sonst kriegt Blaumäulchen nichts von den Sachen.

⟨Lampe Pampe Rampe⟩

Lampe Pampe Rampe
Kämmchen Flämmchen Lämmchen Du
Döschen Klöschen Röschen
Kleinchen Meinchen Du.

⟨Der Abend ruht auf meiner Stirne⟩

Der Abend ruht auf meiner Stirne,
Ich habe dich nicht murmeln gehört, Mensch,
Dein Herz nicht rauschen gehört –
Und ist dein Herz nicht die tiefste Muschel der Erde
O, wie ich träumte nach diesem Erdton.
Ich lauschte dem Klingen deiner Freude,
An deinem Zagen lehnte ich und horchte,
Aber tot ist dein Herz und erdvergessen.
O, wie ich sann nach diesem Erdton ....
Der Abend drückt ihn kühl auf meine Stirne.

Mein Lied

Schlafend fällt das nächtliche Laub
O, du stiller dunkelster Wald ....

Kommt das Licht mit dem Himmel
Wie soll ich wach werden?
Überall wo ich gehe
Rauscht ein dunkler Wald;

Und bin doch dein spielender Herzschelm, Erde,
Denn mein Herz murmelt das Lied
Moosalter Bäche der Wälder.

〈Abdul Antinous〉

Deine Schlankheit fliesst wie dunkles Geschmeide.
O, du meine wilde Mitternachtssonne
Küsse mein Herz meine rotpochende Erde.

Wie gross aufgetan deine Augen sind
Du hast den Himmel gesehn
So nah so tief.

Und ich habe auf deiner Schulter
Mein Land gebaut –
Wo bist du?

Zögernd wie dein Fuss ist der Weg –
Sterne werden meine Blutstropfen ....
Du ich liebe dich, ich liebe dich.

Ich frage nicht mehr

Ich weiss wer auf den Sternen wohnt…

Mein Herz sinkt tief in die Nacht.
So sterben Liebende
Immer an zärtlichen Himmeln vorbei.

Und atmen wieder dem Morgen entgegen
Auf frühleisen Schweben.
Ich aber wandele mit den heimkehrenden Sternen.

Und ich habe viele schlafende Knospen ausgelöscht,
Will ihr Sterben nicht sehn,
Wenn die Rosenhimmel tanzen.

Aus dem Gold meiner Stirne leuchtet der Smaragd,
Der den Sommer färbt.
Ich bin eine Prinzessin.

Mein Herz sinkt tief in die Nacht
An Liebende vorbei.

Aber ich finde dich nicht mehr……

Ich gleite meinen lallenden Händen nach
Die suchen überall nach dir.

Aber ich finde dich nicht mehr
Unter den Dattelbäumen
Unter den Zweigen der Träume.

Alle meine starren Kronen sind zerflossen
Vor deinem Lächeln
Und zwischen unseren Lippen jauchzten die Engel.

Ich will meine Augen nicht mehr öffnen
Wenn sie sich nicht
Mit deiner Süsse füllen.

Heimlich zur Nacht

Ich habe dich gewählt
Unter allen Sternen.

Und bin wach – eine lauschende Blume
Im summenden Laub.

Unsere Lippen wollen Honig bereiten
Unsere schimmernden Nächte sind aufgeblüht.

An dem seligen Glanz deines Leibes
Zündet mein Herz seine Himmel an –

Alle meine Träume hängen an deinem Golde
Ich habe dich gewählt unter allen Sternen.

Wenn du kommst –

Wollen wir den Tag im Kelch der Nacht verstecken,
Denn wir sehnen uns nach Nacht.
Goldene Sterne sind unsere Leiber
Die wollen sich küssen – küssen.

Spürst du den Duft der schlummernden Rosen
Über die dunklen Rasen –
So soll unsere Nacht sein.
Küssen wollen sich unsere goldenen Leiber.

Immer sinke ich in Nacht zur Nacht.
Alle Himmel blühen dicht von funkelnder Liebe.
Küssen wollen sich unsere Leiber, küssen – küssen.

Ich träume so leise von dir – – –

Immer kommen am Morgen schmerzliche Farben,
Die sind, wie deine Seele.

O, ich muss an dich denken
Und überall blühen so traurige Augen.

Und ich habe dir doch von grossen Sternen erzählt,
Aber du hast zur Erde gesehn.

Nächte wachsen aus meinem Kopf,
Ich weiss nicht wo ich hin soll.

Ich träume so leise von dir –
Weiss hängt die Seide schon über meinen Augen.

Warum hast du nicht um mich
Die Erde gelassen – sage? ……

Ich glaube wir ……

Ich glaube wir werden uns niemehr wiedersehn –
Der Morgen versteckt sein Auge vor mir.

Ich habe zu lange auf Knieen gelegen
Vor deinem dämmernden Schweigen.

O, unsere Lippen sehnen sich nach Spielen –
Wir hätten uns blühend geküsst unter den grossen Sternen.

Totenschleier umhüllen
Die goldglänzenden Glieder des Himmels.
Ich glaube wir werden uns niemehr wiedersehn.

Du es ist Nacht –

Wir wollen unsere Sehnsucht teilen,
Und in die Goldgebilde blicken ..

Auf der Strasse sitzt immer eine Tote
Und bettelt um Almosen.

Und summt meine Lieder
Schon einen weissgewordenen Sommer lang.

Über den Grabweg hinweg
Wollen wir uns lieben,

Tollkühne Knaben,
Könige, die sich nur mit dem Szepter berühren.

– Frage nicht – ich lausche
Deiner Augen Rauschehonig.

Die Nacht ist eine weiche Rose
Wir wollen uns in ihren Kelch legen,

Immer ferner versinken,
Ich bin müde vom Tod.

Wenn ich nicht bald eine blaue Insel finde ….
Erzähle mir von ihren Wundern!!

Das Lied meines Lebens

Sieh in mein verwandertes Gesicht ….
Tiefer beugen sich die Sterne
Sieh in mein verwandertes Gesicht.

Alle meine Blumenwege
Führen auf dunkle Gewässer,
Geschwister, die sich tötlich stritten.

Greise sind die Sterne geworden …..
Sieh in mein verwandertes Gesicht.

An Gott

Du wehrst den guten und den bösen Sternen nicht
All ihre Launen strömen.
In meiner Stirne schmerzt die Furche
Die tiefe Krone mit dem düsteren Licht.
Und meine Welt ist still
Du wehrtest meiner Laune nicht.
Gott wo bist du?
Ich möchte nah an deinem Herzen lauschen
Mit deiner fernsten Nähe mich vertauschen
Wenn goldverklärt in deinem Reich
Aus tausendseligem Licht
Alle die guten und die bösen Brunnen – rauschen – rauschen.

Albert Heine – Herodes V. Aufzug

Berliner Theater

Hinter Deiner stolzen, ewigen Wimper gingen wir unter.
Schwermütige Sterne brannten auf Deinem Lide.

Deine große Hand beugte das Meer
Und brach ihm die Perlen vom Grund.

Die Wüste war dein Schild
In der Schlacht.

An Dich dürfen nur Dichter und Dichterinnen denken,
Mit Dir nur Könige und Königinnen trauern.

Alle Leiber der Stadt ringeln sich
Giftig um Deinen Leib.
Deine Schwester bespie den Traumstein Deiner Liebe.

Du, ein beraubter Palast,
Judas schwankende Säule,
Völker bedrohend.

So arg mag nur ein Schöpfer lichtmitten
Seiner Reiche zerbersten.

Siehst du mich –

Zwischen Erde und Himmel?
Nie ging einer über meinem Pfad

Aber dein Antlitz wärmt meine Welt
Von dir geht alles Blühen aus.

Wenn du mich ansiehst,
Wird mein Herz süß.

Ich liege unter deinem Lächeln
Und lerne Tag und Nacht bereiten

Dich hinzaubern und vergehen lassen,
Immer spiele ich das eine Spiel.

Und suche Gott

Ich habe immer vor dem Rauschen meines Herzens gelegen
Und nie den Morgen gesehen
Nie Gott gesucht.
Nun aber wandele ich um meines Kindes
Goldgedichtete Glieder
Und suche Gott.

Ich bin müde vom Schlummer
Weiß nur vom Antlitz der Nacht.
Ich fürchte mich vor der Frühe
Sie hat ein Gesicht
Wie die Menschen, die fragen.
Ich habe immer vor dem Rauschen
Meines Herzens gelegen
Nun aber taste ich um meines Kindes
Gottgelichtete Glieder.

Ein Liebeslied

Aus goldenem Odem
Erschufen uns Himmel.
O, wie wir uns lieben ....

Vögel werden Knospen an den Aesten,
Und Rosen flattern auf.

Immer suche ich nach deinen Lippen
Hinter tausend Küssen.

Eine Nacht aus Gold..
Sterne aus Nacht..
Niemand sieht uns.

Kommt das Licht mit dem Grün,
Schlummern wir.
Nur unsere Schultern spielen noch wie Falter.

Die Königin

Für Kete Parsenow

Du bist das Wunder im Land,
Rosenöl fließt unter deiner Haut.

Vom Gegold deiner Haare
Nippen Träume;
Ihre Deutungen verkünden Dichter.

Du bist dunkel vor Gold –
Auf deinem Antlitz erwachen
Die Nächte der Liebenden.

Ein Lied bist du
Gestickt auf Blondgrund,
Du stehst im Mond ....

Immer wiegen dich
Die Bambusweiden.

Heimweh

Ich kann die Sprache
Dieses kühlen Landes nicht
Und seinen Schritt nicht gehn.

Auch die Wolken, die vorbeiziehn,
Weiß ich nicht zu deuten.

Die Nacht ist eine Stiefkönigin.

Immer muß ich an die Pharaonenwälder denken
Und küsse die Bilder meiner Sterne.

Meine Lippen leuchten schon
Und sprechen Fernes,

Und bin ein buntes Bilderbuch
Auf deinem Schoß;

Aber dein Antlitz spinnt
Einen Schleier aus Weinen –

Meinen schillernden Vögeln
Sind die Korallen ausgestochen,

An den Hecken der Gärten
Versteinern sich ihre weichen Nester.

Wer salbt meine toten Paläste –
Sie trugen die Kronen meiner Väter,
Ihre Gebete versanken im heiligen Fluß.

Ein Trauerlied

Eine schwarze Taube ist die Nacht
… Du denkst so sanft an mich.

Ich weiß, dein Herz ist still,
Mein Name steht auf seinem Saum.

Die Leiden, die dir gehören
Kommen zu mir.

Die Seligkeiten, die dich suchen
Sammele ich unberührt.

So trage ich die Blüten deines Lebens
Weiter fort.

Und möchte doch mit dir stille stehn;
Zwei Zeiger auf dem Zifferblatt.

O, alle Küsse sollen schweigen
Auf beschienenen Lippen liebentlang.

Niemehr soll es früh werden,
Da man deine Jugend brach.

In deiner Schläfe
Starb ein Paradies.

Mögen sich die Traurigen
Die Sonne in den Tag malen.

Und die Trauernden
Schimmer auf ihre Wangen legen.

Im schwarzen Wolkenkelche
Steht die Mondknospe.

... Du denkst so sanft an mich.

Mein Liebeslied

Auf deinen Wangen liegen
Goldene Tauben.

Aber dein Herz ist ein Wirbelwind,
Dein Blut rauscht, wie mein Blut –

Süß
An Himbeersträuchern vorbei.

O, ich denke an dich – –
Die Nacht frage nur.

Niemand kann so schön
Mit deinen Händen spielen,

Schlösser bauen, wie ich
Aus Goldfinger;

Burgen mit hohen Türmen!
Strandräuber sind wir dann.

Wenn du da bist,
Bin ich immer reich.

Du nimmst mich so zu dir,
Ich sehe dein Herz sternen.

Schillernde Eidechsen
Sind deine Geweide.

Du bist ganz aus Gold –
Alle Lippen halten den Atem an.

Pharao und Joseph

Pharao verstößt seine blühenden Weiber,
Sie duften nach den Gärten Amons.

Sein Königskopf ruht auf meiner Schulter,
Die strömt Korngeruch aus.

Pharao ist von Gold.
Seine Augen gehen und kommen
Wie schillernde Nilwellen.

Sein Herz aber liegt in meinem Blut.
Zehn Wölfe gingen an meine Tränke.

Immer denkt Pharao
An meine Brüder,
Die mich in die Grube warfen.

Säulen werden im Schlaf seine Arme
Und drohen.

Aber sein träumerisch Herz
Rauscht auf meinem Grund.

Darum dichten meine Lippen
Große Süßigkeiten,
Im Weizen unseres Morgens.

David und Jonathan

In der Bibel stehn wir geschrieben
Buntumschlungen.

Aber unsere Knabenspiele
Leben weiter im Stern.

Ich bin David,
Du mein Spielgefährte.

O, wir färbten
Unsere weißen Widderherzen rot;

Wie die Knospen an den Liebespsalmen
Unter Feiertagshimmel.

Deine Abschiedsaugen aber –
Immer nimmst du still im Kusse Abschied.

Und was soll dein Herz
Noch ohne meines –

Deine Süßnacht
Ohne meine Lieder.

Ich bin traurig ....

Deine Küsse dunkeln, auf meinem Mund.
Du hast mich nicht mehr lieb.

Und wie du kamst –!
Blau vor Paradies.

Um deinen süsesten Brunnen
Gaukelte mein Herz.

Nun will ich es schminken,
Wie die Freudenmädchen
Die welke Rose ihrer Lende röten.

Unsere Augen sind halb geschlossen,
Wie sterbende Himmel –

Alt ist der Mond geworden.
Die Nacht wird nicht mehr wach.

Du erinnerst dich meiner kaum.
Wo soll ich mit meinem Herzen hin?

Die Liebe

Verstecke mich in deinem Süßblut
Nähe mich in den Saum deiner Haut ein.

Immer tragen wir Herz vom Herzen uns zu.
Pochende Naht
Hält unsere Schwellen vereint.

Wo mag der Tod mein Herz lassen?
In einem Brunnen, der fremd rauscht –

In einem Garten, der steinern steht –
Er wird es in einen reißenden Fluß werfen.

Mir bangt vor der Nacht
Daran kein Stern hängt.

Denn unzählige Sterne meines Herzens
Vergolden deinen Blutspiegel.

Liebe ist aus unserer Liebe vielfältig erblüht.
Wo mag der Tod mein Herz lassen?

Nun schlummert meine Seele –

Der Sturm hat ihre Stämme gefällt
O, meine Seele war ein Wald.

Hast du mich weinen gehört?
Weil deine Augen bang geöffnet stehn.
Sterne streuen Nacht
In mein vergossenes Blut.

Nun schlummert meine Seele
Zagend auf Zehen.
O, meine Seele war ein Wald;
Palmen schatteten,
An den Aesten hing die Liebe.
Tröste meine Seele im Schlummer.

Ankunft

Ich bin am Ziel meines Herzens angelangt
Weiter führt kein Strahl.
Hinter mir laß ich die Welt
Fliegen die Sterne auf: Goldene Vögel.

Hißt der Mondturm die Dunkelheit –
.... O, wie mich leise eine süße Weise betönt ...
Aber meine Schultern heben sich, hochmütige Kuppeln.

Abend

Hauche über den Frost meines Herzens
Und wenn du es zwitschern hörst
Fürchte dich nicht vor seinem schwarzen Lenz.

Immer dachte das kalte Wundergespenst an mich
Und säte unter meinen Füßen – Schierling.

Nun prägt in Sternen auf meine Leibessäule
Ein weinender Engel die Inschrift.

Ein Lied der Liebe

Seit du nicht da bist
Ist die Stadt dunkel.

Ich sammle die Schatten
Der Palmen auf,
Darunter du wandeltest.

Immer muß ich eine Melodie summen
Die hängt lächelnd an den Aesten.

Du liebst mich wieder –
Wem soll ich mein Entzücken sagen?

Einer Waise oder einem Hochzeitler,
Der im Widerhall das Glück hört.

Ich weiß immer
Wann du an mich denkst.

Dann wird mein Herz ein Kind
Und schreit.

An jedem Tor der Straße
Verweile ich und träume;

Ich helfe der Sonne deine Schönheit malen
An allen Wänden der Häuser.

Aber ich magere
An deinem Bilde.

Um schlanke Säulen schlinge ich mich
Bis sie schwanken.

Ueberall steht Wildedel
Die Blüten unseres Blutes.

Wir tauchen in heilige Moose,
Die aus der Wolle goldener Lämmer sind.

Wenn doch ein Tiger
Seinen Leib streckte

Ueber die Ferne, die uns trennt
Wie zu einem nahen Stern.

Auf meinem Angesicht
Liegt früh dein Hauch.

Die Stimme Edens

Wilder, Eva, bekenne schweifender,
Deine Sehnsucht war die Schlange,
Ihre Stimme wand sich über deine Lippe,
Und biß in den Saum deiner Wange.

Wilder, Eva, bekenne reißender,
Den Tag, den du Gott abrangst,
Da du zu früh das Licht sahst
Und in den blinden Kelch der Scham sankst.

Riesengroß
Steigt aus deinem Schoß
Zuerst wie Erfüllung zagend,
Dann sich ungestüm raffend,
Sich selbst schaffend,
Gottseele .....

Und sie wächst
Ueber die Welt hinaus,
Ihren Anfang verlierend,
Ueber alle Zeit hinaus,
Und zurück um dein Tausendherz.
Ende überragend .....

Singe, Eva, dein banges Lied einsam,
Einsamer, tropfenschwer wie dein Herz schlägt,
Löse die düstere Tränenschnur,
Die sich um den Nacken der Welt legt.

Wie das Mondlicht wandle dein Antlitz
Du bist schön ....
Singe, singe, horch den Rauscheton
Spielt die Nacht und weiß nichts vom Geschehn.

Ueberall das taube Getöse –
Deine Angst rollt über die Erdstufen
Den Rücken Gottes herab.
Kaum rastet eine Spanne zwischen ihm und dir.
Birg dich tief in das Auge der Nacht,
Daß dein Tag nachtdunkel trage.

Himmel ersticken, die sich nach Sternen bücken –
Eva, Hirtin, es gurren
Die blauen Tauben in Eden.

Eva, kehre um vor der letzten Hecke noch!
Wirf nicht Schatten mit dir,
Blühe aus, Verführerin.

Eva, du heiße Lauscherin,
O du schaumweiße Traube
Flüchte um vor der Spitze deiner schmalsten Wimper noch!

Leise sagen –

Du nahmst dir alle Sterne
Ueber meinem Herzen.

Meine Gedanken kräuseln sich
Ich muß tanzen.

Immer tust du das, was mich aufschauen läßt,
Mein Leben zu müden.

Ich kann den Abend nicht mehr
Ueber die Hecken tragen.

Im Spiegel der Bäche
Finde ich mein Bild nicht mehr.

Dem Erzengel hast du
Die schwebenden Augen gestohlen.

Aber ich nasche vom Seim
Ihrer Bläue.

Mein Herz geht langsam unter
Ich weiß nicht wo –

Vielleicht in deiner Hand.
Ueberall greift sie an mein Gewebe.

Versöhnung

Es wird ein großer Stern in meinen Schoß fallen …
Wir wollen wachen die Nacht,

In den Sprachen beten
Die wie Harfen eingeschnitten sind.

Wir wollen uns versöhnen die Nacht –
So viel Gott strömt über.

Kinder sind unsere Herzen,
Die möchten ruhen müdesüß.

Und unsere Lippen wollen sich küssen,
Was zagst du?

Grenzt nicht mein Herz an deins –
Immer färbt dein Blut meine Wangen rot.

Wir wollen uns versöhnen die Nacht,
Wenn wir uns herzen, sterben wir nicht.

Es wird ein großer Stern in meinen Schoß fallen.

Meine Mutter

War sie der große Engel,
Der neben mir ging?

Oder liegt meine Mutter begraben
Unter dem Himmel von Rauch –
Nie blüht es blau über ihrem Tode.

Wenn meine Augen doch hell schienen
Und ihr Licht brächten.

Wäre mein Lächeln nicht versunken im Antlitz,
Ich würde es über ihr Grab hängen.

Aber ich weiß einen Stern,
Auf dem immer Tag ist;
Den will ich über ihre Erde tragen.

Ich werde jetzt immer ganz allein sein
Wie der große Engel,
Der neben mir ging.

In deine Augen ....

Blau wird es in deinen Augen –
Aber warum zittert all mein Herz
Vor deinen Himmeln.

Nebel liegt auf meiner Wange
Und mein Herz beugt sich zum Untergange.

Von weit

Dein Herz ist wie die Nacht so hell,
Ich kann es sehn
– Du denkst an mich – es bleiben alle Sterne stehn.

Und wie der Mond von Gold dein Leib
Dahin so schnell
Von weit er scheint.

Ein alter Tibetteppich

Deine Seele, die die meine liebet
Ist verwirkt mit ihr im Teppichtibet

Strahl in Strahl, verliebte Farben,
Sterne, die sich himmellang umwarben.

Unsere Füsse ruhen auf der Kostbarkeit
Maschentausendabertausendweit.

Süsser Lamasohn auf Moschuspflanzentron
Wie lange küsst dein Mund den meinen wohl
Und Wang die Wange buntgeknüpfte Zeiten schon.

Maria

Träume, säume, Marienmädchen –
Ueberall löscht der Rosenwind
Die schwarzen Sterne aus.
Wiege im Arme dein Seelchen.

Alle Kinder kommen auf Lämmern
Zottehotte geritten,
Göttlingchen sehen

Und die vielen Schimmerblumen
An den Hecken
Und den grossen Himmel da
Im kurzen Blaukleide!

Rast

Mit einem stillen Menschen will ich wandern
Über die Berge meiner Heimat
Schluchzend über Schluchten,
Über hingestreckte Lüfte.

Überall beugen sich die Zedern
Und streuen Blüten.

Aber meine Schulter hängt herab
Von der Last des Flügels.
Suche ewige, stille Hände:
Mit meiner Heimat will ich wandern.

Vollmond

Leise schwimmt der Mond durch mein Blut …
Schlummernde Töne sind die Augen des Tages
Wandelhin – taumelher –

Ich kann deine Lippen nicht finden …
Wo bist du ferne Stadt
Mit den segnenden Düften?

Immer senken sich meine Lider
Über die Welt – alles schläft.

〈Alfred Kerr〉

Jakobsohn und Jakobfritzen
Lassen die Tinten spritzen
Wasserfarbenrot.

Und Mühsam, eh ichs vergesse,
Kain heißt seine Presse;
Kein Jakob schlägt sie tot.

Und Pfemfert der Aktionäre,
Zieht mich in die Affaire:
Ob Dr. Kerr tut not?

Was Dr. Kerr bedeute
Für die Literatur von heute –
Ein Silberling im Brot.

Unser Liebeslied

Unter der Wehmut der Esche
Lächeln die Augen meiner Freundin.

Und ich muß weinen
Überall wo Rosen aufblühn.

Wir hören beide unseren Namen nicht –
Immer Nachtwandlerinnen zwischen den bunten Jünglingen.

Meine Freundin gaukelt mit dem Mond
Unserm Sternenspiel folgen Erschrockene nach.

O, unsere Schwärmerei berauscht
Die Straßen und Plätze der Stadt.

Alle Träume lauschen gebannt hinter den Hecken
   Kann nicht Morgen werden –

O, und die Seidige Nacht uns beiden
Tausendmal immer um den Hals geschlungen.

Wie ich mich drehen muß!

Und meine Freundin küßt taumelnd den Rosigtau
Unter dem Düster des Trauerbaums.

Dem Barbaren

Deine rauhen Blutstropfen
Süßen auf meiner Haut.

Nenne meine Augen nicht Verräterinnen
Da sie deine Himmel umschweben;

Ich lehne lächelnd an deiner Nacht
Und lehre deine Sterne spielen.

Und trete singend durch das rostige Tor
Deiner Seligkeit.

Ich liebe dich und nahe weiß
Und verklärt auf Wallfahrtzehen.

Trage dein hochmütiges Herz,
Den reinen Kelch den Engeln entgegen.

Ich liebe dich wie nach dem Tode
Und meine Seele liegt über dich gebreitet –

Meine Seele fing alle Leiden auf,
Dich erschüttern ihre schmerzlichen Bilder.

Aber so viele Rosen blühen
Die ich dir schenken will;

O, ich möchte dir alle Gärten bringen
In einem Kranz.

Immer denke ich an dich
Bis die Wolken sinken;

Wir wollen uns küssen –
Nicht?

Dem Barbaren

Ich liege in den Nächten
Auf deinem Angesicht.

Auf deines Leibes Steppe
Pflanze ich Cedern und Mandelbäume.

Ich wühle in deiner Brust unermüdlich
Nach den goldenen Freuden Pharaos.

Aber deine Lippen sind schwer,
Meine Wunder erlösen sie nicht.

Hebe doch deine Schneehimmel
Von meiner Seele –

Deine diamantnen Träume
Schneiden meine Adern auf.

Ich bin Joseph und trage einen süssen Gürtel
Um meine bunte Haut.

Dich beglückt das erschrockene Rauschen
Meiner Muscheln.

Aber mein Herz lässt keine Meere mehr ein.
O du!!

Mein Herz heult schon über deine rauhen Ebenen
Und verscheucht meine seligen Sterne.

Antinous

Adi André-Douglas

Der kleine Süsskönig
Muss mit goldenen Bällen spielen.

In bunten Brunnen
Blaugeträufel, honiggold,
Seine Spielehände kühlen.

Antinous,
Wildfang, Güldklang,
Kuchenkorn mahlen alle Mühlen.

Antinous,
Du kleiner Spielkönig
In den Himmel fährt es schön auf Schaukelstühlen.

O, wie lustige Falter seine Augen sind
Und die Schelme all in seiner Wange
Und sein Herzchen beisst will mans befühlen.

Abel

Kains Augen sind nicht gottwohlgefällig,
Abels Angesicht ist ein goldener Garten,
Abels Augen sind Nachtigallen.

Immer singt Abel so hell
Zu den Saiten seiner Seele,
Aber durch Kains Leib führen die Gräben der Stadt.

Und er wird seinen Bruder erschlagen –
Abel, Abel, dein Blut färbt den Himmel tief.

Wo ist Kain, da ich ihn stürmen will:
Hast du die Süssvögel erschlagen
In deines Bruders Angesicht?

Durch dein dumpfes Herz
Klagt Abels flatternde Seele.
Warum hast du deinen Bruder erschlagen, Kain?

Dem Prinzen von Marokko

O, du Süssgeliebter, dein Angesicht ist mein Palmengarten,
Deine Augen sind schimmernde Nile
Lässig um meinen Tanz.

In deinem Angesicht sind verzaubert
Alle die Bilder meines Blutes,
Alle die Nächte, die sich in mir gespiegelt haben.

Wenn deine Lippen sich öffnen
Verraten sie meine Seligkeiten.

Immer dieses Pochen nach dir –
Und hatte schon geopfert meine Seele.

Du musst mich inbrünstig küssen,
Süsserlei Herzspiel;
Wir wollen uns im Himmel verstecken.

O, du Süssgeliebter.

⟨Reiter und Reichsritter⟩

Reiter und Reichsritter,
Bitter riß ich im Gewitter
Im Ginster vor Ihrem Gitter
Mein Manuskript in Splitter.

⟨An den Gralprinzen⟩

Wenn wir uns ansehn
Blühn unsere Augen.

Und wie wir staunen
Vor unseren Wundern – nicht?
Und alles wird so süß.

Von Sternen sind wir eingerahmt
Und flüchten aus der Welt.

Ich glaube wir sind Engel.

⟨An den Prinzen Tristan⟩

Auf deiner blauen Seele
Setzen sich die Sterne zur Nacht.

Man muß leise mit dir sein,
O, du mein Tempel,
Meine Gebete erschrecken dich;

Meine Perlen werden wach
Von meinem heiligen Tanz.

Es ist nicht Tag und nicht Stern,
Ich kenne die Welt nicht mehr,
Nur dich – alles ist Himmel.

⟨An den Ritter⟩

Gar keine Sonne ist mehr,
Aber dein Angesicht scheint.

Und die Nacht ohne Wunder,
Du bist mein Schlummer.

Dein Auge zuckt wie Sternschnuppe –
Immer wünsche ich mir etwas.

Lauter Gold ist dein Lachen,
Mein Herz tanzt in den Himmel.

Wenn eine Wolke kommt –
Sterbe ich.

⟨An Tristan⟩

Ich kann nicht schlafen mehr
Immer schüttelst du Gold über mich.

Und eine Glocke ist mein Ohr,
Wem vertraust du dich?

So hell wie du,
Blühen die Sträucher im Himmel.

Engel pflücken sich dein Lächeln
Und schenken es den Kindern.

Die spielen Sonne damit
Ja ..

⟨An den Ritter aus Gold⟩

Du bist alles was aus Gold ist
In der großen Welt.

Ich suche deine Sterne
Und will nicht schlafen.

Wir wollen uns hinter Hecken legen
Uns niemehr aufrichten.

Aus unseren Händen
Süße Träumerei küssen.

Mein Herz holt sich
Von deinem Munde Rosen.

Meine Augen lieben dich an,
Du haschst nach ihren Faltern.

Was soll ich tun,
Wenn du nicht da bist.

Von meinen Lidern
Tropft schwarzer Schnee;

Wenn ich tot bin,
Spiele du mit meiner Seele.

Meiner Schwester dieses Lied

Mein Herz liegt in einem Epheukranz.
Ich habe das Wunder gesehn
Daran man stirbt.

Fern verglomm Todesleuchten
In ihren schönen Augen.
Die waren zwei Sternbilder,
In die Kinder blickten.

Gott, wie schwarz die Nacht war!
Keine Sonne vermag mehr
Ein Lächeln zu finden
In meinem Angesicht.

Sie ist im Himmel.

Esther

Esther ist schlank wie die Feldpalme
Nach ihren Lippen duften die Weizenhalme
Und die Feiertage, die in Juda fallen.

Nachts ruht ihr Herz auf einem Psalme
Die Götzen lauschen in den Hallen.

Der König lächelt ihrem Nahen entgegen –
Denn überall blickt Gott auf Esther.

Die jungen Juden dichten Lieder an die Schwester
Die sie in Säulen ihres Vorraums prägen.

⟨Als ich Tristan kennen lernte –⟩

O,
Du mein Engel,
Wir schweben nur noch
In holden Wolken.

Ich weiß nicht, ob ich lebe
Oder süß gestorben bin
In deinem Herzen.

Immer feiern wir Himmelfahrt
Und viel, viel Schimmer.

Deine Haare sind Goldnelken,
Heiligenbilder deine Augen.

Sage – wie ich bin?
Ueberall wollen Blumen aus mir.

Boas

Ruth sucht überall
Nach goldenen Kornblumen
An den Hütten der Brothüter vorbei –

Bringt süßen Sturm
Und glitzernde Spielerei
Ueber Boas Herz;

Das wogt ganz hoch
Ueber seine Korngärten
Der fremden Schnitterin zu.

Jakob und Esau

Rebekkas Magd ist eine himmlische Fremde,
Aus Rosenblättern trägt die Engelin ein Hemde
Und einen Stern im Angesicht.

Und immer blickt sie auf zum Licht,
Und ihre sanften Hände lesen
Aus goldenen Linsen ein Gericht.

Jakob und Esau blühn an ihrem Wesen
Und streiten um die Süßigkeiten nicht,
Die sie in ihrem Schoß zum Mahle bricht.

Der Bruder läßt dem jüngeren die Jagd
Und all sein Erbe für den Dienst der Magd;
Um seine Schultern schlägt er wild das Dickicht.

O, deine Hände

O, deine Hände –

Sind meine Kinder.
Alle meine Spielsachen
Liegen in ihren Gruben.

Immer spiel ich Soldaten
Mit deinen Fingern, kleine Reiter,
Bis sie umfallen.

Wie ich sie liebe
Deine Bubenhände, die zwei.

Abraham und Isaak

Abraham baute in der Landschaft Eden
Sich eine Stadt aus Erde und aus Blatt
Und übte sich mit Gott zu reden.

Die Engel ruhten gern vor seiner frommen Hütte
Und Abraham erkannte jeden;
Himmlische Zeichen ließen ihre Flügelschritte.

Bis sie dann einmal bang in ihren Träumen
Meckern hörten die gequälten Böcke
Mit denen Isaak opfern spielte hinter Süßholzbäumen.

Und Gott ermahnte Abraham;
Er brach vom Kamm des Meeres Muscheln ab und Schwamm
Hoch auf den Blöcken den Altar zu schmücken.

Und trug den einzigen Sohn gebunden auf den Rücken
Zu werden seinem großen Herrn gerecht –
Der aber liebte seinen Knecht.

Jakob

Jakob war der Büffel seiner Herde.
Wenn er stampfte mit den Hufen
Sprühte unter ihm die Erde.

Brüllend ließ er die gescheckten Brüder,
Rannte in den Urwald an die Flüsse,
Stillte dort das Blut der Affenbisse.

Durch die müden Schmerzen in den Knöcheln
Sank er vor dem Himmel fiebernd nieder
Und sein Ochsgesicht erschuf das Lächeln.

Moses und Josua

Als Moses im Alter Gottes war,
Nahm er der wilden Juden Josua
Und salbte ihn zum König seiner Schar.

Da ging ein Sehnen weich durch Israel –
Denn Josuas Herz erquickte wie ein Quell.
– Des Bibelvolkes Judenleib war ein Altar.

Die Mägde mochten den gekrönten Bruder gern –
Wie heiliger Dornstrauch brannte süß sein Haar;
Sein Auge grüßte den ersehnten Heimatstern,

Den Moses altes Sterbeauge aufgehn sah,
Als seine müde Löwenseele schrie zum Herrn.

Giselheer dem Tiger

Über dein Gesicht schleichen die Dschungeln.
O, wie du bist!

Deine Tigeraugen sind süß geworden
In der Sonne.

Ich trag dich immer herum
Zwischen meinen Zähnen.

Du mein Indianerbuch,
Wild West,
Siouxhäuptling!

Im Zwielicht schmachte ich
Gebunden am Buxbaumstamm –

Ich kann nicht mehr sein
Ohne das Scalpspiel.

Rote Küsse malen deine Messer
Auf meine Brust –

Bis mein Haar an deinem Gürtel flattert.

Franz Werfel

Ein entzückender Schuljunge ist er.
Lauter Lehrer spuken in seinem Lockenkopf.

Sein Name ist so mutwillig:
Franz Werfel.

Immer schreib' ich ihm glühende Liebesbriefe,
Die unbeantwortet bleiben.

Aber wir lieben ihn alle
Seines zarten, zärtlichen Herzens wegen.

Sein Herz hat Echo,
Pocht verwundert.

Und fromm werden seine Lippen
Im Gedicht.

Manches trägt einen staubigen Turban.
Er ist der Enkel seiner eigenen Verse.

Doch auf seiner Lippe
Ist eine Nachtigall gemalt.

Mein Garten singt,
Wenn er ihn verläßt.

Immerblau streut seine Stimme
Über den Weg.

Richard Dehmel

Aderlaß und Transfusion zugleich;
Blutgabe deinem Herzen geschenkt.

Ein finsterer Pflanzer ist er,
Dunkel fällt sein Korn und brüllt auf.

Immer Zickzack durch sein Gesicht,
Schwarzer Blitz.

Über ihm steht der Mond doppelt vergrößert.

Karl Vogt

Der ist aus Gold –
Wenn er auf die Bühne tritt,
Leuchtet sie.

Seine Hand ist ein Szepter,
Wenn sie Regie führt.

Den Trauerspielen Strindbergs
Setzt er Kronen auf,

Aus den Dichtungen Ibsens
Holt er die schwarzen Perlen all.

Er kann nur selbst den König spielen
Im Spiel.

Morgen wird er König sein –
Ich freu' mich.

Paul Zech

Sing Groatvatter woar dat verwunschene Bäuerlein
Aus Grimm sinne Märchens.

Der Enkelsonn ist ein Dichter.
Paul Zech schreibt mit der Axt seine Verse.

Man kann sie in die Hand nehmen,
So hart sind die.

Sein Vers wird zum Geschick
Und zum murrenden Volk.

Er läßt Qualm durch sein Herz dringen:
Ein düsterer Beter.

Aber seine Kristallaugen blicken
Unzählige Male den Morgen der Welt.

An den Herzog von Vineta

Der Himmel trägt im Wolkengürtel
den gebogenen Mond.

Unter dem Sichelbild
will ich in deiner Hand ruhn.

Immer muß ich wie der Sturm will
bin ein Meer ohne Strand.

Aber seit du meine Muscheln suchst,
leuchtet mein Herz.

Das liegt auf meinem Grund
verzaubert.

Vielleicht ist mein Herz die Welt
pocht –

und sucht nur noch dich –
wie soll ich dich rufen?

Giselheer dem Heiden

Ich weine –
Meine Träume fallen in die Welt.

In meine Dunkelheit
Wagt sich kein Hirte.

Meine Augen zeigen nicht den Weg
Wie die Sterne.

Immer bettle ich vor deiner Seele;
Weißt du das?

Wär ich doch blind –
Dächte dann, ich läg in deinem Leib.

Alle Blüten täte ich
Zu deinem Blut.

Ich bin vielreich
Niemand kann mich pflücken;

Oder meine Gabeln tragen
Heim.

Ich will dich ganz zart mich lehren;
Schon weißt du mich zu nennen.

Sieh meine Farben,
Schwarz und stern

Und mag den kühlen Tag nicht,
Der hat ein Glasauge.

Giselheer dem Knaben

An meiner Wimper hängt ein Stern,
Es ist hell
Wie soll ich schlafen –

Und möchte mit dir spielen.
– Ich habe keine Heimat –
Wir spielen König und Prinz.

Ich bin dein Prinz
Dein Leib ist hold
Aus allen bunten Farben.

Dein Leib ist eine Seele.

Giselheer dem König

Ich bin so allein
Fänd ich den Schatten
Eines süßen Herzens.

– Oder mir Jemand
Einen Stern schenkte –

Immer fingen ihn
Die Engel auf
So hin und her.

Kann nicht beten
Vor Schluchzen.

Und fürchte mich
Vor der schwarzen Erde.
Wie soll ich fort?

Möchte in den Wolken
Begraben sein,
Überall wo Sonne wächst.

Liebe dich so!
Du mich auch?
Sag es doch – – –

Hinter Bäumen berg' ich mich.

Hinter Bäumen berg ich mich –

Bis meine Augen
Ausgeregnet haben.

Und halte sie tief verschlossen,
Daß niemand dein Bild schaut.

Ich schlang meine Arme um dich
Wie Gerank;

Bin doch mit dir verwachsen,
Warum reißt du mich von dir?

Ich schenkte dir die Levkoje
Meines Leibes,

Alle meine Schmetterlinge scheuchte ich
In deinen Garten.

Immer ging ich durch Granaten,
Sah durch mein Blut

Die Welt überall brennen
Vor Liebe.

Schlage mit der Stirn nun
Meine Tempelwände düster.

Du falscher Gaukler,
Du spanntest ein loses Seil.

Wie kalt nun alle Grüße sind.
Mein Herz liegt bloß,

Mein rot Fahrzeug
Pocht grausig;

Bin immer auf See
O, ich fühl, ich lande nie.

Das Lied des Spielprinzen

Wie kann ich dich mehr noch lieben?
Ich sehe den Tieren und Blumen
Bei der Liebe zu.

Küssen sich zwei Sterne
Oder bilden Wolken ein Bild –
Wir spielten es schon zarter.

Und deine harte Stirne,
Ich kann mich so recht an sie lehnen,
Sitz drauf wie auf einem Giebel.

Und in deines Kinnes Grube
Bau ich mir ein Raubnest –
Bis du mich aufgefressen hast.

Find dann einmal morgens
Nur noch meine Kniee,
Zwei gelbe Skarabäen für eines Kaisers Ring.

Hebräische Balladen

Zweite vermehrte Auflage

Mein Volk

Der Fels wird morsch,
Dem ich entspringe
Und meine Gotteslieder singe …
Jäh stürz ich vom Weg
Und riesele ganz in mir
Fernab, allein über Klagegestein
Dem Meer zu.

Hab mich so abgeströmt
Von meines Blutes
Mostvergorenheit.
Und immer, immer noch der Widerhall
In mir,
Wenn schauerlich gen Ost
Das morsche Felsgebein
Mein Volk
Zu Gott schreit.

Abraham und Isaak

Abraham baute in der Landschaft Eden
Sich eine Stadt aus Erde und aus Blatt
Und übte sich mit Gott zu reden.

Die Engel ruhten gern vor seiner frommen Hütte.
Und Abraham erkannte jeden;
Himmlische Zeichen ließen ihre Flügelschritte.

Bis sie dann einmal bang in ihren Träumen
Meckern hörten die gequälten Böcke,
Mit denen Isaak opfern spielte hinter Süßholzbäumen.

Und Gott ermahnte Abraham;
Er brach vom Kamm des Meeres Muscheln ab und Schwamm
Hoch auf den Blöcken den Altar zu schmücken.

Und trug den einzigen Sohn gebunden auf den Rücken
Zu werden seinem großen Herrn gerecht –
Der aber liebte seinen Knecht.

Jakob

Jakob war der Büffel seiner Herde.
Wenn er stampfte mit den Hufen
Sprühte unter ihm die Erde.

Brüllend ließ er die gescheckten Brüder,
Rannte in den Urwald an die Flüsse,
Stillte dort das Blut der Affenbisse.

Durch die müden Schmerzen in den Knöcheln
Sank er vor dem Himmel fiebernd nieder
Und sein Ochsgesicht erschuf das Lächeln.

Esther

Esther ist schlank wie die Feldpalme
Nach ihren Lippen duften die Weizenhalme
Und die Feiertage, die in Juda fallen.

Nachts ruht ihr Herz auf einem Psalme
Die Götzen lauschen in den Hallen.

Der König lächelt ihrem Nahen entgegen –
Denn überall blickt Gott auf Esther.

Die jungen Juden dichten Lieder an die Schwester
Die sie in Säulen ihres Vorraums prägen.

Pharao und Joseph

Pharao verstößt seine blühenden Weiber,
Sie duften nach den Gärten Amons.

Sein Königskopf ruht auf meiner Schulter,
Die strömt Korngeruch aus.

Pharao ist von Gold.
Seine Augen gehen und kommen
Wie schillernde Nilwellen.

Sein Herz aber liegt in meinem Blut.
Zehn Wölfe gingen an meine Tränke.

Immer denkt Pharao
An meine Brüder,
Die mich in die Grube warfen.

Säulen werden im Schlaf seine Arme
Und drohen.

Aber sein träumerisch Herz
Rauscht auf meinem Grund.

Darum dichten meine Lippen
Große Süßigkeiten
Im Weizen unseres Morgens.

An Gott

Du wehrst den guten und den bösen Sternen nicht;
All ihre Launen strömen.
In meiner Stirne schmerzt die Furche,
Die tiefe Krone mit dem düsteren Licht.

Und meine Welt ist still –
Du wehrtest meiner Laune nicht.
Gott, wo bist du?

Ich möchte nah an deinem Herzen lauschen,
Mit deiner fernsten Nähe mich vertauschen,
Wenn goldverklärt in deinem Reich
Aus tausendseligem Licht
Alle die guten und die bösen Brunnen rauschen.

Ruth

Und du suchst mich vor den Hecken.
Ich höre deine Schritte seufzen
Und meine Augen sind schwere dunkle Tropfen.

In meiner Seele blühen süß deine Blicke
Und füllen sich,
wenn meine Augen in den Schlaf wandeln.

Am Brunnen meiner Heimat
Steht ein Engel,
Der singt das Lied meiner Liebe,
Der singt das Lied Ruths.

David und Jonathan

In der Bibel stehn wir geschrieben
Buntumschlungen.

Aber unsere Knabenspiele
Leben weiter im Stern.

Ich bin David,
Du mein Spielgefährte.

O, wir färbten
Unsere weißen Widderherzen rot.

Wie die Knospen an den Liebespsalmen
Unter Feiertagshimmel.

Deine Abschiedsaugen aber –
Immer nimmst du still im Kusse Abschied.

Und was soll dein Herz
Noch ohne meines –

Deine Süßnacht
Ohne meine Lieder.

Eva

Du hast deinen Kopf tief über mich gesenkt,
Deinen Kopf mit den goldenen Lenzhaaren,
Und deine Lippen sind von rosiger Seidenweichheit,
Wie die Blüten der Bäume Edens waren.

Und die keimende Liebe ist meine Seele.
O, meine Seele ist das vertriebene Sehnen,
Und du zitterst vor Ahnungen.
Weißt nicht, warum deine Träume stöhnen.

Und ich liege schwer auf deinem Leben,
Eine tausendstämmige Erinnerung.
Und du bist so blutjung, so adamjung …
Du hast deinen Kopf tief über mich gesenkt.

Zebaoth

Gott, ich liebe dich in deinem Rosenkleide,
Wenn du aus deinen Gärten trittst, Zebaoth,
O, du Gottjüngling.
Du Dichter,
Ich trinke einsam von deinen Düften.

Meine erste Blüte Blut sehnte sich nach dir,
So komme doch,
Du süßer Gott,
Du Gespiele Gott,
Deines Tores Gold schmilzt an meiner Sehnsucht.

Jakob und Esau

Rebekkas Magd ist eine himmlische Fremde,
Aus Rosenblättern trägt die Engelin ein Hemde
Und einen Stern im Angesicht.

Und immer blickt sie auf zum Licht,
Und ihre sanften Hände lesen
Aus goldenen Linsen ein Gericht.

Jakob und Esau blühn an ihrem Wesen
Und streiten um die Süßigkeiten nicht,
Die sie in ihrem Schoß zum Mahle bricht.

Der Bruder läßt dem jüngeren die Jagd
Und all sein Erbe für den Dienst der Magd;
Um seine Schultern schlägt er wild das Dickicht.

Abel

Kains Augen sind nicht gottwohlgefällig,
Abels Angesicht ist ein goldener Garten,
Abels Augen sind Nachtigallen.

Immer singt Abel so hell
Zu den Saiten seiner Seele,
Aber durch Kains Leib führen die Gräben der Stadt.

Und er wird seinen Bruder erschlagen –
Abel, Abel, dein Blut färbt den Himmel tief.

Wo ist Kain, da ich ihn stürmen will:
Hast du die Süßvögel erschlagen
In deines Bruders Angesicht?

Durch dein dumpfes Herz
Klagt Abels flatternde Seele.
Warum hast du deinen Bruder erschlagen, Kain?

Sulamith

O, ich lernte an deinem süßen Munde
Zuviel der Seligkeiten kennen!
Schon fühl ich die Lippen Gabriels
Auf meinem Herzen brennen …
Und die Nachtwolke trinkt
Meinen tiefen Cederntraum.
O, wie dein Leben mir winkt!
Und ich vergehe
Mit blühendem Herzeleid
Und verwehe im Weltraum,
In Zeit,
In Ewigkeit,
Und meine Seele verglüht in den Abendfarben
Jerusalems.

Boas

Ruth sucht überall
Nach goldenen Kornblumen
An den Hütten der Brothüter vorbei –

Bringt süßen Sturm
Und glitzernde Spielerei
Über Boas Herz;

Das wogt ganz hoch
In seinen Korngärten
Der fremden Schnitterin zu.

Versöhnung

Es wird ein großer Stern in meinen Schoß fallen …
Wir wollen wachen die Nacht,

In den Sprachen beten,
Die wie Harfen eingeschnitten sind.

Wir wollen uns versöhnen die Nacht –
So viel Gott strömt über.

Kinder sind unsere Herzen
Die möchten ruhen müdesüß.

Und unsere Lippen wollen sich küssen,
Was zagst du?

Grenzt nicht mein Herz an deins –
Immer färbt dein Blut meine Wangen rot.

Wir wollen uns versöhnen die Nacht,
Wenn wir uns herzen, sterben wir nicht.

Es wird ein großer Stern in meinen Schoß fallen.

Moses und Josua

Als Moses im Alter Gottes war,
Nahm er den wilden Juden Josua
Und salbte ihn zum König seiner Schar.

Da ging ein Sehnen weich durch Israel,
Denn Josuas Herz erquickte wie ein Quell.
Des Bibelvolkes Judenleib war sein Altar.

Die Mägde mochten den gekrönten Bruder gern
Wie heiliger Dornstrauch brannte süß sein Haar;
Sein Lächeln grüßte den ersehnten Heimatstern,

Den Moses altes Sterbeauge aufgehn sah,
Als seine müde Löwenseele schrie zum Herrn.

Im Anfang

Hing an einer goldenen Lenzwolke,
Als die Welt noch Kind war
Und Gott noch junger Vater war.
Schaukelte, hei!
Auf dem Ätherei,
Und meine Wollhärchen flatterten Ringelrei.
Neckte den wackelnden Mondgroßpapa,
Naschte Goldstaub der Sonnenmama,
In den Himmel sperrte ich Satan ein
Und Gott in die rauchende Hölle.
Die drohten mit ihrem größten Finger
Und haben »klummbumm! klummbumm!« gemacht
Und es sausten die Peitschenwinde.
Doch Gott hat nachher zwei Donner gelacht
Mit dem Teufel über meine Todsünde.
Würde zehntausend Erdglück geben
Noch einmal so gottgeboren zu leben,
So gottgeborgen, so offenbar.
Ja, ja,
Als ich noch Gottes Schlingel war.

Gedichte 1914 bis 1943

Sascha

Um deine Lippen blüht noch jung
Der Trotz dunkelrot,

Aber auf deiner Stirn sind meine Gebete
Vom Sturm verwittert.

Daß wir uns im Leben
Nie küssen sollten …

Nun bist du der Engel,
Der auf meinem Grab steht.

Das Atmen der Erde bewegt
Meinen Leib wie Lebendig.

Mein Herz scheint hell
Vom Rosenblut der Hecken.

Aber ich bin tot, Sascha,
Und das Lächeln liegt abgepflückt
Nur noch kurz auf meinem Gesicht.

Klein Sterbelied

So still ich bin,
All Blut rinnt hin.

Wie weich umher,
Nichts weiß ich mehr.

Mein Herz noch klein,
Starb leis an Pein.

War blau und fromm!
O Himmel, komm.

Ein tiefer Schall –
Nacht überall.

O Gott

Überall nur kurzer Schlaf
Im Mensch, im Grün, im Kelch der Winde.
Jeder kehrt in sein totes Herz heim.

– Ich wollt mein Liebster wär' ein Kind –
Er wüßte noch vom ersten Atem zu erzählen.

Früher war eine große Frömmigkeit am Himmel,
Gaben sich die Sterne die Bibel zu lesen.
Könnte ich einmal Gottes Hand fassen
Oder den Mond an seinem Finger sehn.

O Gott, o Gott, wie weit bin ich von dir!

Höre!

Ich raube in den Nächten
Die Rosen deines Mundes,
Daß keine Weibin Trinken findet.

Die dich umarmt,
Stiehlt mir von meinen Schauern,
Die ich um deine Glieder malte.

Ich bin dein Wegrand.
Die dich streift,
Stürzt ab.

Fühlst du mein Lebtum
Überall
Wie ferner Saum?

Lauter Diamant …

Ich hab in deinem Antlitz
Meinen Sternenhimmel ausgeträumt.
Alle meine bunten Kosenamen
Gab ich dir.
Und legte die Hand
Unter deinem Schritt,
Als ob ich dafür
Ins Jenseits käme.
Immer weint nun
Vom Himmel deine Mutter,
Da ich mich schnitzte
Aus deinem Herzfleische,
Und du so viel Liebe
Launig verstießest.
Dunkel ist es
Es flackert nur noch
Das Licht meiner Seele.

Meine Mutter

O, Mutter wenn du leben würdest
Dann möchte ich spielen in deinem Schoß.

Mir ist bang und mein Herz schmerzt
Von der vielen Pein.
Ueberall sprießt Blutlaub.

Wo soll mein Kind hin?
Ich baute keinen Pfad froh
Alle Erde ist aufgewühlt.

Liebe, liebe Mutter.

O, ich hab dich so lieb

Dein Goldblond nimmt nur
Meinen Hauch an.

Aber ich mag mich
Dir nicht nahen …

Die großen Blutbuchen
Meiner Träumerei
Färben meine Nächte.

Ich bin Wasser!
Immer schlägt wilde Welle
An mein Herz.

Ueber dunkel Gestein
Und schweigende Erde
Muß ich,

Ueber Gottes Grab.
Wie schmerzt mich meine Trauer.

An den Prinzen Benjamin

Wenn du sprichst,
Wacht mein buntes Herz auf.

Alle Vögel üben sich
Auf deinen Lippen.

Immerblau streut deine Stimme
Über den Weg;

Wo du erzählst wird Himmel.

Deine Worte sind aus Lied geformt,
Ich traure, wenn du schweigst.

Singen hängt überall an dir –
Wie du wohl träumen magst?

Saul

Über Juda liegt der große Melech wach.
Ein steinernes Kameeltier trägt sein Dach.
Die Klageweiber treiben hoch und heulen.

Und ohne Leuchte sinkt die Nacht ins Grab;
Sauls volles Auge nahm zur Scheibe ab.
Die Katzen schleichen scheu um rissige Säulen.

Vor seinen Toren aber stehen die Hethiter.
– Er zwingt den Tod, den ersten Eindring nieder –
Und schwingt mit fünfmalhunderttausend Mann die Keulen.

Der alte Tempel in Prag.

(Paul Leppin, dem Dichter, gewidmet.)

Tausend Jahre zählt der alte Tempel schon in Prag,
Staubfällig und ergraut ist längst sein Ruhetag,
Und die alten Väter schlossen seine Gitter.

Ihre Söhne ziehen nun in die Schlacht.
Der zerborstene Synagogenstern erwacht
Und er segnet seine jungen Judenritter.

Wie ein Glückstern über Böhmens Judenstadt,
Ganz aus Gold wie nur der Himmel Sterne hat:
Hinter seinem Glanze beten wieder Mütter.

An Hans Adalbert

Wenn du sprichst
Blühen deine Worte auf in meinem Herzen.

Über deine hellen Haare
Schweben meine Gedanken schwarzhin.

Du bist ganz aus Süderde und Weihrauch
Und Stern und Taumel.

Ich aber bin lange schon gestorben.
O, du meine Himmels-Stätte …

Dem Herzog von Leipzig

Deine Augen sind gestorben;
Du warst so lange auf dem Meer.

Aber auch ich bin
Ohne Strand.

Meine Stirne ist aus Muschel.
Tang und Seestern hängen an mir.

Einmal möchte ich mit meiner ziellosen Hand
Über dein Gesicht fassen,

Oder eine Eidechse über deine Lippen
Liebentlang mich kräuseln.

Weihrauch strömt aus deiner Haut
Und ich will dich feiern,

Dir bringen meine Gärten;
Überall blüht mein Herz bunt auf.

Aber deine Brauen sind Unwetter …

In der Nacht schweb ich ruhlos am Himmel
Und werde nicht dunkel vom Schlaf.

Um mein Herz schwirren Träume
Und wollen Süßigkeit.

Ich habe lauter Zacken an den Randen;
Nur du trinkst Gold unversehrt.

Ich bin ein Stern
In der blauen Wolke deines Angesichts.

Wenn mein Glanz in deinem Auge spielt,
Sind wir eine Welt.

Und würden entschlummern verzückt –
Aber deine Brauen sind Unwetter.

Senna Hoy

Seit du begraben liegst auf dem Hügel
Ist die Erde süß.

Wo ich hingehe nun auf Zehen,
Wandele ich über reine Wege.

O, deines Blutes Rosen
Durchtränken sanft den Tod.

Ich habe keine Furcht mehr
Vor dem Sterben.

Auf deinem Hügel blühe ich schon
Mit den Blumen der Schlingpflanzen.

Deine Lippen haben mich immer gerufen,
Nun weiß mein Name nicht mehr zurück.

Jede Schaufel Erde, die dich barg,
Verschüttete auch mich.

Darum ist immer Nacht an mir
Und Sterne schon in der Dämmerung.

Und ich bin unbegreiflich unseren Freunden
Und ganz fremd geworden.

Aber du stehst am Tor der stillsten Stadt
Und wartest auf mich, du Großengel.

Verinnerlicht

Ich denke immer ans Sterben,
Mich hat niemand lieb.

Ich wollt, ich wär still Heiligenbild
Und alles in mir ausgelöscht.

Träumerisch färbte Abendrot
Meine Augen wund verweint.

Weiß nicht, wo ich hin soll
Wie überall zu dir.

Bist meine heimliche Heimat
Und will nichts Leiseres mehr.

Wie blühte ich gern süß empor
An deinem Herzen himmelblau,

Lauter weiche Wege
Legte ich um dein pochend Haus.

Hans Ehrenbaum-Degele.

Er war der Ritter in Goldrüstung.
Sein Herz ging auf sieben Rubinen.

Darum trugen seine Tage
Den lauteren Sonnenglanz.

Sein Leben war ein lyrisches Gedicht,
Die Kriegsballade sein Tod.

Er sang den Frauen Lieder
In süßerlei Abendfarben.

Goldnelken waren seine Augen;
Manchmal stand Tau in ihnen.

Einmal sagte er zu mir:
»Ich muß früh sterben.«

Da weinten wir beide
Wie nach seinem Begräbnis.

Seitdem lagen seine Hände
Oft in den meinen.

Immer hab ich sie gestreichelt,
Bis sie die Waffe ergriffen.

Georg Trakl †

Seine Augen standen ganz fern –
Er war als Knabe einmal schon im Himmel.

Darum kamen seine Worte hervor
Auf blauen und weißen Wolken.

Wir stritten über Religion;
Aber immer wie zwei Spielgefährte;

Und bereiteten Gott von Mund zu Mund;
Im Anfang war das Wort!

Des Dichters Herz, eine feste Burg.
Seine Gedichte, singende Thesen.

Er war wohl Martin Luther.

Seine dreifaltige Seele trug er in der Hand,
Als er in den »heiligen Krieg« zog.

Dann wußte ich, er war gestorben –

Sein Schatten weilte unbegreiflich
Auf dem Abend meines Zimmers.

An zwei Freunde

Ich blicke nachts in Euren stillen Stern.
Es schwimmen Tränen braun um meinen Mandelkern
Und meine Schellen spielen süß am Kleiderrand.

Ich trage einen wilden Kork im Ohrlapp,
Und Monde tätowiert auf meiner Hand.
Versteinte Käfer fallen von der Schnur ab.

Ich liebe Euer glitzernd Zackenland,
Und sehne mich nach goldnem Edelpunsche,
Aufglimme unsichtbar in Eurem Wunsche.

Laurencis

Ich gab Dir einen Namen
Wie eine fromme Guirlande

Darum will ich ihn
Nun immer liebend rufen.

Du siehst mich golden
Durch mein Abendherz,

Und nicht so trübe wie der Nebel
Es staubfällig färbt.

Meine Seele spielte auferstehen.
Wenn Augen wie schlafende Täler lagen.

Und ich kenne alle Engel,
Denen habe ich viel von Dir erzählt.

O meines Mundes Aster blüht
Mit Deinen Lippen Rittersporn.

Und ich wache vor unserer Liebe
Denn ihre Küsse sollen Knospen bleiben.

Abschied

Aber du kamst nie mit dem Abend –
Ich saß im Sternenmantel.

.... Wenn es an mein Haus pochte,
War es mein eigenes Herz.

Das hängt nun an jedem Türpfosten,
Auch an deiner Tür;

Zwischen Farren verlöschende Feuerrose
Im Braun der Guirlande.

Ich färbte dir den Himmel brombeer
Mit meinem Herzblut.

Aber du kamst nie mit dem Abend –
.... Ich stand in goldenen Schuhen.

Bin ja aus einem Märchenbuch
Und muß nun immer weinen.

Savary

Le Duc

Wie Perlen hängen seine Bilder
Schaumleicht an seidenen Wänden aufgereiht.

Mit goldenem Harz der Hagebutten
Und Rosenseime
Malt er der Prinzen Liebeskleid.

Um ihre zarten Schultern tragen sie
An Ketten – souvenir – im Medaillon
Verzückt des Freundes Paradeis.

Und ihre Hände spielen mit den Bächen
Und feinen Blumenstengeln
Und dem jungen Reis.

Und necken gern den Ziegenbock.
Glasäugig lauscht die graue Geis.

Und ihre Leiber lieben sich
Wie süßgeblühte Bohnenstöcke,
Die sich bewegen kaum in ihrer Adeligkeit.

Theodor Däubler

Zwischen dem Spalt seiner Augen
Fließt dunkeler Golf.

Auf seinen Schultern trägt er den Mond
Durch die Wolken der Nacht.

Die Menschen werden Sterne um ihn
Und beginnen zu lauschen.

Er ist ungetrübt vom Ursprung,
Klar spiegelt sich das blaue Eden.

Er ist Adam und weiß alle Wesen
Zu rufen in der Welt.

Beschwört Geist und Getier
Und sehnt sich nach seinen Söhnen.

Schwer prangen an ihm Granatäpfel
Und spätes Geflüster der Bäume und Sträucher,

Aber auch das Gestöhn gefällter Stämme
Und die wilde Anklage der Wasser.

Es sammeln sich Werwolf und weißer Lawin,
Sonne und süßes Gehänge, viel viel Wildweinlaune.

Und Evviva, dir, Fürst von Triest!

An Franz Marc.

Der blaue Reiter ist gefallen, ein Großbiblischer, an dem der Duft Edens hing. Ueber die Landschaft warf er einen blauen Schatten. Er war der, welcher die Tiere noch reden hörte; und er verklärte ihre unverstandene Seelen. Immer erinnerte mich der blaue Reiter aus dem Kriege daran: es genügt nicht alleine, zu den Menschen gütig zu sein und was du namentlich an den Pferden, da sie unbeschreiblich auf dem Schlachtfeld leiden müssen, gutes tust, tust du mir.

An den roten Strand ist er gekommen, seinen Riesenkörper tragen große Engel zu Gott, der hält seine blaue Seele, eine leuchtende Fahne, in seiner Hand. Ich denke an eine Geschichte im Talmud, die mir ein Priester erzählte: wie Gott mit den Menschen vor dem zerstörten Tempel stand und weinte. Denn wo der blaue Reiter ging, schenkte er Himmel. So viele Vögel fliegen durch die Nacht, sie können noch Wind und Atem spielen, aber wir wissen nichts mehr hier unten davon, wir können uns nur noch zerhacken oder gleichgültig aneinander vorbeigehen. In dieser Nüchternheit erhebt sich drohend eine unermeßliche Blutmühle, und wir Völker alle werden bald zermahlen sein. Wir schreiten immerfort über wartende Erde. Der blaue Reiter ist angelangt; er war noch zu jung zu sterben.

Nie sah ich irgend einen Maler gotternster und sanfter malen wie ihn. »Zitronenochsen« und »Feuerbüffel« nannte er seine Tiere, und auf seiner Schläfe ging ein Stern auf. Aber auch die Tiere der Wildnis begannen pflanzlich zu werden in seiner tropischen Hand. Tigerinnen verzauberte er zu Anemonen, Leoparden legte er das Geschmeide der Levkoje um; er sprach vom reinen Totschlag, wenn auf seinem Bild sich der Panther die Gazelle vom Fels holte. Er fühlte wie der junge Erzvater in der Bibelzeit, ein herrlicher Jakob er, der Fürst von Kana. Um seine Schultern schlug er wild das Dickicht; sein schönes Angesicht spiegelte er im Quell und sein Wunderherz trug er oftmals in Fell gehüllt wie ein schlafendes Knäblein heim über die Wiesen, wenn es müde war.

»Grüße mir dein lieb Weib, blauer Reiter, deinen Knecht, deine Magd, deinen Esel im Stall, deine Rehe und Hirsche auf der Weide und vergiß nicht, mein süßer Halbbruder, den Russel, deinen treuen Hund.«

Das war alles vor dem Krieg.

Franz Marc, der blaue Reiter vom Ried,
Stieg auf sein Kriegspferd.
Ritt über Benediktbeuern herab nach Unterbayern,
Neben ihm sein besonnener, treuer Nubier
Hält ihm die Waffe.
Aber um seinen Hals trägt er ein silbergeprägtes Bild
Und den totverhütenden Stein seines blonden Weibes.
Durch die Straßen von München hebt er sein biblisches Haupt
Im hellen Rahmen des Himmels.
Trost im stillen Mandelauge,
Donner sein Herz.
Hinter ihm und zur Seite viele, viele Soldaten.

Milly Steger

Milly Steger ist eine Bändigerin,
Haut Löwen und Panther in Stein.

Vor dem Theater in Hagen
Stehen ihre Großgestalten.

Böse Tollpatsche, ernstgewordene Hännesken,
Clowne, die mit ihren blutenden Seelen wehen.

Aber auch Brunnen, verschwiegene Weibsmopse
Zwingt Milly rätselhaft nieder.

Manchmal spielt sie mit Zündhölzchen,
Die entzünden sich in der Gulliverin Hand.

Sie schnitzt aus dem Holze Adam
Hinterrücks sein Weib.

Und Millys Herz lacht wie ein Apfel,
In ihren stahlblauen Augen sitzt ein Schalk.

Milly Steger die Bildhauerin ist eine Welt,
Meteore stößt sie von sich

Eine Büffelin an Wurfkraft,
Freut sie sich auch zart an dem blühenden Kern der Büsche.

Georg Grosz.

Manchmal spielen bunte Tränen
In seinen äschernen Augen.

Aber immer begegnen ihm Totenwagen,
Die verscheuchen seine Libellen.

Er ist abergläubig –
– Ward unter einem bösen Stern geboren –

Seine Schrift regnet,
Seine Zeichnung: Trüber Buchstabe.

Wie lange im Fluß gelegen
Blähen seine Menschen sich auf,

Mysteriöse Verlorene mit Quabbenmäulern
Und verfaulten Seelen.

Fünf träumende Totenfahrer
Sind seine silbernen Finger

Aber nirgendwo ein Licht im verirrten Märchen
Und doch ist er ein Kind,

Der Held aus dem Lederstrumpf;
Mit dem Indianerstamm auf Duzfuß.

Sonst haßt er alle Menschen,
Sie bringen ihm Unglück.

Aber Georg Groß liebt sein Mißgeschick
Wie einen anhänglichen Feind.

Und seine Traurigkeit ist dyonisisch,
Schwarzer Champagner seine Klage.

Kein Mensch weiß, wo er herkam;
Ich weiß, wo er landet.

Er ist ein Meer mit verhängtem Mond,
Sein Gott ist nur scheintot.

Peter Baum.

Er war des Tannenbaumes Urenkel,
Unter dem die Herren zu Elberfeld Gericht hielten.

Und freute sich an jedes glitzernd Wort
Und ließ sich feierlich plündern.

Dann leuchteten die beiden Saphire
In seinem fürstlichen Gesicht.

Immer drängte ich, wenn ich krank lag:
»Peter Baum soll kommen!!«

Kam er, war Weihnachten –
Ein Honigkuchen wurde dann mein Herz.

Wie konnten wir uns freuen!
Beide ganz egal.

Und oft bewachte er
Im Sessel schmausend meinen Schlummer.

Rote und gelbe Cyllaxbonbons aß er so gern;
Oft eine ganze Schüssel leer.

Nun schlummert unser lieber Pitter
Schon ewige Nächte lang.

»Wenn ich Euch alle glücklich erst
Im Himmel hätte –«

Sagte gläubig einmal zu den Söhnen
Seine Mutter.

Nun ist der Peter fern bewahrt
Im Himmel.

Und um des Dichters Riesenleib auf dem
  Soldatenkirchhof
Wächst sanft die Erde pietätvoll.

Heinrich Maria Davringhausen.

– Wie er daherkommt –
Trojanischer, junger Priester
Auf grabaltem Holzgefäß.

Zwei Nachtschatten schlaftrinken
In seinem Mahagonikopf;
Seine Lippen küßte ein Gottmädchen hold.

– Wie er gefalten aufstrebt –
Immer tragen seine Schultern
Ehrfürchtigen Samt.

Seine Füße schreiten
Nur über gepflegte Wege;
Stolperten nie über Gestrüpp.

– Wie er gottverhalten ist –
Aus jedem Bild, das er malt,
Blickt allfarbig der Schöpfer.

Gebet.

Ich suche allerlanden eine Stadt,
Die einen Engel vor der Pforte hat.
Ich trage seinen großen Flügel
Gebrochen schwer am Schulterblatt
Und in der Stirne seinen Stern als Siegel.

Und wandele immer in die Nacht …
Ich habe Liebe in die Welt gebracht,
Daß blau zu blühen jedes Herz vermag,
Und hab ein Leben müde mich gewacht,
In Gott gehüllt den dunklen Atemschlag.

O Gott, schließ um mich Deinen Mantel fest.
Ich weiß, ich bin im Kugelglas der Rest,
Und wenn der letzte Mensch die Welt vergießt,
Du mich nicht wieder aus der Allmacht läßt,
Und sich ein neuer Erdball um mich schließt.

O ich möcht aus der Welt!

Dann weinst du um mich.
Blutbuchen schüren
Meine Träume kriegerisch.

Durch finster Gestrüpp
Muß ich
Und Gräben und Wasser

Immer schlägt wilde Welle
An mein Herz,
Innerer Feind.

O ich möcht aus der Welt!
Aber auch fern von ihr
Irr ich ein Flackerlicht

Um Gottes Grab.

Der Mönch.

In deinem Blick schweben
Alle Himmel zusammen.

Immer hast du die Madonna angesehn,
Darum sind deine Augen überirdisch.

Und mein Herz wird ein Weihbecken,
Besterne dich mit meinem Blut;

Ich will der Tau deiner Frühe sein,
Deiner Abendsehnsucht pochendes Amen.

Du bist heilig zwischen bösem Tanz
Und schrillen Flöten.

Gottes Nachtigall bist du
In seinem Hirtentraum.

Deine Sünden wurden Musik,
Die bewegt süß meine Züge;

Deine Tränen tranken schlafende Blumen,
Die wieder Paradies werden sollen.

Ich liebe dich zauberisch wie im Spiegel des Bachs
Oder fern im wolkengerahmten Blau.

Dem Mönch.

Ich taste überall nach deinem Schein.
Suchst du mich auch?

In meiner Stirne leuchtet
Der erblaßte Stern wieder,

Und sehe dich nur in der Welt,
Dein Lächeln immerfort.

Unsere himmelweißen Herzen
Erglühen im Schlaf.

O wir möchten uns küssen,
Aber es wäre wie Mord.

Ich stehe ganz bunt am Granatbaum
In einem Bilderbuch.

Manchmal schaust du auf mich –
Dann singen die Junivögel.

Als der blaue Reiter war gefallen ..

Griffen unsere Hände sich wie Ringe; –
Küßten uns wie Brüder auf den Mund.

Harfen wurden unsere Augen,
Als sie weinten: Himmlisches Konzert.

Nun sind unsere Herzen Waisenengel.
Seine tiefgekränkte Gottheit
Ist erloschen in dem Bilde: Tierschicksale.

Tierschicksale, das wertvollste Bild von Franz Marc, ungeheures Vermächtnis; einen heiligen Kaiser ließ man unbewacht in einem Schuppen zur Weiterbeförderung stehen.

Ein Lied.

Hinter meinen Augen stehen Wasser,
Die muß ich alle weinen.

Immer möcht ich auffliegen,
Mit den Zugvögeln fort;

Bunt atmen mit den Winden
In der großen Luft.

O ich bin traurig....
Das Gesicht im Mond weiß es.

Drum ist viel samtne Andacht
Und nahender Frühmorgen um mich.

Als an deinen steinernen Herzen
Meine Flügel brachen,

Fielen die Amseln wie Trauerrosen
Hoch vom blauen Gebüsch.

Alles verhaltene Gezwitscher
Will wieder jubeln,

Und ich möchte auffliegen
Mit den Zugvögeln fort.

⟨St. Peter Hille⟩

St. Peter Hille
war eine Welt,
Meteor stieß er von sich.

Chronica

(Meinen Schwestern zu eigen)

Mutter und Vater sind im Himmel –
 Amen.
Drei Seelen breiten
Aus stillem Morgenträumen
Zum Gottland ihre Wehmut aus; –
Denn drei sind wir Schwestern,
Die vor mir träumten schon in Sphinxgestalten
Zu Pharaozeiten; –
Mich formte noch im tiefsten Weltenschoß
Die schwerste Künstlerhand.
Und wisset wer meine Brüder sind?
Sie waren die drei Könige, die gen Osten zogen
Dem weißen Sterne nach zum Gotteskind.
Aber acht Schicksale wucherten aus unserem Blut.
Vier plagen uns im Abendrot,
Vier verdunkeln uns die Morgenglut,
Sie brachten über uns Hungersnot
Und Herzensnot und Tod.
Und es steht:
Über unserem letzten Grab ihr Fortleben noch,
Den Fluch über alle Welten zu weben,
Sich ihres Bösen zu freuen.
Aber die Winde werden einst ihren Staub scheuen.
Satan, erbarme dich ihrer.

Mein Drama

Mit allen duftsüßen Scharlachblumen
Hat er mich gelockt,
Keine Nacht mehr hielt ich es im engen Zimmer aus,
Liebeskrumen stahl ich mir vor seinem Haus
Und sog mein Leben ihn ersehnend aus.
Es weint ein bleicher Engel leis in mir versteckt,
Ich glaube tief in meiner Seele;
Er fürchtet sich vor mir.
Im wilden Wetter sah ich mein Gesicht!
Ich weiß nicht wo, vielleicht im dunklen Blitz,
Mein Auge stand wie Winternacht im Antlitz,
Nie sah ich grimmigeres Leid.
.... Mit allen duftsüßen Scharlachblumen
Hat er mich gelockt,
Es regt sich wieder weh in meiner Seele
Und leitet mich durch all Erinnern weit.
Sei still mein wilder Engel mein,
Gott weine nicht
Und schweige von dem Leid,
Mein Schmerzen soll sich nicht entladen,
Den Faden, der mich hielt mit allen Leben,
Hab ich der Welt zurückgegeben
Freiwillig.
Auf allen Denkgesteinen wird mein Leiden brennen,
Um alles Blühen lohen, wie ein dunkler Bann.
Ich sehne mich nach meiner blindverstoßenen Einsamkeit,
Trostsuchend wie mein Kind sie zu umarmen.

Ein Ticktackliedchen für Päulchen

Mein Hämmerchen, mein Kämmerchen
   Pamm pamm, pumm pumm
   pamm pamm, pumm pumm

Mein Schläferchen, mein Käferchen
   pumm pumm, pamm pamm,
   pumm pumm, pamm pamm,

Mein Ührchen tick, mein Türchen tack
   tick tack, tick tack
   knackknack, ticktack.

Selbstmord

Wilde Fratzen schneidet der Mond in den Sumpf
Es kreisen alle Welten dumpf;
Hätt ich erst diese überstanden!

Mein Herz, ein Skarrabäenstein;
Blüht bunter Mai aus meinem Gebein
Und Meere rauschen durch Guirlanden.

Ich wollt, ich wär eine Katz geworden;
Der Kater schleicht sie lustzumorden
Im vollmondblutenden Abendschein.

Wie die Nacht voll grausamer Sehnsucht keimt –
Sie hat in mir oft zart geträumt
Und ist entstellt zur Fratze.

Der Tod selbst fürchtet sich zu zwein
Und kriecht in seinen Erdenschrein,
– Aber ich pack ihn mit meiner Tatze.

Mein stilles Lied

(Meiner lieben Malerin Alice Trübner)

Mein Herz ist eine traurige Zeit,
Die tonlos tickt.

Meine Mutter hatte goldene Flügel,
Die keine Welt fanden.

Horcht, mich sucht meine Mutter,
Lichte sind ihre Finger und ihre Füße wandernde Träume.

Und süße Wetter mit blauen Wehen
Wärmen meine Schlummer

Immer in den Nächten,
Deren Tage meiner Mutter Krone tragen.

Und ich trinke aus dem Monde stillen Wein,
Wenn die Nacht einsam kommt.

Meine Lieder trugen des Sommers Bläue
Und kehrten düster heim.

– Ihr verhöhntet meine Lippe
Und redet mit ihr. –

Doch ich griff nach euren Händen,
Denn meine Liebe ist ein Kind und wollte spielen.

Und ich artete mich nach euch,
Weil ich mich nach dem Menschen sehnte.

Arm bin ich geworden
An eurer bettelnden Wohltat.

Und das Meer wird es wehklagen
Gott.

Ich bin der Hieroglyph,
Der unter der Schöpfung steht

Und mein Auge
Ist der Gipfel der Zeit;

Sein Leuchten küßt Gottes Saum.

⟨Paul Leppin⟩

Der König von Böhmen Paul Leppin
Schenkte mir seine Dichtung Daniel Jesus.
Ich schlug sie auf und las: Der lieben, lieben, lieben, lieben
Prinzessin.
Ich schrieb ihm auf einen himmelblauen
Bogen: Süßer Daniel Jesus Paul.

Georg Trakl

Georg Trakl erlag im Krieg von eigener Hand gefällt.
So einsam war es in der Welt. Ich hatt ihn lieb.

Dem Mönch

(F. J.)

Meine Zehen wurden Knospen.
– Sieh so komm ich zu dir.

Du bist am Rand über dem Tal
Die leuchtende Großkornblume;

Mit deinem Glück färbt sich
Der Himmel die Wangen blau.

Immer öffnet sich mein Wesen
– Bin eine glitzernde Nische,

Aber du kommst nie zu deiner Anbetung
Und morgen ist schon ewige Nacht.

Meine Sehnsucht ist im Sturm meiner Augen
Lange schon verwittert,

Die Korallen in meinem Blut
Sind ganz erblaßt.

Zwischen Dunkelheit verlischt mein Leben
Im scheidenden Antlitz des Mondes.

Ballade

(Erste Fassung)

Trotzendes Gold seine Stirn war,
Süßer Todstrahl sein Haar,
Seine Lippen blühten am Altar.

Ob er kommt dieses Jahr –
Sein Herz pocht ganz nah.

Wo steck ich meine Liebsten hin,
Da ich nur seine Blume bin –

Dem Dichter färbt er die Schläfe rot.
Den Ritter schlägt er mit der Axt tot.
Aber den König trifft er nicht;
Der hat meines Bruders steinern Gesicht.

O, Sascha!

Ballade

(Zweite Fassung)

Sascha kommt aus Sibirien heim
Wie er aussehn mag?

Trotzendes Gold seine Stirn war,
Süßer Todstrahl sein Haar,
Seine Lippen brannten am Altar.

Sascha trank meinen Herzseim
Jede Nacht, die am Traumhang lag.

Was er sagen mag –
Wie er klagen mag –

Wo steck ich meine Liebsten hin?
Da ich ihm untreu war
Und doch nur seine Blume bin.

Dem Dichter färbt er die Schläfe rot,
Den Dieb sticht seine Ehre tot.

Aber den König trifft er nicht,
Der hat meines Bruders steinern Gesicht.
Sascha!

Gottfried Benn

Der hehre König Giselheer
Stieß mit seinem Lanzenspeer
Mitten in mein Herz.

Alice Trübner

(Ihrem lieben Jungen)

Ihr Angesicht war aus Mondstein
Darum mußte sie immer träumen.

Durch die Seide ihrer Ebenholzhaare
Schimmerte Tausendundeinenacht.

Ihre Augen weihsagten.
Ein goldenes Bibelblatt war ihr Herz.

Sie thronte einen Himmel hoch
Über die Freunde.

O sie war eine Sternin –
Sonnengold streute sie von sich.

Eine Herzogin war sie
Und krönte den armseligsten Gast.

Manchmal aber kam sie vom West:
Ein Wetter in Blitzfarben;

Die sind gefangen über Burgzacken
Im harten Rahmen.

Ihre Bilder viele,
Pietätvolle, bunte Briefe;

Viele aufbewahrt unter Glas
An den Wänden.

Aber auch Gläser und Gräser
Malte Alice Trübner.

Irgendwo zwischen sitzt ein Schelm,
Ein altmodisch dicker Puppenporzellankopf.

Oder sie malte huldvoll die Köchin
Als Frau Lucullus gelassen im Lehnstuhl.

Verwandelte strotzende Früchte in Rosen
Auf weißem Damast.

O, sie war eine Zauberin.

Wilhelm Schmidtbonn

Er ist der Dichter, dem der Schlüssel
Zur Steinzeit vermacht wurde.

Adam den Urkäfer trägt er,
Ein Skarabäus im Ring.

Wilhelm Schmidtbonn erzählt vom Paradies;
Reißt den verlogenen Nebel vom Baum:
Stolz blüht die Dolde der Erkenntnis.

Sein markisches Gesicht strömt immer
Zwei dämmerblaue Kräfte aus.

Er ist aus Laub und Rinde,
Morgenfrühe und Kentauerblut.

Wie oft schon ließ er sich zur Ader
Seine Werke zu tränken.
Sein neustes Versspiel stiert aus Einauge.

Milly Steger

(Ihrer Mutter)

Milly Steger ist eine Bändigerin,
Haut Löwen und Panther in Stein.

Vor dem Spielhaus in Elberfeld
Stehen ihre Großgestalten;

Böse Tolpatsche, ernste Hännesken,
Clowne, die mit blutenden Seelen wehen.

Aber auch Brunnen, verschwiegene Weibsmopse
Zwingt Milly rätselhaft nieder,

Manchmal schnitzt die Gulliverin
Aus Zündhölzchen Adam und hinterrücks sein Weib.

Dann lacht sie wie ein Apfel;
Im stahlblauen Auge sitzt der Schalk.

Milly Steger ist eine Büffelin an Wurfkraft;
Freut sie sich auch an dem blühenden Kern der Büsche.

Hans Adalbert von Maltzahn

Der Freiherr mußte Vicemalik sein
In meiner bunten Thebenstadt,
Als ich nach Rußland zog,
Prinz Sascha zu befrein.

Du machst mich traurig – hör

(Hans Adalbert)

Bin so müde.
Alle Nächte trag ich auf dem Rücken
Auch deine Nacht,
Die du so schwer umträumst.

Hast du mich lieb?
Ich blies dir arge Wolken von der Stirn
Und tat ihr blau.

Was tust du mir in meiner Todesstunde?

David und Jonathan

O Jonathan, ich blasse hin in deinem Schoß,
Mein Herz fällt feierlich in dunklen Falten,
In meiner Schläfe pflege du den Mond,
Des Sternes Gold sollst du erhalten,
Du bist mein Himmel mein, du Liebgenoß.

Ich hab so säumerisch die kühne Welt
Fern immer nur im Bach geschaut,
Doch hat mein Träumen sich nicht hold belohnt,
Da sie nun bunt aus meinem Auge fällt
Durch deine Liebe aufgetaut.

O Jonathan, nimm du die königliche Träne,
Sie schimmert weich und reich wie eine Braut.
O Jonathan, du Blut der süßen Feige,
Duftendes Gehang an meinem Zweige,
Du Ring in meiner Lippe Haut.

Durch den ich wieder neu und scheu mich sehne …
O Jonathan, dein spielerischer Bibelprinz
Nippt sterbend noch von deiner Liebe Minz.

Abschied.

Ich wollte dir immerzu
Viele Liebesworte sagen;

Nun suchst du ruhlos
Nach verlorenen Wundern.

Aber wenn meine Spieluhren spielen,
Feiern wir Hochzeit.

– O deine süßen Augen
Sind meine Lieblingsblumen;

Und dein Herz ist mein Himmelreich;
Laß mich hineinschau'n.

Du bist ganz aus glitzernder Minze
Und so weich versonnen .....

Ich wollte dir immerzu
Viele Liebesworte sagen, –

Warum tat ich das nicht?

Der Hirte

Der Hirte träumt auf seinem Wiesenhügel,
Und in Palazzo ruhen Dogenhände wie die Flügel
Der teppichbuntgestickten Engelin
Im Maschenreiche Farbenspiele grün.

Und für den Dogen blüht der Hirte nur
Und seine Schafherzgarbe schmückt das weiße Haus
Viel manniginniger als alle Blumen auf der Flur,
Denn immer hauchte er sein Leben aus.

Und sitzt Paolo wie St. Marcus auf dem Thron
– Im Regenbogen lächelt süß der Friede –
Goldtönen die Apostel auf der Sonnenuhr
Und seine Stadt schwimmt fern auf seinem Liede …

Die Wolle seiner Herden kräuselte sich schon
Und lächelnd trieb der Knabe sie zur Schur
Und zungenredete vor seiner sanften Prozession.

Ludwig Hardt

Seiner Heimat Erde ruht
An keiner Bergwand aus;

Ein weiter, weiter Schemel –
Friesland.

Ungehemmt wettern die Wetter
Und die stürmenden Gemüter dort.

Im lüttchen Städtchen Weener
Hockt Ludwigs zottigsteinern Elternnest.

Da einmal flog Er mit den Herbstvögeln
Fort über die Ems.

Von hoher Vogelreinheit inbrünstig
Ohne Makel klopft sein Herz.

Und geharnischt ist seine Nase,
Seidene Spenderinnen die feinen Lippen,

Wenn sie die Verse Maria
Rainer Rilkes gastlich reichen;

Werden Rittersporn
In Liliencrons Balladengesängen;

Flattern wie Möven auf,
Lauter »Emmas«, wenn er entzückend

Uns mit Morgensterns
– frei nach Hardt – »kosmischer Meschuggas« beschenkt.

O, Ludwig Hardt liebt seine Dichter,
Die er spricht.

Und vermählt sich mit den Gedichten,
Die er schlicht zu sagen versteht.

Nie deklamiert er!
Das ist es eben.

Hagar und Jsmaël

Max Reinhardt schenke ich dieses Gedicht.

Mit Muscheln spielten Abrahams kleine Söhne
Und ließen schwimmen die Perlmutterkähne;
Dann lehnte Isaak bang sich an den Jsmaël

Und traurig sangen die zwei schwarzen Schwäne
Um ihre bunte Welt ganz dunkle Töne
Und die verstoßne Hagar raubte ihren Sohn sich schnell.

Vergoß in seine kleine ihre große Träne,
Und ihre Herzen rauschten wie der heilige Quell,
Und übereilten noch die Straußenhähne.

Die Sonne aber brannte auf die Wüste grell
Und Hagar und ihr Knäblein sanken in das gelbe Fell
Und bissen in den heißen Sand die weißen Negerzähne.

Georg Koch

Seelisch verstaubt –
Oft trägt sein Hals schon seine Totenmaske.

Ganz, ganz ernst
Ist der Bildhauer Georg Koch;

Verstorben, aber balsamiert von den Oliven,
Die an seinen Träumen hängen.

Er liebt den Süden der Welt;
Wir reisen oft von Napoli,

– Unsere abenteuerlichen Sinne
Sind weiße Segel –

Heimlich auf einem Gespensterschiff
Nach Palästina.

Kein Jude begegnet den Juden feierlicher
Wie dieser Christ mit den blauen Schubertaugen.

Seine Geschöpfe formt er nach seinem Ebenherzen,
Sie springen unerwartet aus ihm,

Wie die Zwangsgrimasse, die so oft
Über sein vornehm gemessenes Gesicht schleicht.

Denn sein Herz ist sicher ein Katerkopf,
Geweiht hinter grausamen Gittern heilig.

Was Georg ballt und schafft?
Nicht dumpf Tier, nicht klar Mensch,

Aber jede seiner Kreaturen,
Haucht er Geist und Odem ein,

Den keine Wissenschaft gewinnen kann
Geschweige der Kunstdilettant,

Dessen Machwerke nicht atmen
Und so kein ewiges Leben in sich tragen.

Des wahren Künstlers edelste Eigenschaft
Heißt »Gott«.

– Die seltsam gehauenen Steine im Atelier Kochs?
Vielleicht sind es gestaltgewordene unheimliche Gesänge.

Jeder der Köpfe blickt, und hört,
Ja, belauscht und übertönt sich mit seinen entrücktesten Gefühlen.

Ihr Schöpfer ist der erste und einzige
Futuristische Bildhauer.

Einer seiner düsteren Propheten
Könnte wahrhaft »Baß« heißen.

Dieser wie alle Tongebilde Georg Kochs blicken in sich
Religiös, einsiedlerisch, streng bezwungen.

Im Dämmer wie des stillen Bildhauers Kopf.

Joseph.

Die Winde spielten müde mit den Palmen noch
So dunkel war es schon um Mittag in der Wüste,
Und Joseph sah den Engel nicht, der ihn vom Himmel grüßte
Und weinte, da er für des Vaters Liebe büßte
Und suchte nach dem Cocos seines schattigen Herzens doch.

Der bunte Brüderschwarm zog wieder nach Gottosten
Und er bereute seine schwere Untat schon
Und auf den Sandweg fiel der schnöde Silberlohn.
Die fremden Männer aber ketteten des Jakobs Sohn
Bis ihm die Häute drohten mit dem Eisen zu verrosten.

So oft sprach Jakob inbrünstig zu seinem Herrn,
Sie trugen gleiche Bärte, Schaum von einer Eselin gemolken
Und Joseph glaubte jedesmal sein Vater blicke aus den Wolken
Und eilte über heilige Bergeshöhn, ihm nachzufolgen
Bis er dann ratlos einschlief unter einem Stern.

Die Käufer lauschten dem entrückten Knaben,
Des Vaters Andacht atmete aus seinem Haare;
Und sie entfesselten die edelblütige Ware
Und drängten sich zu tragen, Canaans Prophet in einer Bahre,
Wie die bebürdeten Kameele durch den Sand zu traben.

Egypten glänzte feierlich in goldenen Mantelfarben
Da dieses Jahr die Ernte auf den Salbtag fiel.
Die kleine Karawane, endlich nahte sie dem Ziel.
Sie trugen Joseph in das Haus des Potiphars am Nil.
An seinem Traume hingen aller Deutung Garben.

Die Schauspielerin.

Tilla! Ruft sie Gemahl,
Dienerin, Magd
Und Aras, der Papageimandrill.

Diese Bühnenherrin, die so sehr
Des Kindes Zuspruch
Und großer Zärtlichkeit bedarf.

Die Kulisse atmet,
Und unter ihren Füßen
Ballt eine Erde sich auf.

Blüht ein Tal,
Rauscht ein verwegener Strom,
Murrt Lava im Fels.

Als sie die Katharina spielte,
Trug diese slawische Simsonin
Rußland auf ihrer Schulter ins Haus.

Wie im Leben voll Mut
(Mut macht einen Charakter aus),
Las sie aufbäumende Verse,

Kämpfte mit zurückgelassenem Wort
Fern weilender Dichter
Immer wieder aus Gerechtigkeit.

Mit altem Hugenottenblute gemalt,
Im Ebenholzrahmen auf Elfenbein vergilbt,
Lächelt Tilla aus der Urahnin Antlitz.

Und wie sie sich entzaubern kann,
Bleibt sie auch immer eine schenkende Schelmin,
Ein weiblicher Nikolas.

Aus St. Paulis Matrosenkneipe,
So eine Lose ... »Komm in meine Lie--beslaube«
Trillert sie wirklich charmant;

Um am Abend aus weißem Opal
Die Rhodope im Theater zu spielen:
Geweihte Frau im häuslichen Hain.

Den Schauspielen Shaws
Setzt sie eine schimmernde Nase auf.
Dann ist Tilla die große Clownin.

Barlach formte ihren Kopf
In bläulich Porzellan.
Als Kleopatra malte sie Slevogt.

Senken sich ihre witternden Vogelaugen,
Dann schwankt die Bühne vor Todesbeben:
Alkestis.

Oft aber schweben die seltsam seltenen,
Grauen Vögel unter feinen Brauenbogen weit fort,
Als ob sie nie wiederkehren.

Carl Schleich

Strindbergs Zwillingsbruder.
Auf ein Haar gleichen sich die Königstigerköpfe.

Wenn Schleich von Strindberg erzählt,
Heimwehen seine gelben Augen leidenschaftlich.

Ich glaube, die Freunde gingen
Unter e i n e r gestreiften Haut.

Es glitzert um Carls feinen Mund
Wenn er feierlich an August denkt....

Immer wurde ihr Gespräch
Ein Konzert.

Denn auch Carl Schleich ist ein Dichter
Abenteuerlich setzt er wie der Unvergeßliche

Im kühnen Weltensprunge
Durch den Reif in Gottes zeitlicher Hand.

Die Medizin studierte Carl
Am Gerippe der Ewigkeit:

Denn sein Gehirn ist ein Leuchtturm
Wenn sein wogendes Herz waghalst;

Ritzt sich oft am Dorn des Kranken,
Des Leidens Ursache zu erspähen.

Faulende Beine und Füße,
Hände und Arme sägt der Doktor vom Stamm

Und rettet dem welkenden Menschen
den Sommer –

Tausendundsiebzehnjährig lächelnd, ein träumerischer
Schwarzseher
Tritt er manchmal an unsern bunten Caféhaustisch:

»Kinder bald schieb ich ab« ....
Er meint dann ernsthaft, er ende noch am Abend.

Wie in allen künstlerischen Menschen Leben und Sterben
schimmert,
Hängt auch an Schleich der Tau der Eingebung;

Und er feiert Dasein, Grablegung und Himmelfahrt.
Auf jeder Seite seiner Büchertestamente wächst ein Wunder.

Gott hör ....

Hugo Simon dem Boas

Um meine Augen zieht die Nacht sich
Wie ein Ring zusammen.
Mein Puls verwandelte das Blut in Flammen
Und doch war alles grau und kalt um mich.

O Gott und bei lebendigem Tage
Träum ich vom Tod.
Im Wasser trink ich ihn und würge ihn im Brot.
Für meine Traurigkeit fehlt jedes Maß auf deiner Waage.

Gott hör, in deiner blauen Lieblingsfarbe
Sang ich das Lied von deines Himmels Dach.
Und wurde doch für deinen ewigen Hauch zu wach.
Mein Herz schämt sich vor dir fast seiner tauben Narbe.

Wo ende ich, o Gott, denn in die Sterne,
Auch in den Mond sah ich in alle deiner Früchte Tal.
Der rote Wein wird schon in seiner Beere schaal
Und überall die Bitternis in jedem Kerne.

Hans Heinrich von Twardowsky

Ein Flamingo holte sich als Spielzeug
Den Hans Heinrich aus dem Teich.

Der Mondmann tanzt im goldenen Frack
Mit seinen Sternen Zick und Zack
Wenn Heinrich reimt im Chapeau Claque
In unserer Tacktick.

Er dichtet bis in Herrgottsfrüh
Liebenswürdige Parodie
Wolkenleicht und voll Esprit.

Glücklich schlägt seine Zuckeruhr;
Seine Augen lassen blaue Spur,
Adelige Vergißmeinnie.

Leo Kestenberg

Seine Hände zaubern Musik durch stille Zimmer.
Zwischen uns sitzt dann der ehrwürdige Mond
Goldbehäbig im Lehnstuhl
Und versöhnt uns mit der Welt.

Wenn Leo Kestenberg Flügel spielt,
Ist er ein heiliger Mann;
Erweckt Liszt aus steinernem Schlaf,
Bach feiert Himmelfahrt.

Mit Schumann wird Leo ein Kind
Und Schwärmer am Süßfeuer Chopins.

Der dunkle Flügel verwandelt sich aber zur Orgel
Wenn Kestenberg eigene Rosen spielt.
Sein schweres Ebenholzherz frommütig aufhebt
Und weicher Musikregen uns durchrieselt.

⟨Pablo⟩

»Pablo nachts höre ich die Palmenblätter
Unter deinen Füßen rascheln.

Manchmal muß ich sehr weinen
Um dich vor Glück –

Dann wächst ein Lächeln
auf deinem lässigen Lide.

Oder es geht dir eine seltene Freude auf:
Deines Herzens schwarze Aster.

Immer wenn du an Gärten vorbei
Das Ende deines Weges erblickst, Pablo,

– Es ist mein ewiger Liebesgedanke,
Der zu dir will.

Und oft wird Schimmer vom Himmel fallen
Denn es sucht dich am Abend mein goldener Seufzer.

Bald kommt der schmachtende Monat
Über deine holde Stadt;

Unter dem Gartenbaum hängen
Wie bunte Trauben die Vögelscharen,

Und auch ich warte verzaubert
Von Traum behangen.

Du stolzer Eingeborener, Pablo,
Von deinem Angesicht atme ich fremde Liebeslaute;

In deiner Schläfe aber will ich meinen Glücksstern pflanzen,
Mich berauben meiner leuchtenden Blüte.«

〈Die Engel deckten wolkenweiß zum Himmelsmahle〉

Die Engel deckten wolkenweiß zum Himmelsmahle,
Des hohen Heimgekehrten Herz nahm Gott aus seiner Schale,
Zu prüfen das geweihte widerspenstige Erz,
O Eleasars Herz rieb sich an Herz,
Entbrannte seinen Stein!
Jerusalem, in seinen Krug gieß deinen Wein
Und laß ihn gären aufbewahrt im Tale.

⟨An meine Freunde⟩

Nicht die tote Ruhe –
Bin nach einer stillen Nacht schon ausgeruht,
O, ich atme Geschlafenes aus,
Den Mond noch wiegend
Zwischen meinen Lippen.

Nicht den Todesschlaf –
Schon im Gespräch mit euch, himmlisch Konzert,
Ruhe ich aus.
Und neu Leben anstimmt
In meinem Herzen.

Nicht der Ueberlebenden schwarzer Schritt –
Zertretene Schlummer zersplittern den Morgen.
Hinter Wolken, verschleierte Sterne
Ueber Mittag versteckt –
So immer wieder neu uns finden.

In meinem Elternhause nun
Wohnt der Engel Gabriel.
Ich möchte innig mit euch zungenreden,
Seelige Ruhe in einem Fest feiern –
Sich die Liebe mischt mit unserm Wort.

Aus mannigfaltigem Abschied
Steigen aneinandergeschmiegt die goldenen Staubfäden,
Und nicht ein Tag ungesüßt bleibt
Zwischen wehmütigem Kuß
Und Wiedersehn.

Nicht die tote Ruhe
So ich liebe im Odem sein.
– Auf Erden mit euch im Himmel schon –
Allfarbig malen auf blauem Grund
Das ewige Leben.

Marianne von Wereffkin

Marianne spielt mit den Farben Russlands malen:
Grün, Hellgrün, Rosa, Weiss,
Und namentlich der Kobaltblau
Sind ihre treuen Spielgefährten.

Marianne von Wereffkin –
Ich nannte sie den adeligen Strassenjungen.
Schelm der Russenstadt, im weiten Umkreis
Jeden Streich gepachtet.

Ihren Vater, der Verweser Alexanders,
Trägt sie im Medaillon um ihren Hals.
Marianne malte ihn, achtjährig war sie erst:
Hier f i e l vom Himmel eine Meisterin.

Goldene Saat wächst auf ihrer Landschaft,
Wenn gottgefällig sich ein Baurenvolk
Im Kreise um die reiche Ernte freut.
Man hört vom Turm Geläut, malt sie den Sonntag.

Mariannens Bilder sind Geschöpfe,
Sie atmen und voll Leben strömen sie
Und wie ein Meer und wie ein Wald
Bergen sie auch tiefsten Frieden in sich.

Mariannens Seele und ihr unbändig Herz
Spielen gern zusammen Freud und Leid,
Wie sie so oft die Melancholie
Hinmalt mit zwitschernden Farbentönen.

Aribert Waescher

Zur Zeit des Nazareners
War er ein starker Jünger.

»Arib«! So nenne ich meinen herrlichen Freund.
Tief religiös ist er.

Jedes Jahr pflückt er das Evangelium
Glitzernd vom Weihnachtsbaum.

Aber auch vergoldete Aepfel und Nüsse
Und Herzen aus Chocolade.

Freut sich darauf wie der fünfjährige Ari,
Der so viel Liebe von Mutter und Vater empfing.

Er sehnt sich noch immer nach süßen Beteurungen
– Der Riese.

Schlägt er die Fransen seiner Lider auf,
Wird es blaublaublau.

Sein Schritt auf die Bühne
Hob seinen Traum nicht auf, erhöhte ihn.

Seine Stimme wurde antik:
Ein Hektor in des Theaters Arena.

Thau im Klang, bebend vor Kraft,
Dennoch Zurückhaltung im Ausbruch bewahrt.

Wie vornehm spielte er den Holofernes;
Und nicht als ungeschlacht Raubtier.

Dabei freut sich Niemand neidloser
Am Spiel des Andern wie mein Freund.

Namentlich weiß er den Bassermann
Unendlich zu verehren.

Wie erst versteht er Freund zu sein
Dem Freunde brüderlich.

In der Passion saß Aribert zur Rechten Jesu,
Ein junger Petrus: Knecht und Wille zugleich.

Ergriff es mich mächtig, ich weinte,
Als er schlicht und entsetzt zu Ischariot sagte:

»Du wirst dir doch von unserm Herrn
Nicht die Füße waschen lassen!«

Dann – mit welchem Blutbeben
Er selbst seinen Fuß dem Rabbuni reichte

Sehr oft wandeln wir beide
Durch die alte und neue Testamentwelt;

Und waren schon im Himmel einmal
– bei Gott.

An die Einwohnerschaft Berlins.

Ihr lieben Leute laßt Euch sagen
Daß ich seit Jahren keine Wohnung hab.
Und die es lesen will ich fragen,
»Wer läßt mir einige Zimmer ab?«

Damit wir uns nun auch vertragen –
Mit eigenem Eingang Vorder- oder Hinterhaus!
Geteilte Wohnung, abgeschlagen,
Möbliert, auch leer macht mir nichts aus.

O überlegt und laßt mich nicht verzagen.
Ich, die ich Euch so viele Verse gab;
Gern will die Kosten ich der Miete tragen
Vom Tag des Einzugs bis ins kühle Grab.

Abschied.

Der Regen säuberte die steile Häuserwand.
Ich schreibe auf den weißen, steinernen Bogen
Und fühle sanft erstarken meine müde Hand
Von Liebesversen, die mich immer süß betrogen.

Ich wache in der Nacht stürmisch auf hohen Meereswogen!
Vielleicht entglitt ich meines Engels liebevoller Hand,
Ich hab die Welt, die Welt hat *mich* betrogen,
Ich grub den Leichnam zu den Muscheln in den Sand.

Wir blicken all zu *einem* Himmel auf, mißgönnen uns das Land? –
Warum hat Gott im Osten wetterleuchtend sich verzogen,
Vom Ebenbilde seines Menschen übermannt.

Ich wache in der Nacht stürmisch auf hohen Meereswogen!
Und was mich je mit seiner Schöpfung Ruhetag verband,
Ist wie ein spätes Adlerheer unstät in diese Dunkelheit geflogen.

〈Die Leber ist von einem Hecht〉

Ich sammelte Muscheln und Steine, pflückte lebende Rosen und Nelken, spielte mit den Fischen in ihrem Wasserheim ihr Lieblings-Gesellschaftsspiel:

»Die Leber ist von einem Hecht
Und nicht von der Sardine.
Der schönste Fisch war Engelbrecht –
Der trocknet auf der Düne,«

worauf dem tragischen Karpfen ein entzückendes Goldfischchen anspielend zuflüsterte:

»Die Leber ist von einem Hecht,
Dess' Leben war nicht zähe.
Er reimte gut, er reimte schlecht
Und starb an der Trochäe.«

〈Im Schwarzen Walfisch zu Askalon〉

»Im Schwarzen Walfisch zu Askalon,
Leiten zwei Damen nun die Pension
Mit Sorgfalt und besonderem Takt,
Und großem Spürsinn hochbegabt.
So engagierten sie zum Abt
Im vorigen Jahre schon im Mai,
Frau Benz für ihre Wirtschaftei,
Die kocht, was uns erfrischt und labt.«

Jussuff Abbu

Seiner guten Mutter.

Er ruht auf seinem niederen Diwan wie im Elternhaus.
Das steht in Safeth unter schwärmerischem Himmel,
In ihm denkt sehnsüchtig die Mutter an den Jussuff.

Und auf der Tonplantage seines Ateliers,
Die weißen Menschen blicken leis vom Stein verschleiert,
Geheimnisvoll nach Osten.

Erschaffen kunstvoll und verhüllt behütet,
Fromm leben Jussuff Abbus Steingeschöpfe.
Sorgfältig forschen muß man ihren Wert.

Es atmet schwermütig der Stein,
Es lächeln Lippen lieblich liebentlang,
Im Marmormädchen blüht ein Herz.

–! Da – hinter Eisengittern – ja träumt man? –
Brüllt Abbus junger Tiger braungefleckt:
»Zuckeri nja siddi?«

Ganz ehrerbietig redet Jussuff seinen Gast:
»Herr« Mohammed an.
So er beweist die Hoheit aller Edeltiere.

Und spricht die Sprache der Beduinenfürsten,
Die von den Wüstenvögeln ihre Laute lernten.
Als Kind ritt er auf wildem Pferde mit den Stämmen.

Ganz weiß ist Jussuff Abbus Herz geblieben.
Doch seine Brauen, urwäldlich verwachsen,
verfinstern seine Galiläeraugen.

Sucht er den Psalm der Jemeniterpriester,
Schwebt jeder Harfenton hebräisch zu Jehovah
Vom heiligen Künstlertempel Abbus bis ins blaue Reich.

Paul Gangolf.

Braungebrannt kommt er geschritten
(Eben mal durchs Café)
Von Neapel, manchmal auch von Salzburg.

Um mit Freund und Freund in Freundschaft
(Eine Nacht wirds doch) zu plaudern.
Gangolfs Herz ist innig.

Unser liebster Kamerad
– Das verlorene Kind –
Väterlich und mütterlich sind wir zum Paul.

Und er spielt so gerne Großsein
Auf der bunten Murmelwelt,
Die er überm Tisch uns zurollt.

Immer wieder »lebend noch!«
Kam er, sich zum Teufel wünschend,
Schwermütig und todgütig von der Front heim.

Wenn wir damals durch die Straßen schlenderten, –
Ich der Prinz, Er in seiner Uniform:
Ein staubmüder Kriegsgraf;

Der die Schlacht der Völker hinnahm
Wie das Schicksal eines Wandgemäldes,
Dessen Farben schreien.

Ernst ist es Paul Gangolf mit dem Malen
Und dem Zeichnen und Radieren:
Feste, gefahrvolle Gewebe.

Abenteuer jedes seiner Bilder
Aus feinstem Nerv.
Dort überm Kirchturm tanzt der Schwärmer.

Eisenbahnen rasen kreuz und quer
Wie über die Geleiselinien
Auf der Fläche seiner starken Hand.

– O, die Sehnsüchte seines Herzens –
Zerfleischt wandeln sie, Gerippen
Durch den Strahl der Feder schaurig.

Unerhört erschütternd sein Selbstbild –
– Mondloses –
Extrakt des tiefsten Alleinseins.

– Aber zwischen seinen spielerischen Wänden
Pflegt er mit Vorliebe Bauherr zu sein:
Puppentheater, Papierschauspieler und Tänzerinnen
herzuzaubern.

Wüßt' ich ein Wort für das degenerierte
Altmeisterlich und affektierte Wort »Genie« –
Es paßte auf Paul Gangolf.

Paul Leppin

Er ist mein liebster Freund,
Er ist der König von Böhmen.

Wenn ich von ihm spreche
Lege ich mein Feierkleid an.

Gedenkt er meiner –
Spielen die Spieldosen im Schrank;

Oder die Uhr an der Wand
Schlägt eine tiefe Stunde.

Er läutet Selbst und läutert,
Paul Daniel Jesus, ein junger Papst.

Sein Herz pilgert immer
Fromm in die Ewigkeit …

Ganz einsam, aber in großen Zügen
Trinkt er die bittere Traube der Welt.

Sein Antlitz, ein schimmernder Totenkopf:
Die große Auferstehung.

Der erschafft aus einem Blutstropfen
Das Werk,

Und gibt ihm den Namen
Von seinem Gebein.

Paul und sein Sohn der kleine Ritter:
Ein Goldgemälde: Alter Meister,
Im Rahmen der Stadt Prag.

Abigail.

Im Kleid des Hirten schritt sie aus des Melechs Haus
Zu ihren jungen Dromedarenherden,
Im edlen Wettlauf mit den wilden Pferden
Und trieb die Silberziegen vor die Stadt hinaus,
Bis sich die Abendamethysten reihten um die Erden.
Um seine einzige Tochter bangte König Saul.

Sie setzte das verirrte Tier nicht aus
Der Wüste hungernder Schakale
Und trug am Arme blutiger Bisse Male,
Entriß das Böcklein noch der Löwin Maul.
– Der blinde Seher sah es jedesmal voraus. –
Die Gräser zitterten im Judatale.

Im Schoß des Vaters schlief die kleine Abigail
Wenn über Juda lauschte Israels Gebieter
Hinüber zu dem feindlichen Hettiter.
Der Skarabäus seiner Krone wurde faul.
Treu aber hütete der Mond des Melechs Güter
Und seine Krieger übten sich im Pfeil.

Bis Isaak blies den goldenen Abraham aus
»Den Mond« – erzählte ernst der Melech seinem Kinde.
Der bleibt in seinem ewigen Scheine ohne Sünde.
Auch Isaak glitzerte ganz hell und weiß.
Man konnte ihn noch funkeln seh'n im Winde.
Einst trug sein Vater ihm ein Osterlämmlein hin auf seines
Herrn Geheiß.

Als auf den Feldern blühte jung das Reis,
Schloß Saul die mächtigen Judenaugen beide,
Und seiner Abigail begegnete ein Engel auf der Weide,
Der kündete: »Jehova blies die Seele deines Vaters aus« …
– Die arme Hirtin weinte zwischen ihren Herden leise.
Die scharten sich um sie in ihrem Herzeleide.

Abendlied.

Auf die jungen Rosensträucher
Fällt vom Himmel weicher Regen
Und die Welt wird immer reicher.

O mein Gott mein, nur alleine
Ich verdurste und verweine
In dem Segen.

Engel singen aus den Höhen:
»Heut ist Gottes Namenstag,
Der all weiß von dem Geschehen.«

Und ich kann es nicht verstehen,
Da ich unter seinem Tag
Oft so traurig erwach.

Der Hannemann.

Sein Vater, dessen Vater schon war Intendant in Tilsit.
Seine Mutter: Böhmin. Karl: Ein Zigeuner!

Er lebte auch am liebsten: Immerdurchdiewelt,
Auf Rädern von zwei spielerischen Apfelschimmeln
Ort zu Ort gezogen.

Als Jüngling saß er gerne unter Aesten spät im Herbst.
Ich bin verliebt in seine achtzehn Jahre!
Zwischen Herz und Herzblatt
Trage ich Wachholderkarls Konterfei.

Berlin S.W. am Halleschen Tor wohnt Karl Hannemann
Mit seinem sorglich treuen Freunde King am Spreekanal,
Der Karl würde sonst am Dorn des Lebens hängen bleiben.

Er träumt und säumt und schäumt,
Trägt er uns seine Verse, seine Dramen vor
Bis sich der Dämmer meldet,
Grau ans Fenster pocht.

Mit einem schwärmerischen Vollakkord lullt uns so gern
Wachholderkarl zärtlich ein.
Er weiß, wir lieben ihn, wenn er Klavier spielt.

Und wie erst – so er mit dem hölzernen Hämmerchen
Die Trällerchen vom Kämmerchen
Ein Liedchen auf der kleinen Holzklaviatur
So dahin lieb klimpert.

Karl Hannemann – ich sah ihn schon vor Jahren
Die Rolle von »dem« spielen, der die Maulschellen kriegt.
Frau Andrejew wünschte ihm begeistert Glück nach dem
Theaterschluß.

Ich schenkte ihm ein Schiff, das steht auf seinem Eckbrett.
Und eine Spieluhr: Ach, wie ist es möglich dann – jedoch –
Ich holte mein Präsent am andern Tage reuevoll zurück.

Die Bühne ist mit Karls Herz verwachsen,
Sein Fuß verwurzelte mit ihrem Holz.
Er erbte seiner Väter buntes, stolzes Komödiantenblut.

Sigismund von Radecki.

Ein baltischer Edelmann, Mensch und Dichter,
Und Sigismund und Schwärmer und Verweser.

Melancholie stritt schmerzlich mit des Herzens Juliüppigkeit,
– Die Lieblingsschwester, seine Dichterin, lag fern im Todesrot.

Als er mir ihren Abschiedsbrief ergriffen vorlas:
»Herzlieber Bruder mein …«
Begruben wir den lieben Engel unter stillen Worten.

Sigismunds gewaltiges Erdenherz hat Jahreszeiten:
Glück, Himmel, Sturm und Tod.

Und wer erlebte nicht einmal die Laune seiner Laune: Schelm,
Der sitzt auf seiner Zungenspitze, spitzt und pfeift den ersten April.

Der Sigismund besucht noch manchmal die Obertertia im Traum,
So brachte er mir strahlend einen blauen Falter unter Glas
wie Zensur 1 ins Haus.

Und wir bekennen uns zu Kinonitern Schulter an Schulter,
Ausgerüstet mit Fruchtbonbons, begeistert ziehen wir in manchen
blutigen Film.

Von Schweden Svenska hin nach Troja I., II. Teil, wo der Achill
Mit den unnahbaren Händen dem Patroklos schrecklich Opfer
bringt.

Auch Chaplin spielt im Mozartsaal; wie wir den hoch verehren!
Zwischen Dumier und Christian Morgenstern sitzt er im Tempel:
Kunst.

Und wir verkürzen uns den Abendrest,
Indem wir Reime reimen auf Chaplin, den Kosmiker der Komiker.

Und einmal liebte Sigismund ein Paar blaue Augen .....
Da prallte heißer Dichtung Mittagssonne auf sein liebevolles Herz.

Auch seine Uebersetzung wird zur eigenen Dichtung,
Da ihm gelingt, Tönung und Farbe pietätvoll zu bewahren.

Puschkin und Gogol wurden ihm zu übertragen anvertraut,
Ins Deutsche, das er unvergleichlich stark beherrscht.

Er kaufte einen ungeheuren Bogen, einen Samowar voll Tinte
Und sitzt von früh bis spät in seinem kleinen Kreml,
Wo seine Feder voll vom schwarzen Blute klebt –!

Jankel Adler.

Man nennt ihn überall den lieben Jankel.
Wir sind aus einer Stadt und gingen in dieselbe Schule
Und schlidderten mit Vorliebe über zugefrorene Gossen.

Der liebe Jankel hatte damals schon zwei Knospen im Gesicht,
Die tun sich heute auf verklärt und bibelvoll
Erzählt er uns vom Balchem.

Im Traum zur Nacht trägt man ihn feierlich,
Wie seinen Urrabunivater einst auf Zweig und Blatt
Vom stillen Walde in die Hallelujastadt.

Weiht er doch jedes Bildnis, das er malt,
Mit dichterischer, großer Harfenschrift
Seinem jungen Gotte Zebaoth.

Und selbst dem Argen unter den Gestalten,
Dem trügerischen Goldverleiher mit dem Fuchshaar,
Heiligt der Davidstern des alten Judenbluts!

Die Wupperstadt mit rosigem Sterbevogel –
Im Morgenrot und frühen Tod und brüderlichen Psalm:
»Mein kleines Schwesterlein ruht hier in Frieden.«

Und ebenso voll Herrlichkeit das Bildnis seines Freundes:
Aribert des großen Schauspielers Wäscher in Berlin:
Durchsichtig aus Buntkristall, Farbe kristallisierte sich.

Hingegen im begabten Maler Seyferts Kopf
Wird Jankels Farbe zu geronnenem Blut.
Schauervoll … Herzschlag setzt aus.

Im wahren Sinn des Wortes malte aus der Vogelperspektive
Mein Heimatfreund krähend den »Hahnenverkäufer«.
(Es riecht tatsächlich nach Gefieder.)

In dieser Bildeshöhe zeitlosem Geschmeide
Wird Jankel Adler der hebräische Rembrandt.

Hans Jacob.

Die Eltern waren ihm so früh gestorben, –
Und eine Fremde hütete ihr Hänschen

Wie aus dem Osterei geschält,
Adrett saß es, sechsjährig, comme il faut,
Im französischen Gymnasium in Berlin;

Im Schillerkragen und langwehender Kravatte,
Den Ordinarius überfältigt, tout à fait,
Der kleine Chevalier.

Und seine Liebe wuchs mit jeder Klasse
Zu den Poeten Frankreichs.
Der elegante Futuristenhäuptling hatte es ihm angetan.

Der war des Staunens übervoll!
Wie oft sah ich im alten Café Westen
Marinetti mit dem Knaben lebhaft plaudern.

Dann kam der Krieg. –
Zum Teufel! – Ihm zum Aerger ausgerechnet gegen
Frankreich!! –
– Und zog doch seinen Brüdern an die Front nach.

Als junger Offizier schon übertrug er: Balzac
Und andere große Romanciers ins Deutsche.
Ich rate zu der spannenden Lektüre.

Der Uebersetzer las mir öfters die Poeten –
Nicht allzulange ist es her –
In Theben im Palast vor.

Die kosten dem Hans Jacob schlummerlose Nacht.
Und unermüdlich scheint auf seine Arbeit klar der Mond.
La lune nennt man in Frankreich seinen goldenen Freund.

Weltflucht:

Ich will in das Grenzenlose
Zu mir zurück,
Schon blüht die Herbstzeitlose – –
Vielleicht ist es zu spät – zurück
Ob ich sterbe zwischen euch
Die ihr mich erstickt mit euch.
Fäden möchte ich um mich ziehen
Wirrwarr endend,
Verwirrend,
Zu entfliehen
Meinwärts.

Ernst Toller

Seiner Mutter

Er ist schön und klug
Und gut.
Und betet wie ein Kind noch:
Lieber Gott, mach mich fromm,
Daß ich in den Himmel komm.

Ein Magnolienbaum ist er
Mit lauter weißen Flammen.
Die Sonne scheint –
Kinder spielen immer um ihn
Fangen.

Seine Mutter weinte sehr
Nach ihrem »wilden großen Jungen« …
Fünf Jahre blieb sein Leben stehn,
Fünf Jahre mit der Zeit gerungen
Hat er! Mit Ewigkeiten.

Da er den Nächsten liebte
Wie sich selbst –
Ja, über sich hinaus!
Verloren: Welten, Sterne,
Seiner Wälder grüne Seligkeit.

Und teilte noch in seiner Haft
Sein Herz dem Bruder dem –
Gottgeliebt fürwahr, da er nicht lau ist;
Der Jude, der Christ ist
Und darum wieder gekreuzigt ward.

Voll Demut stritt er,
Reinen Herzens litt er, gewittert er;
Sein frisches Aufbrausen
Erinnert wie nie an den Quell …
Durch neugewonnene Welt sein Auge taumelt

Rindenherb, hindusanft;
»Niemals mehr haften wo!«
Hinter kläglicher Aussicht Gitterfenster
Unbiegsamen Katzenpupillen
Dichtete Ernst im Frühgeläut sein Schwalbenbuch.

Doch in der Finsternis
Zwiefacher böser Nüchternheit der Festung
Schrieb er mit Ruß der Schornsteine
Die Schauspiele – erschütternde – der Fronarbeit:
In Kraft gesetzte eiserne Organismen.

Das Wunderlied

Schwärmend trat ich aus glitzerndem Herzen
Wogender Liebesfäden,

Ganz schüchtern, hervor; Nacht im Auge,
Geöffnete Lippen ....

Aber wo auch ein See lockte,
Goldene Tränke,

Starb an der Labe mein pochendes Wild
In der Brust.

Was soll mir der Wein deines Tisches,
Reichst du mir des Herzens Mannah nicht.

Süß mir, wenn ich im Rauschen der Liebe
Für dich gestorben wär –

Nun ist mein Leben verschneit,
Erstarrt meine Seele,

Die lächelte sonntäglich dir
Frieden ins Herz.

Ich suche das Glück nicht mehr.
Wo ich auch unter hochzeitlichem Morgen saß,

Erfror der träumende Lotos
Auf meinem Blut.

Paule

Ach, der Paule ist nicht mehr zu retten
Und wurde gestern doch erst sechzehn Jahr.
Wenn wir ihn wenigstens in Obertertia hätten!
Wir sandten ihn zum Onkel nach Amerika,
Zur schwarzen Tante nach Südafrika,
Und weiß nicht mehr in wieviel anderen Städten.

Oh, an Paule, möcht' ich leider wetten,
Stotterte Herr Ordinarius, ist kein gutes Haar.
Legte man den Bengel auch in Ketten,
»Ggglauben Sie es mir, Mamama!«
Seine beiden Töchter aber, Miezekind und Barbara –
Seht den Paule mit den netten Kletten
Gerade eilen über das Trottoir.

Hedwig Wangel.

Auf Paryros steht geschrieben:
Hedwig Wangel.

Sie ist St. Petrus Schwester,
Der zur Rechten des Nazareners saß.

Eigentlich heißt sie:
Petra.

Im Gedanken reicht sie den Krug
Ihrem Herrn.

Sie trocknet seinen ehernen Fuß
Mit ihren starken Haaren.

Und blickt zum Edelrabbi auf
Durch schimmernde Wimper.

Und zittert für das auferstandene Leben
Jesus Christus.

Den sie erkannte ungestüm
Fernhin im Abendlande.

Sie betet auf Golgatha
Seiner Seele nach.

Und wandelt über Jerusalems Wolken
Und wuchtigen Schritts durch seine morschen Gänge.

Eine religiöse Generalin,
Jesus Christus ihre Majestät.

Petra: Weißglühende Felsin,
Hedwig: Tannenbaum im Garten Gethsemane.

Phantastische Eroberin,
Die über sich den Bann sprach.

Künstlerin, herab vom Thron der Bühne stieg
Zur grauen Wurzel.

Armen ihr Blut reichte,
Dem Lauen frisches Herzblut schenkte.

Heiligenschein blüht um ihr Herz
Und eine Säule ist ihr klarer Sinn,

Darauf geprägt ihr Lieblingswort:
»Nur der, der reinen Herzens ist,
Wird Gott schauen.«

⟨Geboren 1883 am 1. Mai⟩

Geboren 1883 am 1. Mai
Und nicht am 11. Februar,
Als mich der Storch im Osterei
Am Rand des Teiches zappeln sah:
Ich konnt ein Wort nicht finden,
Das sich reimt auf diese Welt –

Die Versuchung

Aus Frühlingsblüten schleichen feuchte Düfte –
Schling deinen starken Seemannsarm um meine Hüfte.
Mein Geist hat nach dem heilgen Geist gesucht.

Und tauchte auf den Vogelgrund der Lüfte.
Und grub nach Gott in jedem Stein der Klüfte.
Und blieb nur Fleisch leibeigen und verflucht.

Ich aß im Paradies vom Gifte,
Als noch der Schöpfer durch die Meere schiffte,
Das Wasser trennte von der Bucht.

Und Alles gut fand, da Er seine Erde prüfte,
Und nicht ein Korn blieb ungebucht.

Ich schreibe diesen Vers an Ihn mit ehernem Stifte.
Mein Seelenheil zerschellt am Maste seiner Wucht.

Schling deinen starken Seemannsarm um meine Hüfte.
Ich wandte mich von Gott, da Er mich hat versucht.

Fred Hildenbrandt:

Ein deutscher Gentleman
Rittersporn schmückt seine Gesinnung.

Er saß viel unter Birken
Zwischen lichten Baumbräuten.

An sie erinnert jede Frau,
Die reinen Herzens ihm begegnet.

Er ist religiös,
Weihrauch umwölbt ihn blau.

Da manchen Strahlenvers er schrieb
Madonna in den heimatlichen Schnee.

Wie ihn denk ich mir Eichendorff;
Mein erster Dichter.

Streift Hildenbrandt auch nicht
Durch alter Zeiten Dichtung Tal;

So fließt sein blumig Wort
Gutedler Wein ganz echt ins Blut.

Herzgabe sein Essay,
Im Abendrote einsam hingezaubert.

Erzogen ist sein Herz, das ziemt den Dichter,
Takt, männliches Geläute, Domzucht

Und Klugheit übte sich mit Mut,
Und was er dichtet, flößt dem Leser Achtung ein.

Gedenktag

Das Meer steigt rauschend übers Land,
Inbrünstig fallen Wasser aus den Höhen.
Still brennt die Kerze noch in meiner Hand.

Ich möchte meine liebe Mutter wiedersehen ……
Begraben hab' ich meinen Leib im kühlen Sand,
Doch meine Seele will von dieser Welt nicht gehen.

Und hat sich von mir abgewandt.
Ich wollte immer ihr ein Kleid aus Muscheln nähen;
In meinen rauhen Körper wurde sie verbannt.

Doch meine liebe Mutter gab sie mir zum Pfand.
Ich suche meine Seele überall auf Zehen;
Die nistete an meiner roten Felsenwand
Und noch in meinem Auge irrt ihr Spähen.

〈Ich wohne im Sachsenhofe〉

Ich wohne im Sachsenhofe
Im schönsten Hotel von Berlin
Und lese die Katastrophe
Nämlich, von meinem Ruin.
Daß ich Kuverts verkoofe
à fünf Mark – immerhin –
mein lieber Fred, na weißte
nicht, was und wer ich bin?

⟨Willkommen, Buddenbroks and son!⟩

»Willkommen, Buddenbroks and son!
Herr Fulda hielt den Damentoast als Gentleman,
Ricarda war da,
Sie lächelte verlegen –
Es kam ein Boy, die Jamben alle fortzufegen!
Susannâh, Vizepostata,
Der Saulus Werfel Rabunâ
»Ihne mei Herz« … alles in bar.
Hauptmann ersetzt Benzmann,
Holz ward Scholz.
Und es betont Gott Leonard:
»Der Mensch ist gut im Backenbart«.

An mein Kind.

Immer wieder wirst du mir
Im scheidenden Sommer sterben, mein Kind

Wenn das Laub zerfliesst
Und die Zweige schmal werden.

Mit den roten Rosen
Hast du den Tod bitter gekostet,

Nicht ein einziges, welkendes Pochen
Blieb dir erspart.

Darum weine ich sehr, ewiglich –
In der Nacht meines Herzens.

Noch seufzen aus mir die Schlummerlieder,
Die dich in den Todesschlaf schluchzten;

Und meine Augen wenden sich nicht mehr
Der Welt zu.

Das Grün des Laubes tut ihnen weh,
– Aber der Ewige wohnt in mir.

Die Liebe zu dir ist das Bildnis,
Das man sich von Gott machen darf.

Ich sah auch die Engel im Weinen,
Im Wind und Schneeregen,

Sie schwebten – – – – – –
In einer himmlischen Luft.

Wenn der Mond in Blüte steht,
Gleicht er deinem Leben, mein Kind.

Und ich mag nicht hinsehen,
Wie der lichtspendende Falter sorglos dahinschwebt.

Nie ahnte ich den Tod
– Spüren um dich mein Kind –

Und ich liebe des Zimmers Wände,
Die ich beschreibe mit Worten an dich
Und bemale mit deinem Knabenantlitz.

Die Sterne, die in diesem Monat
Soviele sprühend ins Leben fallen,
Tropfen schwer auf mein Herz.

Arthur Holitscher

Der große Abenteurer vom Jahre: 2000,
Der chinesische Maharadscha.

Am Zweig der Klugheit blüht
Der Aberglaube bis zum Duft.

Seinen Namen hat er versenkt
Ins Meer.

Seine Geburtsstadt liegt am Abhang
– wo im Traum.

Unheimlich spielt Meergrün mit Pupille
Im verhangenen Aug.

Sein Herz ist auch Juchten,
Ein Necessaire reisebereit.

Immer sitzt er auf Deck
Die Welle steigt: Champagner über seinen Kopf

Aber Dämmerung umhüllt seine Schulter
Monde spalten seinen Talar.

Undurchsichtig ist seine Stirn,
Anbetend das Licht Ghandis.

Die Wände seines Hauses, unbegrenzt,
Der Lloyd sein Monogramm.

Er landet jäh! Oft weltenüberdrüssig;
Den treusten Freund trifft dann sein Speer.

Immer aber voll Bewunderung
Raunen Menschen wie Wälder um ihn.

Die Frauen liebt er rätselhaft:
Ein artiger Pagodengötze.

Sein Freiheitskampf aber färbt
Die Erdkugel sprießend.

Hängt seine Seele auch an träumender Stunde
Blutsverwandtem Abendrot –

Majestätischer Genosse dem Genossen
Sein Wort birgt eine Volksdemonstration.

Ein Dichter, der dem mühselig Beladenen
Den reichen Inhalt seines Lebens reicht.

Weihnacht.

Einmal kommst du zu mir in der Abendstunde
Aus meinem Lieblingssterne weich entrückt
Das ersehnte Liebeswort im Munde
Zündet meine weißen Lichte an.
Alle Zweige warten schon geschmückt.

»Wann« – ich frage seit ich dir begegnet – »wann?«
Einen Engel schnitt ich mir aus deinem goldenen Haare
Und den Traum, der mir so früh zerrann.
O ich liebe dich, ich liebe dich,
Ich liebe dich!

Hörst du, ich liebe dich – – –
Und unsere Liebe wandelt schon Kometenjahre,
Bevor du mich erkanntest und ich dich.

Letzter Abend im Jahr.

Es ist so dunkel heut,
Man kann kaum in den Abend sehen.
Ein Lichtchen loht,
Verspieltes Himmelchen spielt Abendrot
Und weigert sich, in seine Seligkeit zu gehen.
– So alt wird jedes Jahr die Zeit.
Und die vorangegangene verwandelte der Tod.

Mein Herz blieb ganz für sich
Und fand auf Erden keinen Trost.
Und bin ich auch des Mondes Ebenich,
Geleitetest auch du im vorigen Leben mich,
Und sah ich auch den blausten Himmel im Gottost.

O Gott, wie kann der Mensch verstehen
– Das Weltall spaltet sich doch nicht –,
Warum der Mensch haltlos vom Menschtum bricht,
Sich wieder sammeln muss im höheren Geschehen.

Ein Lied an Gott.

Es schneien weisse Rosen auf die Erde,
Warmer Schnee schmückt milde unsere Welt;
Die weiss es, ob ich wieder lieben werde,
Wenn Frühling sonnenseiden niederfällt.

Zwischen Winternächten liegen meine Träume
Aufbewahrt im Mond, der mich betreut –
Und mir gut ist, wenn ich hier versäume
Dieses Leben, das mich nur verstreut.

Ich suchte Gott auf unbeschienenen Wegen
Und kräuselte die Lippe nie zum Spott.
In meinem Herzen fällt ein Tränenregen.
Wie soll ich dich erkennen lieber Gott....

Da ich dein Kind bin, schäme ich mich nicht
Dir ganz mein Herz vertrauend zu entfalten.
Schenk mir ein Lichtchen von dem ewigen Licht! – – –
Zwei Hände, die mich lieben, sollen es mir halten.

So dunkel ist es fern von deinem Reich
O Gott, wie kann ich weiter hier bestehen.
Ich weiss, du formtest Menschen, hart und weich
Und weintest gotteigen, wolltest du wie Menschen sehen.

Mein Angesicht barg ich so oft in deinem Schoss
Ganz unverhüllt: du möchtest es erkennen.
Ich und die Erde wurden wie zwei Spielgefährten gross
Und dürfen »du« dich beide, Gott der Welten, nennen.

So trübe aber scheint mir gerade heut die Zeit
Von meines Herzens Warte aus gesehen;
Es trägt die Spuren einer Meereseinsamkeit
Und aller Stürme sterbendes Verwehen.

⟨Karl Sonnenschein⟩

Ein Engel schreitet unsichtbar durch unsere Stadt,
Zu sammeln Liebe für den Heimgekehrten,
Der noch den Nächsten – über sich – geliebet hat. –

Schon eine Träne für den Liebeswerten,
Ein Auge, das für seine Seele leuchtet,
Ein reines Wort, von deines Mundes rotem Blatt –

Für ihn, dem alle Sorgen ihr gebeichtet;
In seinem herben Troste lag schon seine Tat.

〈Rosen, Nelkenseifen, weiss und lila Flieder〉

Rosen, Nelkenseifen, weiss und lila Flieder
Liegen waschgerecht in sauberen Schachteln immer wieder.
Zwischen Kitschodeuren und Lavendel
Pflegt man zu verpacken allerhändl,
Für den Schauenden zum Zeitvertreib.
In den Tagen unserer Osterzeit
Schäumen Osterhasen gar nicht teuer,
Besen, Scheuertücher, »Liebgeruch« für Tante Maier,
Pinsel mit und ohne Stiel
Und zur Seite ihnen Lux und auch Persil,
Soda, Wichse, beinah viel zu viel,
Nippes sind mir all die primitiven Dinge,
und ich wand're weiter und ich singe.

〈Ich möchte ewig schweigen〉

Stundenlang sass ich schweigend mit dem »blauen Wundermenschen« – am Brunnen »vor dem Tore« – und Verschmelzung traute unserer beiden Liebesherzen.

Ich möchte ewig schweigen
Einen Tod und ein Leben lang,
Wie in den Saiten der Geigen
Noch ungespielter Gesang.
Ich liebe die blauen Blumen
Im hohen Zittergras
Und deine blaue Seele
Unter blauem Gras.

Aber an meinen Freund, mit dem man sozusagen eingequasselt ist, schreibe ich ähnliches in folgender Fassung:

Ich möcht' mich unterhalten
Mit dir von abends bis früh.
Komm! alles ist wieder beim alten;
Ich langweil' mich nämlich wie nie.
Ich liebe das Meer, das nasse,
In seinem Paradebett,
Und bist du nicht bei Kasse,
Ich pumpe dir das Billett.

Genesis.

Aus Algenmoos und Muscheln schleichen feuchte Düfte …
Frohlockend schmiegt die Erde ihren Arm um meine Hüfte.
– Mein Geist hat nach dem Heiligen Geist gesucht –.

Und tauchte auf den Vogelgrund der Lüfte
Und grub nach Gott in jedem Stein der Klüfte
Und blieb doch Fleisch, leibeigen und verflucht.

Ich keimte schon am Zweig der Liebesgifte,
Als noch der Schöpfer durch die Meere schiffte,
Das Wasser trennte von der Bucht.

Und alles gut fand, da Er Seine Erde prüfte,
Und nicht ein Korn spriesst ungebucht.

Doch Seine beiden Menschen trieb Er in die Flucht!
Noch schlief der Weltenplan in Seinem Schöpferstifte.
Sie fügten sich nicht Seiner väterlichen Zucht.

Unbändig wie das Feuer zwischen Stein und Stein
Noch ungeläutert zu entladen sich versucht,
So trotzten sie!!
Wie meines Herzens ungezähmte Wucht.

⟨Es brennt ein feierlicher Stern⟩

Es brennt ein feierlicher Stern …
Ein Engel hat ihn für mich angezündet.
Ich sah nie unsere heilige Stadt im Herrn,
Sie rief mich oft im Traum des Windes.

Ich bin gestorben, meine Augen schimmern fern,
Mein Leib zerfällt und meine Seele mündet
In die Träne meines nun verwaisten Kindes,
Wieder neu gesäet in seinem weichen Kern. –

⟨Neugierige sammeln sich am Strand und messen⟩

Neugierige sammeln sich am Strand und messen,
Sich am Meer und mir der Dichterin vermessen.
Doch ihre Redensart löscht aus der Sand.
Ich hab die Welt vor Welt vergessen,
Getränkt von edlen Meeresnässen.
Als läge ich in Gottes weiter Hand.

Der Schnupfen

Ich habe ihn doch wieder! Niesen ist unmodern geworden.

In den Biedermaierjahren,
Als die Leute noch gemütvoll waren,
Wünschten sich: »Gesundheit!« beide Gatten.
Oder auch: »Zum Wohlsein! wenn Sie mir gestatten.«

Haben doch die meisten Leute im Laufe der Jahrzehnte der Tournüre Artigkeit gewissenlos eingebüßt und opfern keine Worte weiter zur Verherrlichung des Schnupfens. Mit Rezepten sind sie bei der Hand.

Ich trage meinen Schnupfen heute noch mit Würde,
Und klage nicht das launige Sommerwetter an.
Ich finde, »klagen«, irgendwie absürde,
Wenn man noch eben etwas schnaufen kann.

Nahm ein Verleger mir nur meine Bürde,
Die ungedruckt an meinen Ästen hängt.
Die vielen Verse werden erst zur Zierde,
Wenn ein Verlag sich druckreif danach drängt.

Gedichte, die ich in den letzten Jahren schmierte,
Prosa hellrosa, cetera, was liegt daran –
In die ich en passant die Welt einschnürte,
Beweise lieferte, daß ich was kann.

Und erst was können könnt, postwendend postrestant.
Was drängt Ihr euch zu lindern meinen Schnupfen,
Als wären wir beinahe blutsverwandt.
– Am Abend führ ich in mein Nasenloch den Wattetupfen –
Vorher – in Glyzerin getaucht und – schnarche dann.

Aus der Ferne.

Die Welt, aus der ich lange mich entwand,
Ruht kahl, von Glut entlaubt, in dunkler Hand.
Die Heimat, die ich heiss mit Liebe überhäufte,
Blieb immer mir nur ein Stiefmutterland –
Aus dem ich lebend in die Himmel reifte.

Es wachsen auch die Seelen der gefällten Bäume
Auf Erden schon in Gottes blaue Räume,
Um inniger von Seiner Herrlichkeit zu träumen.

Und auch der Mond und seine Lieblingssterne,
Spielen mit den bunten Muschelschäumen
Und hüten über Meere Gottes Geist so gerne.

So fern hab ich mir nie die Ewigkeit gedacht …
Es weinen über unsere Welt die Engel in der Nacht.
Sie läuterten mein Herz, die Fluren zu versüssen,
Und liessen euch in meinen Versen grüssen.

Abigail

Im Kleid der Hirtin schritt sie aus des Melechs Haus
Zu ihren jungen Dromedarenherden.
Im edlen Wettlauf mit den wilden Pferden
Trieb sie die Silberziegen vor die Stadt hinaus,
Bis sich die Abendamethysten reihten um die Erden,
Sich nach der Tochter bangte König Saul.

Sie setzte das verirrte Tier nicht aus
Der Wüste hungernder Schakale,
Und trug am Arme blutiger Bisse Male;

Entriß das Böcklein noch der Löwin Maul.
– Der blinde Seher sah es jedesmal voraus …
Die Gräser zitterten im Judatale.

Im Schoß des Vaters schlief die kleine Abigail,
Wenn über Juda lauschte Israels Gebieter,
Hinüber zu dem feindlichen Hethiter.
– Der Skarabäus seiner Krone wurde faul. –
Treu aber hütete der Mond des Melechs Güter,
Und seine Krieger übten sich im Pfeil.

Bis der Allmächtige blies den goldenen Hirten aus.
»Den Vater Abraham« … Erklärte ernst der Melech seinem
Kinde:
»Der blieb in seinem ewigen Scheine ohne Sünde.«
Und auch sein spätes Sternlein glitzerte ganz hell und weiß;
Man konnte es noch funkeln sehen im Winde:
»Einst trug sein Vater es, ein Osterlämmlein hin auf seines
Herrn Geheiß.«

Als auf den Feldern blühte jung der Reis,
Schloß Saul die mächtigen Judenaugen beide,
Und seiner Abigail begegnete ein Engel auf der Weide,
Der kündete: »Jehovah blies die Seele deines Vaters aus« …

Und der Paul Graetz

Der war der Großvatter in meinem Wupperkreise,
Um ihn hat sichs ja eigentlich gedreht.
Im himmelblauen Schlummerrock aus dem Gehäuse
»Tum Tingelingeling« schlich er noch mit dem Enkel spät.
Und unvergleichlich wieherte Paul Graetz in eigenartiger Weise,
Een ollet kränklich Roß, dat an der Seite tugenäht.

Ewige Nächte

Ich sitze so alleine in der Nacht
An meinem Tisch, der trägt noch seine Lebensfarbe.
Auf jede seiner Adern geb ich acht,
– Mich dünkt, er blutet noch aus einer Narbe.

Vielleicht stieß mal ein Messer in den Stamm
Ein Mann im Walde, – seine Lust zu kühlen.
Und reckte weit am Teiche in den Schlamm
Die Glieder, die entlasteten zu fühlen.

Er warf mit seinem Tropfen letzter Lust
Die Menschheit von sich ab in einer einzigen Wehe.
Ich wälze auch, wie er, mein »Ich« bewußt!
Ein Volk von mir, bevor ich aus dem Leben gehe.

Dich suchte unaufhörlich ich auf meinem Pfad,
Nie aber kam mein Ebenmensch mir je entgegen.
Und doch wurd' alles, was ich sann zur Tat
Und hat das Wort auch tausend Jahr in mir gelegen.

Und flöße Furcht ein, ob des Segens Segen,
Um Dunkelheit vor meines Tisches stillem Tal:
Ein wilder Jude mit dem Kopf des Baal.
Verwittert – ewige Nächte … Draußen fällt ein Regen.

〈Pflanzte man in die Erde mich〉

Pflanzte man in die Erde mich,
Eine Silberesche wäre ich,
Und freute mich schon königlich
Auf den Mai, auf den Mai!

⟨Kaiser Karl zu Aachen saß⟩

An der Grenze zwischen Rheinland und Belgien nennt man ihn: Le Reibepfannekuchen.

Kaiser Karl zu Aachen saß,
Am liebsten auf dem Throne,
Wenn er Le Reibekuchen aß
Mit starker Kaffeebohne.

Beide Völker, das deutsche wie das belgische, genießen ihn mit Vorliebe. Die Delikatesse schwimmt weiter den Rhein herauf bis zur Schweizer Grenze.

In Züri der Vegetarierhirt,
Stammt eigentlich aus Bayern.
Wenn dir's mal flau im Magen wird,
Sein Küchli schwimmt in Eiern.

In Köln, Ohligs, Düsseldorf, Neuß, Hamm, Dortmund, Coblenz, Neuwied wirkt das Nationalgericht geradezu elektrisch. Namentlich im Wuppertal, wo des Reibepfannekuchens Pfanne stand und in Elberfeld-Barmen die Butter der Welt erblickte. Ursprünglich wurde er in reiner Butter gebraten; heute noch ganz ohne Butter im ärmsten Viertel der Wupperstädte nicht. Das half and half hingegen, beleidigt die Zunge des Wuppertaler Feinschmeckers. – Großgewachsene Kartoffel schält die Köchin und reibt sie zu Teig. Kein Mehl kommt dazu wie in der Spreeküche, – aber einige gequirlte Eier, so eben recht frisch gelegte Ostereier. Salz hätte ich beinahe vergessen! Daß man den Berlinern nicht abgewöhnen kann, das begehrteste Gericht aller Gerichte in Nierenfett oder gar in Schweineschmalz zu backen.

Ach und ärscht in Dräsden, Leipzig,
Wo die Kartoffel selber reibt sich
In der Maschine zum Kartoffelpufferteig.

»Kartoffelpuffer« nennt der Norddeutsche unseren l i e b e n Reibepfannekuchen.

Und was zu guter Letzt passieren kann,
Freut man sich auch den Tag auf diese Zauberspeise.
– Es kommt natürlich auf die Heimat Ihrer Köchin an?
– Beißt man auf Zwiebeln im Familienpufferkreise.

Eßt Kartoffelpuffer! Zumal er zubereitet wie in seinem Vaterlande, er zu den leichtbekömmlichsten Speisen zählt.

Und nicht entehrt wird von der Köchinmutter;
Im Schweineschmalz geknuspert, armes Ferkel!
Ja, so reicht man in Berlin den Puffer
Oft im anspruchsvollsten Zerkel!

Und das Ungeheurlichste ist –

Man pflegt ihn obendrein
Mit Zucker zu bestreuen!
DAS WIRD BERLIN NOCH EINMAL SEHR BEREUEN!

⟨Wer knuspert so spät durch Nacht und Wind?⟩

Wer knuspert so spät durch Nacht und Wind?
Es ist ein Puffer in Tantchens Spind.

Übrigens:

In den Sternen steht es groß geschrieben,
Daß die Mondbewohner den Kartoffelpuffer lieben;
Und ihn backen jeden Sonntag fast.
Fragt nur Einstein, er ist oft zu Gast.

Da schon Lucullus ihn mit Begeisterung schluckte,
Buckte seine Köchin, die sonst Gifte spuckte,
Den Kartoffelpuffer, ohne, daß sie muckte!

Der Schah von Persien Abdullah,
Fand im Puffer goldenes Frauenhaar.
– Er ließ die Dame zu sich kommen …

Selbst Bonaparte speiste ihn
Den Reibepuffer mit der Josephin.
Ob Werner Krauß Napoleon
– Ihn mag? Ich glaube schon.

Und weiter, frei nach Schillers Text,
Bis mir der Puffer aus dem Halse wächst, –
Könnt ich Armeen aus der Pfanne stampfen,
Sie alle würden heiß serviert und tüchtig dampfen.

Der lieben Hedwig Wangel den ersten zur Dedikation:
Die Hedwig Wangel backt die Puffer fromm in
Pflanzenschmalz
Und würzt den Teig mit ihrer Liebe starkem Salz
Für ihren strafentlassenen, armen Mädchenchor.
Am Tor der Hoffnung schlingt der Puffer sich empor.

Bitte, machen Sie doch auch einmal einen Kartoffelpuffer-Reim!
– Na also:

Sitzen wir, verehrte Dichterin, wie ein Duett
Im Sachsenhof bei dir, am Puppenherde.
Zum Paradies wird diese Erde –
Doch unser Puffer wie – ein – Brett.

Am fernen Abend.

Du bist so weit von mir entfernt
Am Abend zwischen deinen Freunden;
Meist ist das Dunkel über uns entsternt …
Dann leide ich wie unter Feinden.
Doch glühen die Lichte in den Wolkenzweigen,
So sind sie alle unser Eigen.

Und manchmal kommt ganz weich die Luft
Und streichelt meine und dann deine Wange.
Und deine Stimme ist es, die mich ruft,
Aus allen Stimmen gleitend, in der Halle.
– Und mich umarmen viele Himmel in dem Schalle.

Ich finde aber auch in deinen Augen keine Rast
Und keinen Trost im stummen Zuspruch deiner Reden –
Ich fiel der Liebe und sie mir zur Last.
Mein letzter Schimmer leuchtet heim den Gast,
Ein stilles Kleinod für jedweden.

Und weiss, dass du alleine lieb mich hast … ganz alleine.
Und bin ich dir auch unbegreiflich fast,
So sagen all die weichen Worte, dass ich weine.

Die Erkenntnis.

Else Lasker-Schüler widmet dieses Gedicht
ihrem verstorbenen Freunde Heinrich Dehmel.

Unaufhörlich fällt ein frischer Regen
Auf das durstige Erdreich und auf meine Haut.
Ich will mich mitten in der Weltenmitten legen,
Bevor der Mensch und auch das Tier wird laut.

Ich wachse wie das Blatt im Wassersegen
Und ehe noch der frühe Morgen graut,
Bin ich ein Wald, und Sonne säumt auf meinen Wegen,
Da ich auf ewigen Wandel mich hab aufgebaut.

So ungeklügelt, ohne zu erwägen,
Wächst gottentsprossen selbst das ärmste Wegekraut,
Nur die »Erkenntnis« liegt im menschlichen Vermögen.
Doch sie zur letzten Deutlichkeit zu pflegen –
Vermag man, wenn der Zapfen aller Ueberhebung taut.

Herbst.

Auf einmal musste ich singen …
Und ich wusste nicht warum.
Doch abends weinte ich bitterlich.

Es stieg aus allen Dingen,
Ein Schmerz und der ging um –
Und legte sich auf mich.

Stürmische Wolkendepeschen
Erschrecken den Weltenraum;
Und die Beeren der Ebereschen
Die winzigen Monde am Baum.

Ouvertüre

Wir trennten uns im Vorspiele der Liebe,
An meinem Herzen glitzerte noch hell dein Wort –
Und still verklangen wir im Stadtgetriebe,
Im Abendschleier der Septembertrübe
In einem schluchzenden Akkord.

Doch in der kurzen Liebesouvertüre,
Entschwanden wir von dieser Erde fort,
Durch Paradiese bis zur Himmelstüre,
Und es bedurfte nicht der ewigen Liebesschwüre,
Und nicht der Küsse blauer Zaubermord.

Und meiden doch seitdem uns wie zwei Diebe –
Und nur geheim betreten wir den Ort,
Wo uns vergoldete – die Liebe.
Bewahren wir sie, daß sie nicht erfriere,
Oder im Alltag blinder Lust verdorrt.
Ich weinte bitterlich – wenn ich es einst erführe.

Gebet

O Gott, ich bin voll Traurigkeit …
Nimm mein Herz in deine Hände,
Bis der Abend geht zu Ende
In steter Wiederkehr der Zeit.

O Gott, ich bin so müd', o Gott …
Der Wolkenmann und Wolkenfrau,
Die spielten mit mir – himmelblau
Im Sommer immer, lieber Gott.

Und glaube unserm Monde, Gott,
Denn er umhüllte mich mit Schein,
Als wär ich hilflos noch und klein,
– Ein Flämmchen Seele. –

O Gott, und ist sie auch voll Fehle,
Nimm sie still in deine Hände …
Damit sie leuchtend in dir ende.

⟨Ich schliess das Fenster zu⟩

Ich schliess das Fenster zu; betrübt ist mein Gemüt …
Die letzte Drossel singt der einzigen Beere noch ihr Liebeslied.
Die Rosenstöcke überwintern unterm Moose in der Grube.
Ich leide mit den Stämmen ob des grünen Raubes;
Es labt sich stürmisch der Novemberbube
Am gärenden Smaragd des späten Laubes.
Und steckt sich frische Fröste an den Hut.
Mit einem Pfiffe kühlt er meine Stube,
Jedwedes Nest mit seiner späten Brut.

⟨Wir stehen längst geknickt wo angelehnt⟩

Wir stehen längst geknickt wo angelehnt,
Am grauen Steine einer alten Mauer,
So ausgelöscht und haben uns gesehnt,
Nach einem einzigen Lichtchen in der Weltentrauer.
Wie nie auf einmal standen wir im Glanz …
Und unsere feierlichen Aeste hingegeben,
Verklangen ineinander wie ein Tempeltanz.
Was soll ich weiter – und auch du – mit deinem Leben,
Lichtlosem Dasein, das hell über Nacht – und – umgebracht –
Mit deinem funkelte noch eben.

Abendzeit

Erblasst ist meine Lebenslust....
Ich fiel so einsam auf die Erde.
Von wo ich kam – hat nie ein Mensch gewusst –
– Nur du, da ich vereint einst mit dir werde.

Ich bin von Meeresbuchten weit umstellt;
Jedwedes Ding erlebe ich im Schaume.
Der Mensch, der feindlich mich ereilt, zerschellt,
Und ich weiss nur von ihm im Traume.

Und so erlebe ich die Schöpfung dieser Welt
Auf Erden schon entkommen ihrer Schale.
Und du der Stern, der hoch vom Himmel fällt,
Vergräbt sich tief in meines Herzens Tale.

Die Abendzeit verdüstert sehr mein Blut,
Durchädert qualvoll meine müde Seele.
Nackt steigt sie wieder aus der vorweltlichen Flut
Und bangt, dass sie verkörpert hier auf Erden fehle.

Und was der Tag, noch ehe er erwacht,
Versäumte morgenrötlich zu erleben,
Reicht ihm das träumerische Bilderspiel der Nacht,
In lauter bunterlei Geweben.

Es bringen ferne Hände mir nach Haus
Aus gelben Sicheln einen frommen Strauss.
Der Zeiger wandelt leise um das Zifferblatt
Der Sonnenuhr, die Gold von meinem Leben hat.

Sie glüht vom Pochen überwacht
Und läutet zwischen Nacht und Mitternacht....
Da wir uns sahen in der rätselhaften Stunde –
Dein Mund blüht, tausendschön, auf meinem Munde.

All meine Lebenslust entfloh
Im dunklen Gewande mit der Abendzeit.
Ich suchte unaufhörlich einen Himmel wo ....
Nur in der Offenbarung ist der Weg zu ihm nicht weit.

Und weiss es nicht, ob meine Mutter mein ....
Es war, die mir erschien im lichten Engelskleid ....
Bald ruht mein Herz zeitlos im Immersein ....
Geweihter Talisman für alle Ewigkeit.

Die Verscheuchte

Es ist der Tag in Nebel völlig eingehüllt,
Entseelt begegnen alle Welten sich –
Kaum hingezeichnet wie auf einem Schattenbild.

Wie lange war kein Herz zu meinem mild ....
Die Welt erkaltete, der Mensch verblich.
– Komm, bete mit mir – denn Gott tröstet mich.

Wo weilt der Odem, der aus meinem Leben wich? –
Ich streife heimatlos zusammen mit dem Wild
Durch bleiche Zeiten träumend – ja, ich liebte dich.

Wo soll ich hin, wenn kalt der Nordsturm brüllt –?
– Die scheuen Tiere aus der Landschaft wagen sich –
Und ich – vor deine Tür, ein Bündel Wegerich.

Bald haben Tränen alle Himmel weggespült,
An deren Kelchen Dichter ihren Durst gestillt,
Auch du und ich.

Und deine Lippe, die der meinen glich,
Ist wie ein Pfeil nun blind auf mich gezielt –.

Hingabe

Ich sehe mir die Bilderreihen der Wolken an –
Bis sie zerfliessen und enthüllen ihre blaue Bahn.

Ich schwebte einsamlich die Welten all hinan,
Entzifferte die Sternoglyphen und die Mondeszeichen
um den Mann.

Und fragte selbst mich scheu, ob oder wann
Ich einst geboren wurde und gestorben dann?

Mit einem Kleid aus Zweifel war ich angetan,
Das greises Leid geweiht für mich am Zeitrad spann.

Und jedes Bild, das ich von dieser Welt gewann,
Verlor ich doppelt und auch das was ich ersann.

Durch stille Lüfte ruhend in Gottvaters Kahn,
Hingleite ich nun über allen Wahn.

Ergraut kommt seine kleine Welt zurück …

In meinem Herzen spielen Paradiese ….
Ich aber kehre aus versunkenem Glück –
In eine Welt trostlosester Entblätterung zurück.

Ein Grübchen lächelt ahnungslos aus einer Wiese,
Ein Bach, doch auf dem Grunde dürstet sein Geschick.

Ich leide sehr um sein verflüchtend Glück –
Darum ich mich des Tauchens heller Lust verschliesse.
Aus meinem Herzen fallen letzte Grüsse
Vom Lebensfaden ab …. Dir schenk ich diese.

Die Sonne heftet im Crystal der Kiese,
Noch scheidend ihren goldenen Augenblick.
Gott weint .... Ergraut kommt seine kleine Welt zurück,
Die Er in seiner Schöpfung schnitt aus himmlischen Türkise.

– Es lehren Flügelmenschen, die des Wegs ein Stück,
Mich meines Amtes wegen, stärken und begiessen,
Und wieder jenseits in die Lüfte fliessen –:
Dass ich für unerfüllte Gottesweisung büsse.

Ich liege wo am Wegrand übermattet

Ich liege wo am Wegrand übermattet –
Und über mir die finstere, kalte Nacht
Und zähl schon zu den Toten, längst bestattet.

Wo soll ich auch noch hin von Grauen überschattet,
Schutzengel haben nur auf Kinder acht –
Doch glaubt ich, daß ihr Menschen lieb mich hattet.

Die ich vom Monde euch mit Liedern still bedacht,
Und weite Himmel blauvertausendfacht;
Nur weil ihr Gott zur Ehre alles tatet.

Die heilige Liebe, die ihr blind zertratet,
Ist ja Sein Ebenbild! – Ihr habt es umgebracht,
Zu dem ihr herzhinpochend einst gewallfahrtet.

Darum auch lebten du und ich in einem Schacht
Und doch im Paradiese blumumblattet –
Bis wir erlagen hold versunken schwarzer Niedertracht.

⟨Hör, Gott, wenn du nur etwas lieb mich hast⟩

Hör, Gott, wenn du nur etwas lieb mich hast,
Send mir aus deinen lichten Reichen,
Das Licht der Liebe mir zu Gast.
Bei meiner weissen Kerze glaubt ich fast,
Die Grenze der Erleuchtung zu erreichen.
Es wachsen alle Sterne hoch am Wolkenast
Und wurden strahlende Geschwister, Gott, in deinem
Zeichen …
Nur unsere Erde ist erblasst –
– Und ihre Seele schreit zu dir aus Leichen.

Es kommt der Abend …

Es kommt der Abend und ich tauche in die Sterne,
Daß ich den Weg zur Heimat im Gemüte nicht verlerne.
Umflorte sich auch längst mein mich vertriebenes Land.

Es ruhen unsere Herzen liebverwandt,
Gepaart in einer Schale: Weiße Mandelkerne.

…. Ich weiß Du hältst wie früher meine Hand
Verwunschen in der Ewigkeit der Ferne ….
Ach meine Seele rauschte, als dein Mund – es mir gestand.

Ich weiß …

Ich weiß, daß ich bald sterben muß –
Es leuchten doch alle Bäume
Nach langersehntem Julikuß.

Fahl werden meine Träume.
Nie dichtete ich einen trüberen Schluß
In den Büchern meiner Reime.

Eine Blume brichst du mir zum Gruß,
Ich liebte sie schon im Keime
… Doch ich weiß, daß ich bald sterben muß.

Mein Odem schwebt über Gottes Fluß –
Ich setze leise meinen Fuß
Auf dem Pfad zum ewigen Heime.

Die Dämmerung naht …

Die Dämmerung naht – im Sterben liegt der Tag;
Sein Schatten deckt mich zu, der kühl auf einem Blatte lag,
Auf seinen roten Beeren.

Ich baute uns ein Himmelreich, dir unantastbar zu gehören;
Das aber an den Riffen deiner Herzensnacht zerbrach.

Die Vögel singen und vom Nachtigallenschlag,
Erzittert noch mein Bild am Wald im Bach.
– Dir will ich es verehren.

Die Dämmerung naht – im Sterben liegt der Tag
Und müde rankt sich meine Seele um dein Dach.

Mein blaues Klavier

Ich habe zu Hause ein blaues Klavier
Und kenne doch keine Note.

Es steht im Dunkel der Kellertür,
Seitdem die Welt verrohte.

Es spielten Sternenhände vier –
Die Mondfrau sang im Boote.
– Nun tanzen die Ratten im Geklirr.

Zerbrochen ist die Klaviatur.
Ich beweine die blaue Tote.

Ach liebe Engel öffnet mir
– Ich aß vom bitteren Brote –
Mir lebend schon die Himmelstür,
Auch wider dem Verbote.

⟨Komm mit mir in das Cinema⟩

Komm mit mir in das Cinema,
Dort findet man, was einmal war:
Die Liebe!

Liegt meine Hand in deiner Hand
Ganz übermannt im Dunkel,
Trompetet wo ein Elefant
Urplötzlich aus dem Dschungel –

Und schnappt nach uns aus heißem Sand
Auf seiner Filmenseide
Ein Krokodilweib, hirnverbrannt,
Dann – küssen wir uns beide.

⟨Ihr lieben Leute, aus den Biedermeierjahren⟩

Ihr lieben Leute, aus den Biedermeierjahren,
Als der Poet noch Verse dichtete in Lockenhaaren,
Und die Maler »leichte« Leutchen waren,
Und des Spielmanns Lerchenherz sich kühn
Sehnte mit der Lerchin sich zu paaren,
– Wohnte man bescheiden in der Laube von Jasmin.

⟨In den höheren Regionen⟩

In den höheren Regionen,
Wo der Herr und seine Engel wohnen,
Finden sich kraft Gotteskraft
Nicht Paragraphen, die bestrafen.

⟨Ist's die Schwüle?⟩

Ist's die Schwüle?
Geh zur Diele!
Eine einzige Eisportion
Kühlt Gewerett und Adon.
Alle Tische warten schon
Und es schliddern ihre Stühle.

⟨So höret, liebe Leute, diese Mordsgeschichte⟩

So höret, liebe Leute, diese Mordsgeschichte:
Um eines Verses wegen,
Den zu packen hat vergessen
In seine Reisetasche zu dem Essen
Und zu den Kragen er zu legen –
Um eines Verses willen ... liebe Leute
(Es handelt sich um eines Dichters Vers!)
Und nicht um leerer Worte Hüllen,
Reist Stenzel wieder nach Europa heute.

⟨Oft hängt sein Früchtchen, sein Tableau⟩

Oft hängt sein Früchtchen, sein Tableau
Im Kunstsalon, hoch über einem Rokoko!
Das ist mal in der Kunsthistorie so.

⟨Denk ich an die Schokoladenspeise ...⟩

Denk ich an die Schokoladenspeise ...
Sei still, mein Magen mein,
Beherrsch dich weise.

⟨Verstands, im Trance⟩

Verstands, im Trance
Die Leute zu bekehren,
Ganz und gar
Und gar und ganz.

Und seine transformierten Engel
Bewegten sich am Bande Gängel.

⟨Und käm ich erst zum jüngsten Gericht –⟩

Und käm ich erst zum jüngsten Gericht –
Ich weiß, ein jeder Vortrag – meine Pflicht!

⟨Auf des Mosaikes weiten Arabeskenbogen⟩

Auf des Mosaikes weiten Arabeskenbogen,
Beweine ich den Königssohn in Packpapier in Knitteloden,
In klassigen Examitern nach allerneusten Moden und Methoden.

⟨Als ich noch Rechtsanwalt am Landgericht in Schlesien⟩

Als ich noch Rechtsanwalt am Landgericht in Schlesien,
Haha, ha, ha, ha, hahaha!
Um mich von früh bis spät zu dösigen –
Haha ha, ha hahaha!

Bin nun die längste Zeit gewesien,
In Ober- und in Unterschlesien,
In Schlesien, Schlesien, Schlesien, Schlesien.

⟨Sulamith⟩

O, ich lernte an deinem heiligen Munde
Zu viel der Seligkeiten kennen –
Schon fühl ich die Lippen Gabriels
Auf meinem Herzen brennen – –
Und die Nachtwolke trinkt meinen tiefen Cederntraum.

O, wie dein Leben mir winkt …
Und ich vergehe mit blühendem Herzeleid –
Verwehe im Weltraum in Zeit und Ewigkeit –
Und meine Seele verglüht in den Abendfarben Jerusalems.

Herbst

Ich pflücke mir am Weg das letzte Tausendschön ….
Es kam ein Engel mir – mein Totenkleid zu nähen –
Denn – ich muss andere Welten weiter tragen.

Das ewige Leben dem, der viel von Liebe weiss zu sagen.
Ein Mensch der Liebe kann nur auferstehen!
Hass schachtelt ein, wie hoch die Fackel auch mag schlagen.

Ich will dir viel, viel Liebe sagen,
Wenn auch schon kühle Stürme wehen,
In Wirbeln sich um Bäume drehen,
Um Herzen, die in ihren Wiegen lagen.

Mir ist auf Erden weh geschehen –
Der Mond gibt Antwort dir auf deine Fragen;
Er sah verhängt mich auch an Tagen,
Die zaghaft ich beging auf Zehen.

Es rosten alle Blätter der Alleen –
Und viele ihrer Früchte faulen auf den Seen.

Leopold Krakauer

Himmelsgewölbe, die zur Erde gefallen,
Sich zu versteinen und zu vereinen zu Bergketten.

Grau und sandfarben, doch vom Sonnenuntergang gefärbt.
Schreien sie auch auf der Zeichnung
Bunttobend zu Gott!

Leopold Krakauers Zeichengemälde
Sind Geschöpfe.

Von der Gestalt ungeheurer Kameelbuckel,
Wie im Luftrahmen der Natur ganz enthäutet.

Man vernimmt das Herz des Wüstenberges
Noch entschlafen pochen auf dem Bilde.

Pochend mit den Toten in der Gruft des Ölbergs.
Am Gottestor der Auferstehung grünendem Rebstocks.

Der Maler haucht, ein Schöpfermensch,
Den Bildern Seele ein.

Liebreich wie Gott den Heiligen Berge:
Sinais, dem Gestein Moabs und Gilboas.

Des Malers Höhen erheben sich –
Weit über Stift und Blatt zur Ewigkeit empor.

In ihren steinumrissenen Schalen,
Ruhen Adern, Gewebe und Organ.
Und überall greises grenzenloses Schweigen …

Ursprüngliche Bauten, Kuppel über Kuppel;
Man sucht, ein müder Gotteswanderer, die Pforte.

Erzsynagogen der Erzengel,
Die sich versammeln zur Flügelgemeinde.

Heroisch erbaut aus geronnenem Blut, Staub und Erleuchtung,
Verewigt der Maler: Ewigkeiten.

All seine stolzen Sarkophage auf den Bögen,
Bewahren Gottes »verlorenes Ebenbild.«
Der Menschheit verlorengegangener Schatz! …

Was sind wir Geschöpfe ohne Gottes bewegendes Lächeln?
Ich weiss es nun: Erkaltete Berge und Hügel.

In den Tagebuchzeichenblättern »L Ks.«,
Hast du die Bildsprache der Schöpfung nicht vergessen,
Erfasst den Betrachtenden: Göttliche Weisheit.

⟨Und pflanzte man in die Erde mich⟩

Und pflanzte man in die Erde mich –
Ein Johannisbrotbaum würde ich.
Und freute mich schon königlich,
Auf den Mai, auf den Mai!

Mein Volk

Mein Volk wird morsch,
Dem ich entspringe
Und meine Gotteslieder singe.

Jäh stürz ich vom Weg!
Und riesele ganz in mir,
Fernab, allein über Klagegestein
Dem Meer zu!

Hab mich so abgeschäumt
Von meines Blutes Mostgegorenheit,
Und immer, immer noch der Widerhall in mir,

Wenn schauerlich das alte Felsgebein
– Mein Volk!
– Zu Gott schreit.

Ihm – eine Hymne

Ich lausche seiner Lehre,
Als ob ich vom Jenseits höre
Sprechen die Abendröte.

Es kommen Dichter mit Gaben
Zu ihm aus ihren Sternen,
Vom Alleinigen Gott zu lernen.

Aus ihren Marmorbrüchen
Schenkten ihm die Griechen
Das Lächeln des Apolls.

Die Körper, die ihrer Seele
Die Pforte geöffnet haben,
Werden Engel aus Rosenholz.

Ich erinnere mich meiner näher ....
In seinem heiligen Schwang.
Und es hört der holde Seher
Mich schluchzen in seinem Gesang.

Im ewigen Jerusalem-Eden,
Troestet sein Wort jedweden
Fern überhebendem Stolz.

Im Tempelschall seiner Gebete,
Zwischen leuchtendem Kerzengeraete,
Schluerft meine Seele seinen Gesang.

Doch oben im Daemmermoose
Welkt ergeben die Himmelsrose .....
Da er ihr Herz verschmaehte.

Ueber glitzernden Kies

Könnt ich nach Haus .....
Die Lichte gehen aus,
Erlischt ihr letzter Gruss.

Wo soll ich hin?
O Mutter mein, weisst du's?
Auch unser Garten ist gestorben.

Es liegt ein grauer Nelkenstrauss
Im Winkel wo im Elternhaus –
Er hatte grosse Sorgfalt sich erworben.

Umkraenzte das Willkommen an den Toren
Und gab sich ganz in seiner Farbe aus.
O liebe Mutter! ......

Versprühte Abendrot,
Am Morgen weiche Sehnsucht aus –
Bevor die Welt in Schmach und Not.

Ich habe keine Schwestern mehr;
Und keine Brüder.
Der Winter spielte mit dem Tode in den Nestern –
Und Reif erstarrte alle Liebeslieder.

Mein Liebeslied

In meinem Schosse
Schlafen die dunklen Wolken – –
Darum bin ich so traurig, du Holdester.

Ich muss deinen Namen rufen
Mit der Stimme des Paradiesvogels,
Wenn sich meine Lippen bunt färben.

Es schlafen schon alle Baeume im Garten, –
Auch der nimmermüde
Vor meinem Fenster.

Es rauscht der Flügel des Geiers
Und trägt mich durch die Lüfte
Bis über dein Haus.

Meine Arme legen sich um deine Hüften,
Mich zu spiegeln
In deines Leibes Verklaertheit.

Lösche mein Herz nicht aus! ....
Du den Weg findest
Immerdar.

An meine Freunde

An meine treuen Freunde, die ich verlassen musste,
und die mit mir geflüchtet in die Welt.

Nicht die tote Ruhe –
Bin nach einer stillen Nacht schon ausgeruht.
O ich atme Geschlafenes aus,
Den Mond noch wiegend
Zwischen meinen Lippen.

Nicht den Todesschlaf,
Schon im Gespräch mit euch – himmlisch Konzert –
Ruhe ich aus....
Und neu' Leben anstimmt
In meinem Herzen.

Nicht die tote Ruhe,
So ich liebe im Odem sein;
Auf Erden mit euch im Himmel schon
Allfarbig malen auf blauem Grund –
Das ewige Leben.

Der Ueberlebenden schwarzer Schritt
Zertritt den Schlummer, zersplittert den Morgen.
Hinter Wolken verschleierte Sterne
Ueber Mittag versteckt....
So immer neu uns finden.

In meinem Elternhause nun
Wohnt der Engel Gabriel.
O ich möchte mit euch dort
Selige Ruhe in einem Fest feiern:
Sich die Liebe mischt mit unserm Wort.

Aus mannigfaltigem Abschied
Steigen aneinander geschmiegt die goldenen Staubfäden,
Und nicht ein Tag ungesüsst bleibt
Zwischen wehmütigem Kuss – –
Und Wiedersehn.

Mein blaues Klavier

An meine Freunde

Nicht die tote Ruhe –
Bin nach einer stillen Nacht schon ausgeruht.
Oh, ich atme Geschlafenes aus,
Den Mond noch wiegend
Zwischen meinen Lippen.

Nicht den Todesschlaf –
Schon im Gespräch mit euch
Himmlisch Konzert ......
Und neu Leben anstimmt
In meinem Herzen.

Nicht der Überlebenden schwarzer Schritt!
Zertretene Schlummer zersplittern den Morgen.
Hinter Wolken verschleierte Sterne
Über Mittag versteckt –
So immer wieder neu uns finden.

In meinem Elternhause nun
Wohnt der Engel Gabriel .....
Ich möchte innig dort mit euch
Selige Ruhe in einem Fest feiern –
Sich die Liebe mischt mit unserem Wort.

Aus mannigfaltigem Abschied
Steigen aneinandergeschmiegt die goldenen Staubfäden,
Und nicht ein Tag ungesüsst bleibt
Zwischen wehmütigem Kuss
Und Wiedersehn!

Nicht die tote Ruhe –
So ich liebe im Odem sein .....!
Auf Erden mit euch im Himmel schon.
Allfarbig malen auf blauem Grund
Das ewige Leben.

Meine Mutter

Es brennt die Kerze auf meinem Tisch
Für meine Mutter die ganze Nacht –
Für meine Mutter .....

Mein Herz brennt unter dem Schulterblatt
Die ganze Nacht
Für meine Mutter .....

Jerusalem

Gott baute aus Seinem Rückgrat: Palästina
aus einem einzigen Knochen: Jerusalem.

Ich wandele wie durch Mausoleen –
Versteint ist unsere Heilige Stadt.
Es ruhen Steine in den Betten ihrer toten Seen
Statt Wasserseiden, die da spielten: kommen und vergehen.

Es starren Gründe hart den Wanderer an –
Und er versinkt in ihre starren Nächte.
Ich habe Angst, die ich nicht überwältigen kann.

Wenn du doch kämest .....
Im lichten Alpenmantel eingehüllt –
Und meines Tages Dämmerstunde nähmest –
Mein Arm umrahmte dich, ein hilfreich Heiligenbild.

Wie einst wenn ich im Dunkel meines Herzens litt –
Da deine Augen beide: blaue Wolken.
Sie nahmen mich aus meinem Trübsinn mit.

Wenn du doch kämest –
In das Land der Ahnen –
Du würdest wie ein Kindlein mich ermahnen:
Jerusalem – erfahre Auferstehen!

Es grüssen uns
Des »Einzigen Gotts« lebendige Fahnen,
Grünende Hände, die des Lebens Odem säen.

An mein Kind

Immer wieder wirst du mir
Im scheidenden Jahre sterben, mein Kind,

Wenn das Laub zerfliesst
Und die Zweige schmal werden.

Mit den roten Rosen
Hast du den Tod bitter gekostet,

Nicht ein einziges welkendes Pochen
Blieb dir erspart.

Darum weine ich sehr, ewiglich .....
In der Nacht meines Herzens.

Noch seufzen aus mir die Schlummerlieder,
Die dich in den Todesschlaf schluchzten,

Und meine Augen wenden sich nicht mehr
Der Welt zu;

Das Grün des Laubes tut ihnen weh.
– Aber der Ewige wohnt in mir.

Die Liebe zu dir ist das Bildnis,
Das man sich von Gott machen darf.

Ich sah auch die Engel im Weinen,
Im Wind und im Schneeregen.

Sie schwebten ....
In einer himmlischen Luft.

Wenn der Mond in Blüte steht
Gleicht er deinem Leben, mein Kind.

Und ich mag nicht hinsehen
Wie der lichtspendende Falter sorglos dahinschwebt.

Nie ahnte ich den Tod
– Spüren um dich, mein Kind –

Und ich liebe des Zimmers Wände,
Die ich bemale mit deinem Knabenantlitz.

Die Sterne, die in diesem Monat
So viele sprühend ins Leben fallen,
Tropfen schwer auf mein Herz.

Mein blaues Klavier

Ich habe zu Hause ein blaues Klavier
Und kenne doch keine Note.

Es steht im Dunkel der Kellertür,
Seitdem die Welt verrohte.

Es spielen Sternenhände vier
– Die Mondfrau sang im Boote –
Nun tanzen die Ratten im Geklirr.

Zerbrochen ist die Klaviatür .....
Ich beweine die blaue Tote.

Ach liebe Engel öffnet mir
– Ich ass vom bitteren Brote –
Mir lebend schon die Himmelstür –
Auch wider dem Verbote.

Gebet

Oh Gott ich bin voll Traurigkeit .....
Nimm mein Herz in deine Hände –
Bis der Abend geht zu Ende
In steter Wiederkehr der Zeit.

Oh Gott, ich bin so müd, oh, Gott,
Der Wolkenmann und seine Frau,
Sie spielen mit mir himmelblau
Im Sommer immer, lieber Gott.

Und glaube unserm Monde, Gott,
Denn er umhüllte mich mit Schein,
Als wär ich hilflos noch und klein,
– Ein Flämmchen Seele.

Oh, Gott und ist sie auch voll Fehle –
Nimm sie still in deine Hände .....
Damit sie leuchtend in dir ende.

Über glitzernden Kies

Könnt ich nach Haus –
Die Lichte gehen aus –
Erlischt ihr letzter Gruss.

Wo soll ich hin?
Oh Mutter mein, weisst du's?
Auch unser Garten ist gestorben! .....

Es liegt ein grauer Nelkenstrauss
Im Winkel wo im Elternhaus.
Er hatte grosse Sorgfalt sich erworben.

Umkränzte das Willkommen an den Toren
Und gab sich ganz in seiner Farbe aus.
Oh liebe Mutter! .....

Versprühte Abendrot
Am Morgen weiche Sehnsucht aus
Bevor die Welt in Schmach und Not.

Ich habe keine Schwestern mehr und keine Brüder.
Der Winter spielte mit dem Tode in den Nestern
Und Reif erstarrte alle Liebeslieder.

Ouvertüre

Wir trennten uns im Vorspiele der Liebe .....
An meinem Herzen glitzerte noch hell dein Wort,
Und still verklangen wir im Stadtgetriebe,
Im Abendschleier der Septembertrübe
In einem schluchzenden Akkord.
Doch in der kurzen Liebesouvertüre

Entschwanden wir von dieser Erde fort
Durch Paradiese bis zur Himmelstüre –
Und es bedurfte nicht der ewigen Liebesschwüre
Und nicht der Küsse blauer Zaubermord.
Und meiden doch seitdem uns wie zwei Diebe!
Und nur geheim betreten wir den Ort,
Wo uns vergoldete die Liebe.
Bewahren wir sie, dass sie nicht erfriere
Oder im Alltag blinder Lust verdorrt.
Ich weinte bitterlich wenn ich es einst erführe –

An Mill

Es tanzen Schatten in den dunkelgrünen Bäumen,
Die du so liebst, elf deiner guten Feen,
Die treu dein Haus und dich, du Rauschender, betreuen.

Wir leben lange schon im höheren Geschehen – –
Schneeweisser Damast liegt auf allen Seen
Aus Zauberseide wie in meinen Reimen.
Von einem jähen Hauche – kann der Vers verwehen.

Es gilt den Augenblick der Liebe zu vernehmen,
Da Heimat gegenseitig wir im Auge sehen.
Am Hange unserer Liebe süsses Schemen,
Erblüht die Königin der Nacht aus den Kakteen.

Schwer in den Wolkenbergen, die weich träumen,
Taumelt von Sternenrebenperlenüberschäumen
Der trunkne goldne Winzer und beleuchtet die Alleen.

Es kommt der Abend

Es kommt der Abend und ich tauche in die Sterne
Dass ich den Weg zur Heimat im Gemüte nicht verlerne
Umflorte sich auch längst mein armes Land.

Es ruhen unsere Herzen liebverwandt,
Gepaart in einer Schale:
Weisse Mandelkerne

..... Ich weiss, du hältst wie früher meine Hand
Verwunschen in der Ewigkeit der Ferne .....
Ach meine Seele rauschte, als dein Mund es mir gestand.

Die Tänzerin Wally

Sie wandelt an den Nachmittagen
Durch ihrer Gartengänge grüne Heiligensagen
Von frommer Dämmerung ins Himmelreich getragen.

Die Bibelfrauen: ihre Feen .....
Sie hört wie sie vom Leiden der Propheten klagen,
Die schon im Weltenanfang sahn die Welt verwehen.

Sie aber lernte auf den Spitzen ihrer Füsse stehen
Von den Zypressen, die das Weltenende überragen.
Zu einem sanften Tanze hebt sich leicht ihr Gehen.

Zwei weisse Schäferhunde folgen ihren Wagen,
Erzählen ihre Gliederweisen uns vom höheren Geschehen.

Abendzeit

Erblasst ist meine Lebenslust – .....
Ich fiel so einsam auf die Erde,
Von wo ich kam hat nie ein Mensch gewusst,
– Nur du, da ich vereint einst mit dir werde.

Ich bin von Meeresbuchten weit umstellt,
Jedwedes Ding erlebe ich im Schaume.
Der Mensch, der feindlich mich ereilt, zerschellt!
Und ich weiss nur von ihm im Traume.

Und so erlebe ich die Schöpfung dieser Welt,
Auf Erden schon entkommen ihrer Schale.
Und du der Stern, der hoch vom Himmel fällt,
Vergräbt sich tief in meines Herzens Tale.

Die Abendzeit verdüstert sehr mein Blut –
Durchädert qualvoll meine müde Seele.
Nackt steigt sie wieder aus der vorweltlichen Flut
Und bangt, dass sie verkörpert hier auf Erden fehle.

Und was der Tag, noch ehe er erwacht,
Versäumte morgenrötlich zu erleben,
Reicht ihm das träumerische Bilderspiel der Nacht
In lauter bunterlei Geweben.

Es bringen ferne Hände mir nach Haus
Aus gelben Sicheln einen frommen Strauss.
Der Zeiger wandelt leise um das Zifferblatt
Der Sonnenuhr, die Gold von meinem Leben hat.

Sie glüht vom Pochen überwacht
Und läutet zwischen Nacht und Mitternacht .....
Da wir uns sahen in der rätselhaften Stunde –
Dein Mund blüht tausendschön auf meinem Munde.

All meine Lebenslust entfloh
Im dunkelen Gewande mit der Abendzeit.
Ich suchte unaufhörlich einen Himmel wo .....
Nur in der Offenbarung ist der Weg zu ihm nicht weit.

Ich liege wo am Wegrand

Ich liege wo am Wegrand übermattet –
Und über mir die finstere kalte Nacht –
Und zähl schon zu den Toten längst bestattet.

Wo soll ich auch noch hin – von Grauen überschattet –
Die ich vom Monde euch mit Liedern still bedacht
Und weite Himmel blauvertausendfacht.

Die heilige Liebe, die ihr blind zertratet,
Ist Gottes Ebenbild ....!
Fahrlässig umgebracht.

Darum auch lebten du und ich in einem Schacht!
Und – doch im Paradiese trunken blumumblattet.

Die Verscheuchte

Es ist der Tag im Nebel völlig eingehüllt,
Entseelt begegnen alle Welten sich –
Kaum hingezeichnet wie auf einem Schattenbild.

Wie lange war kein Herz zu meinem mild .....
Die Welt erkaltete, der Mensch verblich.
– Komm bete mit mir – denn Gott tröstet mich

Wo weilt der Odem, der aus meinem Leben wich?
Ich streife heimatlos zusammen mit dem Wild
Durch bleiche Zeiten träumend – ja ich liebte dich .....

Wo soll ich hin, wenn kalt der Nordsturm brüllt?
– Die scheuen Tiere aus der Landschaft wagen sich
Und ich vor deine Tür, ein Bündel Wegerich.

Bald haben Tränen alle Himmel weggespült,
An deren Kelchen Dichter ihren Durst gestillt –
Auch du und ich.

Ergraut kommt seine kleine Welt zurück

In meinem Herzen spielen Paradiese .....
Ich aber kehre aus versunkenem Glück
In eine Welt trostlosester Entblätterung zurück.

Ein Grübchen lächelt ahnungslos aus einer Wiese,
Ein Bach, doch auf dem Grunde dürstet sein Geschick.

Ich leide sehr um sein verflüchtend Glück –
Darum ich mich des Tauchens heller Lust verschliesse.

Aus meinem Herzen fallen letzte Grüsse
Vom Lebensfaden ab – dir schenk ich diese.

Die Sonne heftet im Kristall der Kiese,
Noch scheidend ihren goldenen Augenblick.

Gott weint ..... ergraut kommt seine kleine Welt zurück,
Die Er in Seiner Schöpfung schnitt aus himmlischem Türkise.

Es lehren Flügelmenschen, die des Wegs ein Stück
Mich, meines Amtes wegen, stärken und begiessen –
Und wieder jenseits in die Lüfte fliessen:
Dass ich für – unerfüllte Gottesweisung – büsse.

Hingabe

Ich sehe mir die Bilderreihen der Wolken an
Bis sie zerfliessen und enthüllen ihre blaue Bahn.

Ich schwebte einsamlich die Welten all hinan,
Entzifferte die Sternoglyphen und die Mondeszeichen
um den Mann.

Und fragte selbst mich scheu, ob oder wann
Ich einst geboren wurde und gestorben dann?

Mit einem Kleid aus Zweifel war ich angetan,
Das greises Leid geweiht für mich am Zeitrad spann.

Und jedes Bild, das ich von dieser Welt gewann,
Verlor ich doppelt, und auch das was ich ersann.

Ich weiss

Ich weiss, dass ich bald sterben muss
Es leuchten doch alle Bäume
Nach langersehntem Julikuss –

Fahl werden meine Träume –
Nie dichtete ich einen trüberen Schluss
In den Büchern meiner Reime.

Eine Blume brichst du mir zum Gruss –
Ich liebte sie schon im Keime.
Doch ich weiss, dass ich bald sterben muss.

Mein Odem schwebt über Gottes Fluss –
Ich setze leise meinen Fuss
Auf den Pfad zum ewigen Heime.

Herbst

Ich pflücke mir am Weg das letzte Tausendschön .....
Es kam ein Engel mir mein Totenkleid zu nähen –
Denn ich muss andere Welten weiter tragen.

Das ewige Leben – »dem«, der viel von Liebe weiss zu sagen.
Ein Mensch der »Liebe« kann nur auferstehen!
Hass schachtelt ein! wie hoch die Fackel auch mag schlagen.

Ich will dir viel viel Liebe sagen –
Wenn auch schon kühle Winde wehen,
In Wirbeln sich um Bäume drehen,
Um Herzen, die in ihren Wiegen lagen.

Mir ist auf Erden weh geschehen .....
Der Mond gibt Antwort dir auf deine Fragen.
Er sah verhängt mich auch an Tagen,
Die zaghaft ich beging auf Zehen.

Die Dämmerung naht

Die Dämmerung naht – im Sterben liegt der Tag .....
Sein Schatten deckt mich zu, der kühl auf einem Blatte lag,
Auf seinen roten Beeren.

Ich baute uns ein Himmelreich, dir unantastbar zu gehören
– Das an den Riffen deiner Herzensnacht zerbrach.

Die Vögel singen, und vom Nachtigallenschlag
Erzittert noch mein Bild am Wald im Bach.
Dir will ich es verehren –

Die Dämmerung naht, im Sterben liegt der Tag.

Mein Herz ruht müde

Mein Herz ruht müde
Auf dem Samt der Nacht
Und Sterne legen sich auf meine Augenlide .....

Ich fliesse Silbertöne der Etüde – – –
Und bin nicht mehr und doch vertausendfacht.
Und breite über unsere Erde: Friede.

Ich habe meines Lebens Schlussakkord vollbracht –
Bin still verschieden – wie es Gott in mir erdacht:
Ein Psalm erlösender – damit die Welt ihn übe.

Abends

Auf einmal musste ich singen –
Und ich wusste nicht warum?
– Doch abends weinte ich bitterlich.

Es stieg aus allen Dingen
Ein Schmerz, und der ging um
– Und legte sich auf mich.

Dem Verklärten

Ach bitter und karg war mein Brot,
Verblichen –
Das Gold meiner Wangen Bernstein.

In die Höhlen schleiche ich
Mit den Pantern
In der Nacht.

So bange mir in der Dämmerungweh .....
Legen sich auch schlafen
Die Sterne auf meine Hand.

Du staunst über ihr Leuchten –
Doch fremd dir die Not
Meiner Einsamkeit.

Es erbarmen sich auf den Gassen
Die wilden Tiere meiner.
Ihr Heulen endet in Liebesklängen.

Du aber wandelst entkommen dem Irdischen
Um den Sinai lächelnd verklärt –
Fremdfern vorüber meiner Welt.

Und

Und hast mein Herz verschmäht –
In die Himmel wärs geschwebt
Selig aus dem engen Zimmer!

Wenn der Mond spazieren geht,
Hör ichs pochen immer
Oft bis spät.

Aus Silberfäden zart gedreht
Mein weiss Gerät –
Trüb nun sein Schimmer.

So lange ist es her .....

Ich träume so fern dieser Erde
Als ob ich gestorben wär
Und nicht mehr verkörpert werde.

Im Marmor deiner Gebärde
Erinnert mein Leben sich näher.
Doch ich weiss die Wege nicht mehr.

Nun hüllt die glitzernde Sphäre
Im Demantkleide mich schwer.
Ich aber greife ins Leere.

Ein Liebeslied

Komm zu mir in der Nacht – wir schlafen engverschlungen.
Müde bin ich sehr, vom Wachen einsam.
Ein fremder Vogel hat in dunkler Frühe schon gesungen,
Als noch mein Traum mit sich und mir gerungen.

Es öffnen Blumen sich vor allen Quellen
Und färben sich mit deiner Augen Immortellen .....

Komm zu mir in der Nacht auf Siebensternenschuhen
Und Liebe eingehüllt spät in mein Zelt.
Es steigen Monde aus verstaubten Himmelstruhen.

Wir wollen wie zwei seltene Tiere liebesruhen
Im hohen Rohre hinter dieser Welt.

Ihm eine Hymne

Ich lausche seiner Lehre,
Als ob ich vom Jenseits höre
Sprechen die Abendröte.

Es kommen Dichter mit Gaben
Zu ihm aus ihren Sternen
Vom »Alleinigen Gott« zu lernen.

Aus ihren Marmorbrüchen,
Schenkten ihm die Griechen
Das Lächeln des Apolls.

Die Körper, die ihrer Seele
Die Pforte geöffnet haben,
Werden Engel aus Rosenholz.

Ich erinnere mich meiner näher
In seinem heiligen Schwang.
Hört mich der holde Seher –
..... Schluchzen in seinem Gesang

Im Ewigen Jerusalemeden,
Tröstet sein Wort Jedweden
Fern überhebendem Stolz.

Im Tempelschall seiner Gebete,
Zwischen leuchtendem Kerzengeräte,
Schlürft meine Seele seinen Gesang.

..... Doch oben im Dämmermoose
Welkt ergeben die Himmelsrose
– Da er ihr Herz verschmähte.

Ich liebe dich .....

Ich liebe dich
Und finde dich
Wenn auch der Tag ganz dunkel wird.

Mein Lebelang
Und immer noch
Bin suchend ich umhergeirrt.

Ich liebe dich!
Ich liebe dich!
Ich liebe dich!

Es öffnen deine Lippen sich .....
Die Welt ist taub,
Die Welt ist blind

Und auch die Wolke
Und das Laub –
– Nur wir, der goldene Staub
Aus dem wir zwei bereitet:
– Sind!

In meinem Schosse

In meinem Schosse
Schlafen die dunkelen Wolken –
Darum bin ich so traurig, du Holdester.

Ich muss deinen Namen rufen
Mit der Stimme des Paradiesvogels
Wenn sich meine Lippen bunt färben.

Es schlafen schon alle Bäume im Garten –
Auch der nimmermüde
Vor meinem Fenster –

Es rauscht der Flügel des Geiers
Und trägt mich durch die Lüfte
Bis über dein Haus.

Meine Arme legen sich um deine Hüften,
Mich zu spiegeln
In deines Leibes Verklärtheit.

Lösche mein Herz nicht aus –
Du den Weg findest –
Immerdar.

Dem Holden

Ich taumele über deines Leibes goldene Wiese,
Es glitzern auf dem Liebespfade hin die Demantkiese
Und auch zu meinem Schosse
Führen bunterlei Türkise.

Ich suchte ewig dich – es bluten meine Füsse –
Ich löschte meinen Durst mit deines Lächelns Süsse.
Und fürchte doch, dass sich das Tor
Des Traumes schliesse.

Ich sende dir, eh ich ein Tropfen frühes Licht geniesse,
In blauer Wolke eingehüllte Grüsse
Und von der Lippe abgepflückte eben erst erblühte Küsse.
Bevor ich schwärmend in den Morgen fliesse.

Die Unvollendete

Es ist so dunkel heut am Heiligen Himmel .....
Ich und die Abendwolken suchen nach dem Mond –
Wo beide wir einst vor dem Erdenleben,
Schon nahe seiner Leuchtewelt gewohnt.

Darum möcht ich mit dir mich unlösbar verweben –
Ich hab so Angst um Mitternacht!
Es schreckt ein Traum mich aus vergangenem Leben
An den ich gar nicht mehr gedacht.

Ich pflückte mir so gern nach banger Nacht
Vom Berg der Frühe lichtgefüllte Reben.
Doch hat die Finsternis mich umgebracht –
Geopfert deinem Wunderleben.

Und es verblutet, was du mir,
Ich dir gegeben,
Und auch das bunte Sternenzeichen
Unserer engverknüpften Hand,
Das Pfand!!

Und neben mir und dein –
Auf meinem Herzen süssgemalt enthobnem Sein
– Tröstet mich ein Fremder übermannt.

Ihm mangelt an der Ouvertüre süssem Tand
Streichelnder Flüsterspiele seiner Triebe,
Verherrlichend den keuschen Liebeskelch der Liebe.

Ich säume liebentlang

Ich säume liebentlang durchs Morgenlicht,
Längst lebe ich vergessen – im Gedicht.
Du hast es einmal mir gesprochen.

Ich weiss den Anfang –
Weiter weiss ich von mir nicht.
Doch hörte ich mich schluchzen im Gesang.

Es lächelten die Immortellen hold in deinem Angesicht,
Als du im Liebespsalme unserer Melodie,
Die Völker tauchtest und erhobest sie.

An Apollon

Es ist am Abend im April.
Der Käfer kriecht ins dichte Moos.
Er hat »so« Angst – die Welt »so« gross!

Die Wirbelwinde hadern mit dem Leben,
Ich halte meine Hände still ergeben
Auf meinem frommbezwungenen Schoss.

Ein Engel spielte sanft auf blauen Tasten,
Langher verklungene Phantasie.
Und alle Bürde meiner Lasten,
Verklärte und entschwerte sie.

Jäh tut mein sehr verwaistes Herz mir weh –
Blutige Fäden spalten seine Stille.
Zwei Augen blicken wund durch ihre Marmorhülle
In meines pochenden Granates See.

Er legte Brand an meines Herzens Lande –
Nicht mal sein Götterlächeln
Liess er mir zum Pfande.

An mich

Meine Dichtungen, deklamiert, verstimmen die Klaviatür meines Herzens. Wenn es noch Kinder wären, die auf meinen Reimen tastend meinetwegen klimperten. (Bitte nicht weitersagen!) ich sitze noch heute sitzengeblieben auf der untersten Bank der Schulklasse, wie einst … Doch mit spätem versunkenen Herzen: 1000 und 2-jährig, dem Märchen über den Kopf gewachsen.

Ich schweife umher! Mein Kopf fliegt fort wie ein Vogel, liebe Mutter. Meine Freiheit soll mir niemand rauben, – sterb ich am Wegrand wo, liebe Mutter, kommst du und trägst mich hinauf zum blauen Himmel. Ich weiss, dich rührte mein einsames Schweben und das spielende Ticktack meines und meines teuren Kindes Herzen.

Gedichte 1944

Mutter

Es singt ein weisser Stern sein Totenlied
wie Sterbegeläut in der Julinacht,
und die Wolkenhand auf dem Dach,
die streifende, feuchte Schattenhand,
sucht nach der Mutter.

Ich fühle mein nacktes Leben,
fröstelnd stiess es sich ab von Mutterland;
so nackt war nie mein Leben,
nie so in die Zeit gegeben,
als sei ich längst abgeblüht.

Hinter der Tage erloschenem Schein,
zwischen zwei Nächten,
den zwei sich belauernden Mächten,
friere ich mutterseelenallein.

Gedichte aus dem Nachlass

Erkenntniß.

Herren Julius und Heinrich Hart und Landauer zugeeignet.

Schwere steigt aus allen Erden auf,
Und wir ersticken in diesem Bleidunst.
Jedoch die Sehnsucht reckt sich und speit
Wie eine Feuersbrunst.
Es tönt aus allen wilden Flüssen
Das Urgeschrei
Adam und Evas Lied!
Wir reißen uns die Hüllen ab,
Vom Schall der Vorwelt hingerissen:
Ich nackt! Du nackt!

1.

Hasche mich .... fasse mich, ...
Eh' der Nordsturm mich packt,
Dir fort,
Über Felsen und Klippen!
Sieh' die Blüten zwischen den glitzernden Gräsern –
Sie duften nach Paradiesäpfeln und Kinderodem
Und küssen Tag von Deinen Lippen.
Riesengroß
Steigt aus unserm Schoß,
Zuerst wie Erfüllung zagend,
Dann sich ungestüm raffend,
Sich selbst schaffend:
Gott-Seele! –

2.

Diese brennende Furcht
Vor dem Unsichtbaren,
Vor dem Rätselklaren,
Vor der Schöpfung-Seele!

Verstecke mich Du!
Denn meine wilde Angst
    Wird Scham.
Verstecke mich Du
Tief in das Auge der Nacht,
Daß mein Tag Nachtdunkel trage!
Gräber reißen ihre Höhlen auf,
    Abgründeweit,
Und gieren nach uns.
O, dieser heißen Todesstille
    Leichenschrei!
An dem frierenden, schwarzen Herzen des Tods
    Röchelt
Unserer Sehnsucht sterbende Einsamkeit.

3.

Wie wächst diese Seele
Über die Welt hinaus!
Ihren Anfang verlierend,
Vorseits dem Morgenrot,
Über alle Zeit hinaus,
Das Ende überragend,
Ewigkeit überschweifend!

4.

Siehst Du wie der Tod uns nachstarrt,
Als ob er Augen habe,
Augen, die nicht weinen können?
Tränenmeere, die versteinert sind? –
… Schwarz geht das Auge unter,
Die blickende Sonne Gottes,
Hinter den züngelnden Ästen
Des Erkenntnißbaumes. –
Fern flüchten wir dem Paradies
    Vertrieben von uns. – –

5.

Fühlst Du, wie Gott-Seele lächelt,
    Unser ewiges Kind,
Und auf blauen Enzianen ausruht?
Sieh mich an, ob ich mit ihm lächle,
Das Grauen hat mich verirrt in mich!
.... Ob nicht ein Stern brennt
    Rückseits der Erde?
Diese Glut, die mich umsonnt. –
Träume ich seeletrunken?
Fiebere ich im Mark der Unsterblichkeit?
    Wie Abbittend
  Lächelt Gott-Seele
    Unser ewiges Kind.
  Und spielt uns voran
    Wieder ins Paradies.

Ein Lied aus Gold.

(An Kete Parsenow)

Nun kentert meine Seele
Du schlanke, goldene Fischin.

Durch deines Leibes Gewebe
Schimmert kühles Gold.

Ich schenke dir einen Strand
Mit goldenen Muscheln
Und mein Herz, das rauscht.

Mein Herz möchte
In deinem goldenen Schooß liegen,
Dein goldenes Spielzeug sein.

Seitdem du da bist
Seh ich die Sterne nicht mehr –
Vor lauter Golddichten.

O, du meine goldene Nacht –
Goldsyrinxe ……

Das Lied des schmerzlichen Spiels.

Als ich aus steigender Spiellust
Euch folgte,
Waren da nicht meine Lippen, wie bange Turteltauben –
Aber Euch ekelte vor dem lallenden Singsang meiner Liebe,
Denn Ihr saht den kahlen Himmel meines Herzens.
Ich bin geplündert, wie ein Herbstabend
Ich erwache nur noch im Sterbehemde ….
Aber ich liebe die schwarzen Lenze Eurer Nächte
Euer junges Honiggeträufel.
Ich sehne mich nach Eurem Schwirren und Summen,
Goldhonigträufelnde Nachtbienen seid Ihr.
Sind nicht meine Lippen, wie geopferte Kinder –
Aber der Sturm naht und raubt meine letzte, verwelkte Weise.
Tausendmal tausend den Gram um den Hals geschlungen,
Um Sternenewigkeit taumelnd
Jäh losgelassen! Und wie ich mich drehen muß,
So kommt doch und spielt mit mir,
Ich stöhne vor Spiellust.
Schwang sie nicht jubelnd mein Leben zu Tode,
So kommt doch und spielt mit mir
Ihr goldenen Bienen alle,
Ihr goldträufelnden Schelme und Schelminnen.

Ein Geigenliedchen.

Die jungen Rosen sprossen
Und erbleichen in stiller Sehnsuchtsglut.
Ich habe sie heimlich begossen
Mit meinem sprudelnden Blut. –

– Ich liebte ein kleines Mädchen
Mit sonnenfarbigem Seidengelock.
Und küßte das holde Gretchen
Oft hinter dem Rebenstock .....

Ich mußte durch Welten Wandern
Und küßte seitdem manchen rothen Mund.
Mein Mädchen und die andern,
– Sie gingen in Sehnsucht zu Grund. – – – –

⟨Was kommt dort von der Höh⟩

Was kommt dort von der Höh –
Was kommt dort von der Höh?
Was kommt dort von der ledern Höh
Zieh zah ledern Höh
Was kommt dort von der Höh?

Es ist Methusalem
Es ist Methusalem
  Der lederne Herr Herr Papa
Zieh zah Herr Papa
Papa Methusalem!!

Abraham Stenzel

Begraben sind die Bibeljahre längst.
Wir beide tragen nur noch sehnsüchtig
Den Flor um unseren blauen Hut.

Mein Spielgefährte Hamid Stenzel:
Er gärte mit dem Mark im Stamm
Der Gottesbäume auf dem Libanon.

Der Sturm vertrieb ihn aus der Heimat
In ein hartes Land.
– Man ihm die ehrwürdige Sprache steinigte.

Und seine Zunge stolpert über das Hebräisch.
Er spricht seitdem des Gettos: Jiddisch Platt.
»Werklich«!

Stark und hilflos –
Weit gehen seine Blicke auf und schimmern,
Klar, grün, man sieht auf keuschem Grund

Der grossen Jordanaugen.
Die erinnern
An die Erzväter sich.

Ein inniginnerlicher Dichter,
Und seines Herzens Unverfälschheit
Macht ihn liebwert.

Wenn wir nach Mitternacht
Im Winter durch die Strassen
Zwei edle Lasttiere trabten

Zusammen leiernd durch den Schnee –
Wie in der Wüste klangs –
– Kopf gebeugt – überall: Saharah ......

Und jedem Winde blickt er nach,
Der liebreich über seine schwarzen Haare streicht,
Denn seiner Verse Muse Kabala
Trägt ihn im Arm.

Abraham Stenzel.

Als Abraham ganz jung war,
Nannte ihn Gott: Hamid.

Ich weiss es noch, denn erst viertausend
Und ein Schaltjahr ist es her.

Ich hing zwar noch am Baum
Im Schatten einer Cocospalme.

Mein Spielgefährte, Abraham Stenzel,
Gärte mit dem Mark im Stamm.

Begraben sind die Bibeljahre längst –
Wir beide tragen nur noch sehnsüchtig den Flor

Um unsern blauen Hut,
Der demütig die Stirn vor Gott bedeckt.

Der Hamid ist der Dichter des Jargons
Des Ghettoplatts.

Wenn er es spricht, hilflos und rührend,
Pocht an mein Herz das Jugendvolkslied.

Er ist ein inniger innerlicher Dichter
Und seine Unverfälschtheit macht ihn liebenswert.

Wenn wir nach Mitternacht
Im Winter vom Romanischen Caféhaus

Zusammen leiernd durch den Schnee
Wie durch die Wüste trabten,

Kopf geneigt – überall Saharah:
Zwei edle Wüstentiere er und ich.

In seinen grünen Jordanaugen
Erinnern Träume sich vom Erzvater?

Und jedem Südenwinde blickt er nach,
Der über seine schwarzen Haare streicht.

Ich liebe seiner schönen Verse Kabala
Sie trägt sein frommes Angesicht als Medaillon.

⟨Die Leber ist von einem Hecht⟩

Die Leber ist von einem Hecht
Und nicht von einem Aale
Der schwamm mit Teufelbrecht
Vetter von dem Engelbrecht
Urfröhlich im Neanderthale
Schon in der Steinzeit allemale
Zur Großmama und Großpapale
Nun schnappt er bald im Futterale
Wie jeder Fisch banal, banale.
(Bitte Finale)

⟨Die L. ist von einem Hecht⟩

Die L. ist von einem Hecht
Der aß so gerne Pökelfleisch
In seinem Teich
Und war sehr reisch
Und hieß Bert Brescht.

Die L. ist von einem Hecht
Der war mir nie gesonnen
Der Arnold Bronnen
Brunnen
Ich ließ ihn doch unangefecht

Die L. ist von einem Hecht
Der schwamm in meiner Näh
Von ferne zwar im gleichen See
Und ⟨...⟩ ich sein Essay
Wir a l l e ! ⟨...⟩ Engelbrecht

⟨Die Verscheuchte⟩

Es ist der Tag im Nebel völlig eingehüllt
Nur angedeutet ist das Land
Fast durchsichtig gezeichnet wie auf einem Bild
Und keine Leidenschaft bewegt sich auch nicht du und ich
Kein Wunsch erzittert, regt sich.

So lange war kein Herz zu meinem mild
Die Welt erkaltete, der Mensch verblich
Der Dichter nur trägt unverändert mit sich
Des Feldes wogend Liebesbrot und seiner Blume Ebenbild.

Wo weilt der Wunderodem, der aus meinem Leben wich?
Ich streife heimatlos ein flüchtend Wild
Durch bleiche Zeiten träumend, denn ich liebe dich.

Doch deine Lippe, der der meinen glich
Ist wie ein Pfeil gespitzt, auf mich gezielt.
So einsam ist die Dichterin wohl ewiglich.

Unser Liebeslied.

Es fallen die Kastanien von den dunkelgrünen Bäumen,
Die du so liebst – elf schattenmächtige Feeen,
Die treu dein Haus und dich, du Rauschender, beträumen.

Wir leben lange schon im höheren Geschehen,
Ein weisser Damast liegt auf allen Seeen
Aus Zauberseide wie in meinen Reimen.
Von einem jähen Hauche kann der Vers verwehen.

Es gilt den Augenblick nicht zu versäumen,
Da Heimat gegenseitig wir im Auge sehen.
Am Hange unserer Liebe silbersüsses Schemen,
Erblüht die Königin der Nacht aus den Cakteeen.

Schwer in den Wolkenbergen – es beginnt der Herbst zu keimen, –
Taumelt um Sternenrebenüberschäumen,
Der trunkene Winzer – und beleuchtet die Alleeen.

Ein trübes Lied.

Ich will am Abend tauchen in die Sterne,
Dass ich den Weg zur Heimat im Gemüte nicht verlerne,
Umflorte sich auch längst mein mich vertriebenes Land.

Ich weiss du hältst wie früher meine Hand ……
Verwunschen hatten wir uns beide gerne –
Und meine Seele rauschte als dein Mund es mir gestand.

Es ruhten alle Herzen liebverwandt
Gepaart in einer Schale wie zwei Mandelkerne.
Nun aber reisst der Hass an unser Vaterland –
Die Engelschaaren klagen es dem Herrne.

Dänischer Prinz

Ich schloß die Augenlider
Immer wieder und
Öffnete die Augen immerfort
Ich sah Euch spielen am geheimnissvollen Ort.
Und dann im dänischen Palast.
Das Licht fiel grün und dann wie Flieder
Ihr Hoheit, gönntet Euch nach dem Erlebten keine Rast.
Und fechtetet mit dem Rapir
Wie ich auch einst gefochten
Halb furchtbar
Und halb wie beim Spielen
Um dann die Spitze in das Herz des Anderen zu kühlen.

Mein Volk.

Mein Volk wird morsch, dem ich entspringe,
Und meine Gotteslieder singe.
Jäh stürz ich vom Weg
Und riesele ganz in mir
Allein, fernab über Klagegestein
Dem Meer zu!

Hab mich so abgeströmt
Von meines Volkes Mostgegorenheit –
Und immer immer noch
Der Widerhall in mir
Wenn schauerlich gen Ost,
Das morsche Felsgebein,
Mein Volk zu Gott schreit!!

⟨Ist's die Schwüle⟩

Ist's die Schwüle
Geh zur Diele
Eine Portion Himbeereis
Reicht für viele

Komm zur Diele
In der Schwüle
In der Diele
Reicht schon eine Portion Eis
Für viele

⟨Sir!⟩

Sir!

Wenn man in Cafés oder Bars,
Noch – hintern Sternen – – gestern wars,
So viel verzehrt und Gläser leert,
Und Memphis raucht und Parisienne –
Dem gehts nicht allzu schlecht – und wenn!
Doch einer Rüge höchstens wert.

Ich bin der Schimmelpfennigrappen Detektivbureau
Und so –
Und aus Erfahrung kenn ich meine Leute.
Es geben welche, die zu schwelgen pflegen heute
Und morgen pauvre essen irgendwo.
»Fleischlen« im Herzen, Sonne in der Milz.
Wenn etwas aber auszufressen, mir es gilts.

Im Grunde – weinte ich gerührt, etwas – geziert,
Beim Lesen jeder Ihrer Büttenseiten.
Guirlanden glaubt man Ihre Schrift von weitem,
Und nicht zerpflückt wie bei mir hingeschmiert
Und nachträglich erst manicürt.

Wie Sie, Thorquato, hat noch nie jemand erkannt
Bis in die Ein und Ausgeweide,
Mich und mein zweites Mich, ich glaub wir sind verwandt,?
Wir beide –
Vielleicht am Wahltag wahlverwandt.

Gedicht zu singen auf die Melodei: Wär ich geblieben doch auf meiner Haide.

〈Pfeifen kann ich noch, jedoch im Morgengrauen〉

Pfeifen kann ich noch, jedoch im Morgengrauen,
Weckte ich in Seehofs Nebenraume, aus dem Traume,
Ehemänner und die Ehefrauen.
Und zum Singen hab' ich keine Lust.
Ich steige schließlich ohne Lerche in der Brust,
Aus meines Bettes Heim,
Wie mir der Doktor riet mit einem Reim.
(Vorsicht!: Nicht ausrutschen:)
In Bautsch und Bogen ungelogen,
Muss ich aus meinem Cautsch herautsch,
Es kommt ein Spatz wohl angeflogen,
Doch nie ein Frühstück an mein Cautsch.

So leb ich seit ich rautschgeflogen
Vor fünf ein viertel Jahr o Grautsch!
Schautsch auf den Zürchersee, auf seine Wogen, ...
Fürwahr so schlecht war nicht der Tautsch.
(Pianissimo) Fürwahr so schlecht war nicht der Tautsch.

⟨Ich lernte Suppe blasen, virtuos den Gong⟩

Ich lernte Suppe blasen, virtuos den Gong,
Playd, Kissen und ich selber fliegen aufgescheucht auf zum Plafond.
Ich bin bereit mich anzukleiden; ach es hilft mir kein Pardon

⟨Er weiss wie ich, dass grosse Freude macht⟩

Er weiss wie ich, dass grosse Freude macht,
Erwacht – noch einmal einzuschläfern,
Zu träumen allerlei auf Morgentraumes Streu,
Verborgen mit den kleinen Käfern.
Mein Wasserhahn und ich, wir beide,
Tun den lieben Tierchen nichts zu leide.

⟨Durch die Scheiben der Romanischen Terasse⟩

Durch die Scheiben der Romanischen Terasse,
Blickt mancher Blick noch über seine Cafétasse,
Manch eines Cafehaus Besuchers Augen nach uns aus.

〈Ich glaube wir sind alle für einand' gestorben〉

Ich glaube wir sind alle für einand' gestorben –
Und auch gestorben unser Café in Berlin.
Arm zog ich aus, ich habe nichts erworben.
Doch Thränen liess ich in Berlin.
Im Wuppertal, Schnee deckte damals Rosenstrauch und
spätes Grün;
Von schönster Mutter wurde ich geboren,
Zur Welt gebracht, es glitzerte die Februarnacht ....
Es standen Feen vor den Gartentoren.
Gebt acht: 12 schlug es von des Turmes Wacht!
Ich hab mein Märchenland – es war einmal – verloren,
Verloren ......
Doch seelig nur – der edle Jude hat es schlichter schon gesagt,
Die bettelarm zu Gott durch diese Welt gejagt.

Ach die Liebe ist gestorben – manch Heiligen führt der Engel
»lebend« heute in das Paradies von dieser Welt.

Wo keine Liebe glüht,
Verblüht das Leben ungeküsst
Im Juden und im Christ, im Heiden und Buddhist.
Das ewige Leben dem,
Der viel von Liebe weiss zu sagen.
Ein Mensch »der Liebe« kann nur auferstehen.
Hass schachtelt ein wie hoch die Fackel auch mag schlagen.

⟨Wir sollten uns zerstreun⟩

– Wir sollten uns zerstreun –
Doch jede Arbeit Emigranten nicht erlaubt,
Bei Ausweisstrafe nicht erlaubt!
Doch kommt der Paragraph uns objektiv zu statten.
Es lebe der verständnissvolle Paragraph!
Was will man Besseres überhaupt?
Wir Dichter ruhn ja gerne ungestört auf Wiesenmatten,
Was will man Besseres überhaupt?
– Man wär ein Schaaf!
Ausserdem:
Und wenn uns hungert stehen im Selekt,
Auf allen Tischen Spätzeli für uns gedeckt.

Uns Künstlern ebenso den hiesigen bedeutet das Café Selekt eine gemütliche gemütvolle Wohnstube:

Ums Essen ists uns gar nicht so zu tun.
Wir möchten alle nur, zwar mit Musikbegleitung, ruhn.
Mehr wirklich nicht!
Ueberdies:
Verfettet Essen weit und breit,
Kostspielig seine Angelegenheit,
Noch in unserer Situation.
Und reichlich kosten andere Dinge schon.
Es leidet hier der Emigrant ja gerade keine Not.
Zum Mittagsbrode aber eingeladen – lieber mausetot!
Ich habe selbst in besseren Tagen die Mittagsbrode refusiert.
»Ma Chère, ich bin nicht manicurt und pedicurt;
Ich weder meine liebe Muse.
Ich danke Ihnen also, gnädige Frau, mit bestem Grusse«.

⟨Wenn Leidenschaft den Menschen heizt⟩

Wenn Leidenschaft den Menschen heizt,
Mit Kohlendiamant nicht geizt,
Jeweniger giebt der Mensch für Heizung-Speisung aus.
Du speist doch auch mit Kohlen, ist der Winter aus,
Den Kachelofen nicht in deinem Haus.
Und fütterst allweil nicht der CENTRALheizung Röhren,
Im Juli und August in deiner tapezierten Sphärengruft
Mit Wassersüppchen oder: heisser Trockenluft.

Nach sechsjährigem Nichtstun im schönen bereiten Zürich kommt uns Verscheuchten Menschen:

In aller Sprachen Dialekt
Willkommen: Cafébar SELEKT.
Es spielen Schach an einigen Tischen,
Und sitzen, sitzen in den Nischen,
Und sitzen, sitzen, sitzen unentwegt.
Wenn erst das Schinkenbrot zerlegt beim Sitzen,
Dann sitzen, sitzen, sitzen, sitzen sie erstrecht!
Es stört sie nicht das Radio, der Ruf im Telephon.
Es sitzt der Vater gegenüber seinem Sohn,
Bei gutem und bei schlechtem Wetter:
Der fette Vetter seinem fetteren Vetter.
Und das beginnt beim achten Glockenton.
Kühl weht der Wind durch Ritzen aller Türen,
Sie sitzen meistenteils zu vieren
Vom Schachzug abgehärtet schon.
Und sitzen stumm –
Schachkönigin im Delirium!
Wer ich die Königin, ich lief davon.
Ich liess sie sitzen, sitzen vor den Brettern
Mit ihren holzgeschnittnen Göttern
Und eilte auf des Hauptbahnhofs Perron.

Und liess sie weiter sitzen, sitzen sitzen bon!!!!!
Und sitzen meinetwegen noch die ganze Nacht.
Es schweigt ihr Mund symphonisch und in Lettern.
Ich bin schon zwomal eingeschlafen und erwacht.

〈Hingegen, lieber Leser, für den Scat〉

Hingegen, lieber Leser, für den Scat,
Heg ich Interesse dann und wann.
Vier Selektaner spielen gerad.
So schade, dass ich dieses Spiel nicht spielen kann!
Es fehlt so oft der vierte Mann.

〈Das war ein Amüsemang!!!〉

Das war ein Amüsemang!!!
Wir Kinder durften zuschaun, lang ists her so ellenlang –
Kam erst das Scatspiel recht im Gang,
Und schimpften sich die Freunde mit Elan,
Wir Kinder, unsern Dumrian von Papan
Verspotteten im Chor:
Den Trumpf in Händen und er doch verlor,
Und trotz der besten Karte nicht gewann,
Im weissen Haar und hinterm Ohr
Den Kohinor.

Zur Strafe durften wir ungezogen Kinder am nächsten Tage nicht in die Schule gehn.

Doch Schachspiel hat mich nie gereizt zu lernen.
Wenn meine Brüder Freunde unter heißen Schwüren
Hinter stummen Türen
Mit meinen schönen Schwestern spielten Schach,
Und die Sculpturen auf Parquetes Brette,
Sangen eine Liebesouvertüre nette,
Manchmal tanzten Menuett; ....
Und die Spieler summten schwärmerisch dazu –
Auch sie sassen, sassen sassen sassen immerzu
Und sie liebten sich doch über allemassen.

Interessanter noch den Männern zuzuschauen,
Die mit lebenden Figuren spielen Schach.
Auf des Suez Bette,
Auf Europas Brette,
Unter Bombenkrach!
Bis kein Mensch mehr unter Dach.

〈Ganz dunkel〉

〈...〉 und – wenn es am Abend und in der Nacht

Ganz dunkel –
Die Welt auf einmal umgebracht?
Wir Seelen nach des Leibes Tode emigrieren müssten unerlöst
Verwaist in gottverlassener Seeligkeit?
O Gott erbarm' dich dieser Zeit!
Es ruhen Hand in Hand,
Himmelland und Himmelland,
Ob Sonne scheint, ob Stürme wehen –
O Gott, wie kann der Mensch verstehen,
Da nicht die Engel streiten um des Himmels Angesicht,
Warum allhier die Menschen friedlich nicht.

⟨Reime aus der Aermel Nähte⟩

Aber dir zur Liebe, lieber Leser, begnüge ich mich bei der Arbeit Thema zu schütteln:

Reime aus der Aermel Nähte,
Zu zaubern aus der Luft beredte
Verse, sogar aus der Ferse,
Sehr betreten und verdrehte.
Und lese statt der Prosa aus der Presse
Wer alles sich vermählte bei der Bässe.
Und welches Ehepaar von Berg und Tal,
Hinüber eilte illegal.

Lieber Leser, du hältst mich anzunehmen für oberflächlich? Aber die Liebe – auf die kommt es im Leben an!:

– So ganz im Lichterglanz zu stehn ......
Bei Frau und Mann,
Bei einer Jungfrau dann und wann
Lehnt sich ihr Herz an »seines« an.

Jeden Abend bange ich mit allen Liebespaaren der Städte, eines ihrer Herzen Kerzen gehe aus:

Er liebte sie im braunem Tone schon,
Und nun mit schwefelhölzergelben Haaren,
Sie standen liebesfertig vor dem Standesamt,
Er lackbeschuht, sie ganz in Sammt.
Rat nur lieber Leser, was geschehn:
Es kamen durch die Standestür,
Man erzählte mir,
Zwei Onkel aus der Kaftanzeit
Wie Damen trippelnde im Seidenkleid:
Aeppel Kahn und Lexi Cohn

Baldurs Grossmamas Brüder!
Zu gratulieren ihrer Schwester Sohn.
Der arme arme Bräutigam
Der so um seine Göttin kam –
Er hatte sie so lieb!
Im nu war alles aufgedeckt
Gefälscht Papiere im Affekt
Er floh nach Zürich wie ein Dieb.

⟨Der wahre Reim⟩

Der wahre Reim,
Er ist ein Kreisel,
Will sich immer drehn!
Ein Perpetopemobile.

Der Mickimausfilm in der Näh läuft auf des Kreisels Summen. Immer um sich und

So herum herum und herum
Bis die Mäuse geknickt und krumm
Zwischen Möbeln und Gestellen,
Bluten fürchterlich aus allen Cellen.

⟨Für mich ja nur ein Katzensprung⟩

Für mich ja nur ein Katzensprung
Vom Hotel Seehof über Gassen,
Freudloses hat man ja genung!
Heut spielt die Micky Mickymaus!
In allen Rassen.
Man giebt viel Unnotwendigeres aus,
Und wenn auch nicht –
Ich bleibe nicht zu Haus!!
Was hat man von der Willenskraft?
Sie bringt mich keineswegs in Schwung.
Ich geh ins Cinema, da es mir Freude schafft,
Noch bei der kleinen Ausgebung.

⟨Ich stürze mich mit einem Satz⟩

Ich stürze mich mit einem Satz,
Vorn in die dritte Reihe
Und nehme an der Ecke Platz.
Nicht nur aus pekuniären Grund,
Ich sitze dort so gerne.
Ich guckte mir die Augen wund
Aus all zu grosser Ferne.
Man sitzt im Cinema NORD-SÜD
Wo man placiert sich überall lieb
Und schaut die Filme unverbaut,
Von einem Hute Zuckerdüte,
Himmelhochjauchzenden einer Braut.
Und ohne, dass ein Nebenan,
Sich Reste holt aus seinem Backenzahn.
Das geht durch Nerven mir und Sehnen!!
Tanzt Fred, spielt Clark in Liebesscenen.

⟨Bad Davis and the Catherin⟩

Die Stars:

Bad Davis and the Catherin,
May West die Löwenbändigerin
And Laughton – and – you and you.
Auch die französischen Artisten;
Sie singen wild die Marseillaise!
Und du mein deutscher Kinofreund
Als ob – nichts ist und nichts gewäs!

Am liebsten, lieber Leser, begebe ich mich solo ins Cinema.

Das Gros der Cinemabesucher ist mir zu gescheidt:
Ein jeder Cowboy bringt sie in Verlegenheit.
Viel lieber ist mir, du bist primiteiv,
Vom Chaise die Piece zu bewerten,
Denn die von Bücherweisheit übernährten,
Sind für das Cinema nicht reif.

⟨Auch den Clown im Variétée⟩

Auch den Clown im Variétée,
Die Frauen Jahrgang achtzig mit dem Coeu,
Der Tänzer und die Tänzerin,
Den Wunderwauwau Rintintin
Zu kritisieren geradezu Unsinn!

⟨Allmorgentlich im Traume schon zu zittern⟩

Von allem abgesehen, dem geistigen und körperlichen Zustand und der Moral, nützt oder befördert die öffentliche Kritik der Presse der Charakter der Schauspielenden??

»Antwort!!!«

Allmorgentlich im Traume schon zu zittern,
Zu wittern das Gewittern des Besprechers?
Die schwarze oder weisse Feder im Gewand des – Rächers?

Was sind das noch für Theaterzustände im Jahre 1939!

Und selbst das Lob des Kritikers, der Kritik Lob,
Schmeckt es dem Künstler gut zum Thee beim Abendbrot?

»Antwort!!!«

Schlägt man so ohne Sang und Klang, en passant,
Den einen Mimen mit dem anderen tot?

Giebt es ausserdem eine minderwertigere Unterschätzung am Urteil seines Theaterpublikums?

Bin ich Direktor oder die Direktorin,
Am Kasperletheater – Intendantin,
Ich tät im Spielraum Frau und Mann
Dem Kinde selbst nicht solche Unterschätzung an.
Und auch ins Cinema entsende nicht das Feuilleton,
Hin fürder seinen Kritiker mit Ehgesponn.

Als Emigrantin steht es mir nicht zu, mich in die Thesen – Pardon! der Theater zu mischen:

Ist man jedoch im Trance,
So voll und ganz –
Beim Dichten mit nichten.
Dann schreibt man manches, das man nicht,
E r w a c h t, dem Leser sagt ins Angesicht.
Das hat der Dichter selbst dem reichsten Mann voraus,
Ein ungefälschtes Tintenfass stets überüberschäumend
Auf dem Tisch zu Haus.

Die angesehendsten Kritiker freuen sich – heimlich, ohne sich eine Blöße zu geben, Filmschauspieler zu kritisieren, ich meine – Gelegenheit zu haben das Cinema – zu besuchen. Abenteuerlich in den Dschungeln, Picknick im Dunkeln .....

Ich denk an Kerr – schlag nach im Lexicon,
Dem während Chaplin in den Missisippi fiel,
Von Gattin zugesteckt ein Eisbonbon
Natürlich gänzlich sonambül.

Oder, lieber Leser, mundet dir folgender Reim besser

Mir tut das Herz noch weh –
Denk ich an Kerr, der ganz in meiner Nähe sass,
Dem, während Geyerschaaren Tarzan frass,
Von Gattin zugesteckt ein – Prallinee –

Schluß!!

Ich mache Feierabend mit dem graugewordenen Mond .....
Labend zieht das Cinema NORD-SÜD,
Eine weiche Trapperie
Ueber diese Welt und über Melancholie.

⟨Karl die Bouillon wird kalt!⟩

Karl die Bouillon wird kalt!
Karl, Karl schalt es aus der Stube.
Und es kommt gerannt sein jüngster Bube:
»Mutti lässt dir sagen die Bouillon wird kalt.«
Karl, Karl, Karl schalt es durch sein Haus am Wald,
Durch die Lüfte schalt es Karl, Karl und es widerhalt:
Karl, Karl die Bouillon wird kalt!

⟨Ich sah mich doch am Fenster dichtend sitzen⟩

Ich sah mich doch am Fenster dichtend sitzen – – – – – – –
Ich sah – sehr angegriffen aus.
Mein zweites ich hockt viel zu viel zu Haus.
Und träumt vom bleichem Mond und Sternen.

Ich selber bin ein Wirbelwind!
Der nie und nirgends Ruhe find
Vielleicht – bei Gott dem Herrn?
Bei Ihm werd ich es lernen.

⟨Kochbücher gehen noch, haben Absatz auf den Märkten⟩

Kochbücher gehen noch, haben Absatz auf den Märkten,:
Wär eine Zwiebel mein Hebräerland,
So ging mein Buch wie heisse Semmel von der Hand.
So aber ist mein Buch ein B u c h .
Das sagt für den Bedarf genug.

⟨Es rührt mich jedesmal zu Thränen⟩

Es rührt mich jedesmal zu Thränen,
Nebenbei zu erwähnen,
Komm ich vorbei
Energisch eine Frauenhand,
Frau Doktor Oprechts rührige Hand,
Mit grosser Grazie und Verstand,
Gerad ausstellt mein Hebräerland.
Bei aller Bescheidenheit mein Buch der Bücher ...... semicolon!

⟨Und unser Haus am Fuss des Walds⟩

Und einmal sah ich doch die Stadt in der ich einst geboren:
Elberfeld an der Wupper.

Und unser Haus am Fuss des Walds.
Von seinem Turm erblickte ich verloren
Den Silberrhein bis in die Pfalz.

Nach meiner Heirat verliebte ich mich in Berlin:

Unter seinen Linden sass ich stundenlang.
Selbst Möbelwagenräder fuhren auf dem Asphalt wie Gesang.
Wo bist du Friedrichstrasse von Berlin?
Und du mein unvergessner Tauentzien?

Die Scheidung meiner Ehe mir begreiflicher, als meine Ausbürgerung gewaltsame Scheidung.

Und ohne Allemente,
Kleinste Rente,
Trennte sich von mir, Ungetüm,
Berlin!
Und all die Freunde und Bekännte.

⟨O wie mir die Scheidung nahe ging⟩

O wie mir die Scheidung nahe ging,
Von Berlin – viel näher wie ich wusste.
Denn ich liebte schon Berlin,
Unter Wilhelm und Auguste,
Rex und seiner Kaiserin.

O wie mir das nahe ging,
Ich verlor mein bischen Puste,
Da ich auf das ganze ging,
Mich verrannte in Berlin!
Und entfliehen musste.
Im Wehzug spät in der Nacht!

⟨Die Uhr des Briten⟩

Die Uhr des Briten,
Begg your pardon, unumstritten,
Denn der Zeiger auf dem Zifferblatt,
Läuft seit Dichter: Nebel schon
Sachgemäss und auf ein Grad.
Nur in Rom die Ticketack,
Erlitt plötzlich einen Knack.
– Und mein Herz schlug übervoll
Mit der Uhr im Capitol.

Der Duze der die alte römische Uhr kunstgerecht zu stellen pflegte, – sie ist ihm plötzlich stehngeblieben.?

Lieber Leser, frage du die Briten bitte,
Ob Halifax und Chamberlain,
Oder jemand etwa aus dem Reich der Mitte,
Oder schliesslich wer in Frage käm?
Zu reparieren fähig dieses stehngebliebne Phänomen?

⟨Geld, das wir im Stand' nie zu bewerten⟩

Geld, das wir im Stand' nie zu bewerten,
Heute gährt es wie der Hefeteig im Brot.
Denn wir wissen alle Weggefährten,
Wehe tut der Hunger und man hungert in der Not.

⟨Im Restorante: HINTERER STERNEN⟩

Im Restorante: HINTERER STERNEN,
Beim Risottoreis,
Hört man immer etwas Neus,
Eine Neuigkeit.
Im Odem einer heimatlichen Zeit.
Es gilt der Gäste erster Schluck,
Der treuen Wirtin hinterm Stuck.
– Vom Büffet an der Terrine,
Hinter weisser Jalousine,
Grüsst Frau Niggle uns mit liebem Guck.

Eine saumseelige Luft in ihrem gemütlichen Raume, hinterer Sternen. Dafür tragen Sorge schon die lieben Liebespaare

An den Tischen:
Nebentischen,
Die hier hinterer Sternen,
Unter Birnen Sternen
Nicht im Dunkeln fischen.
Auf die Discuspappescheiben
Oft erweicht vom Zürcher Bier,
Kann man was notiren sich und dir,
So beim Fisch,
Sich einen Vers auf ihnen schreiben,

Der sonst fiele untern Tisch.
Und zum Dessert – natürlich, nur wer Lust.
Ich esse Pudding gern – schon unbewusst
Er reizt zum Phantasieren.

Und eile in der Phantasie ins Freie! an Zürich vorbei zwischen Gärten und Gärten und Paradiesflecke. Schaufle Flocken von den Beeten,

Vom Herbste mutwillig zertreten,
Und nehm mit dieser – guten Tat,
Den Wurzeln ihre Decke gerad.
Ein Glück – nur in der Phantasie.

⟨In der Strasse Engematt⟩

In der Strasse Engematt
Ueber Wiesenhang und Wiese,
Gärten gleichen Paradiese.

Und bevor der Abend naht,
Und verfinstert Baum und Blatt,
Tauchen all die kleinen Sterne
In des Mondes goldenes Bad.

Und doch ist es finster geworden auf Erden

Wir Verscheuchten rücken näher zusammen unsere Seelen lehnen eine an die andere bangend an –

Es ist ein Weinen in der Welt,
Als ob der liebe Gott gestorben wär,
Und der bleierne Schatten, der niederfällt,
Lastet grabesschwer.

Komm wir wollen uns näher verbergen,
Das Leben liegt in aller Herzen wie in Särgen.
Du – wir wollen uns tief küssen .....
Es pocht eine Sehnsucht an die Welt –
An der wir sterben müssen.

〈Wie sie in Wien und in Berlin ganz san façon〉

〈...〉 Man soll nicht die Contenanz verlieren, kopfscheu werden, mahnt eine Stimme wie aus einem Radiokasten. Aber auch ohne ihre Mahnung verliessen das bräutliche Schiff namentlich die weiblichen Reisenden, ungefähr

Wie sie in Wien und in Berlin ganz san façon,
Sich eilig puderten und sich lawendeln angenehm aus dem Flakon
Die Lippen röter nüanziert,
Die Locke sitzt elektrisch noch frisiert,
Drauf ungeniert: hier Gruß, dort Kuß,
Die Untermuntergrundbahn wechselten mit einem Auto oder Omnibus.

〈Auf ihrem Tisch daheim, in ihrer Villa hinter Edeleichen〉

Auf ihrem Tisch daheim, in ihrer Villa hinter Edeleichen:
Faust erster Teil und zweiter nebst Herrn Teufel:
Drei guterhaltne balsamierte Leichen.

Im Prachtband: Hermann und Frau Dorothea,
Die Dorfidylle aus der Eifel.

Und – die Geschwister von Neapel
Unter einer Palmenpappepappel.

Auf Bütten: Rahel und zur linken: Leah,
Sinnt Jakob (neu erforscht) im Zweifel.

Und auf der Säule im Profil:
D'Annunzio marmorkämpfend als Achill.

Doch auf dem Bücherschranke vis à vis:
Enricos Herzogin die kühle von Assy.

Und manche Neuerscheinung traf ich noch –
Mein Prinz von Theben – pfiff aus seinem letzten Loch!

Das Bogenlied.

(Der Trauergesang über den Tod Sauls und Jonatans)
(Mit der Cymbel vorzutragen leider nur mit ihren
ausgegrabenen Schellen und Perlen.)

Und – David klagte diese Klage über Saul und Jonathan seinem Sohn
Und befahl, man sollte die Kinder Israel das Bogenlied lehren

Siehe es steht geschrieben, im Buch der Redlichen:
Die Edelsten in Israel sind auf deiner Höhe erschlagen.
Wie sind die Helden gefallen!
Sagts nicht an zu Gadh, verkündets nicht auf den Gassen zu Askalon,
Dass sich nicht freuen die Töchter
Dass nicht frohlocken die Töchter der Unbeschnittenen.
Ihr Berge zu Gilboa, es müsse weder tauen noch regnen auf euch,
Noch Aecker sein, davon Hebopfer kommen.
Denn dort ist den Helden ihr Schild abgeschlagen,

Der Schild Sauls, als wäre er nicht gesalbt mit Öl. –
Der Bogen Jonathans hat nie gefehlt,
Und das Schwert Sauls ist nie leer wiedergekommen von dem Blut
der Erschlagenen,
Vom Feuer der Helden.
Saul und Jonathan holdseelig und lieblich in ihrem Leben,
Sind auch im Tode nicht geschieden.
Schneller waren sie denn die Adler und stärker denn die Löwen.
Ihr Töchter Israels, weinet über Saul, der euch kleidete mit
Scharlach säuberlich,
Und euch schmückte mit goldenen Kleinodien an euren Kleidern.
Wie sind die Helden gefallen im Streit!!
Jonathan ist auf euren Höhen erschlagen ....
Es ist mir leid um dich, mein Bruder mein,
Mein Jonathan ....
Ich habe grosse Freude und Wonne an dir gehabt.
Unserer Liebe Unschuld ist mir sonderlicher gewesen denn
Frauenliebe ist.
Wie sind die Helden gefallen – und die Streitbaren umgekommen! –

Charlotte Bara

(Dem Doktor Rütters.)

Charlotte wandelt an den Nachmittagen
Durch ihre Gartengänge grünen Heiligensagen
Von frommer Dämmerung ins Himmelreich getragen.

Die heiligen Jesusfrauen: Ihre Fee'n ....
Sie hört wenn sie vom Leiden Christi klagen,
Der schon im Weltenanfang sah die Welt verwehen.

Sie aber lernte auf den Spitzen ihrer Füße stehen
Von den Cypressen, die das Weltenende überragen.
Zu einem sanften Tanze hebt sich leicht ihr Gehen.

Zwei weiße Schäferhunde folgen ihrem Wagen,
Erzählten ihre Gliederweisen uns vom höherem Geschehen.

Marianne von Wereffkin

(Ihrem Santos)

Marianne steht schon in den Morgenstunden,
Perlenborden grüngelbrote um den Hals gewunden
An dem Autokarren mit den anderen Kunden
Und kauft Kirschen, die ihr ganz besonders munden.

Marianne kleidet sich so ungezwungen
Und ihr Temperament macht Ehre allen Straßenjungen.
Doch auf ihres Herzens Balaleika,
Ist das süße Liebeslied noch nicht verklungen.

Mariannens heiße Bilder offenbaren
In der bunten Wildnatur die Tänze der Tartaren.
Zwischen Schellen in der Troika
Naht ein Brautpaar,
Das sich auf der Zauberleinwand »gerad'« gefunden.

Marianne von Wereffkin.

(Der grossen Malerin.)

»betet für sie« … So stand es in der Traueranzeige.

Marianne spielt mit den Farben Russlands malen:
Hellgrün, rosa, weiss;
Das Kobaltblau, ihr innigster Spielgefährte.

Marianne von Wereffkin –
Ich nannte sie den adeligen Strassenjungen
Schon früher in der Russenstadt, im ganzen Umkreis
Den Streich gepachtet.

Ihren Vater, der Verweser Alexanders,
Trug sie im Medaillon um ihren Hals.
Marianne malte ihn – achtjährig war sie erst:
»Es fiel vom Himmel eine Meisterin.«

Goldene Saat wächst auf ihrer Landschaft,
Wenn gottgefällig sich ein Bauernvolk
Im Kreise um die reiche Ernte freut.
Man hört vom Turm Geläut, malt sie den Sonntag.

Mariannens Bilder sind Geschöpfe,
Sie atmen und voll Leben strömen sie.
Und wie ein Meer und wie ein Wald
Bergen sie auch tiefsten Frieden in sich.

Mariannens Seele und ihr unbändig Herz
Spielen gern zusammen Freud und Leid.
Genau wie sie die Melancholie
Hinmalt in zwitschernden Farbentönen.

Sascha

(Senna Hoy)

Er war schön und klug
Und gut.
Und betete wie ein Kind noch:
Lieber Gott mach mich fromm,
Dass ich in den Himmel komm.

Ein Magnolenbaum war er
Mit lauter weissen Flammen.
Die Sonne scheint –
Wir spielten um ihn fangen.

Seine Mutter weinte sehr
Nach ihrem »wilden grossen Jungen«
Neun Jahre blieb sein Leben stehn,
Neun Jahre mit der Zeit gerungen
Hat er! Mit Ewigkeiten.

Da er den Nächsten liebte
Wie sich selbst,
Ja, über sich hinaus!
Verloren: Welten, Sterne,
Seiner Wälder grüne Seligkeit.

Und teilte noch in seiner Haft
Sein Herz dem Bruder dem –
Gottgeliebt, da er nicht lau ist;
Der Jude, der Christ ist
Und darum wieder gekreuzigt ward.

Voll Demut stritt er,
Reinen Herzens litt er, gewittert er!
Sein frisches Aufbrausen
Erinnerte an Quelle .....
Aller Quellen.

Doch in der Finsternis zwiefacher,
Böser Nüchternheit des Kerkers,
Schrieb er mit Russ der Schornsteine:
Lebensernste.

Rindenherb, hindusanft
Erlöste ihn der Tod.
Hinter kläglicher Aussicht Gitterfenster
Unbiegsamen Katzenpupillen
Starb er im Frühgeläut.

Werner Kraft

Ein Troubadour tiefsten Formats.
Er singt vor dem Wolkenfenster der leisverschleierten Welt.

Ist sie doch seine unsterbliche Geliebte, –
Herre Werner ihr ehrerbietiger Kavalier.

Hört! die Welt ist nicht verloren –
So lang ein Sänger sie besingt! ..

Ein edler Rittersporn steigt er empor
Am Bogenfenster seiner Dame,

Der Welt! ......

Mit grosser Zucht geschrieben,
Tönen Vers an Vers gereiht,

Melancholisch – Krafts Gedichte.
Es blutet sehnsüchtig des Verses Herz.

Über ureigenes versunken
Entgleitet er jäh.

Verwundert erwacht sein Auge
Im Glanz des Mittags.

Das Buch seiner Gedichte:
Abbild des innerst innigen Menschen.

Man lese in seinem Buch:
Traum und Erwachen.

Und zweite dir gereichte Versgabe
Das wundervolle Gedicht: Orpheus.

Ungeheuer, hold zu gleicherzeit:
Die Verwandlung der Angst.

So verdunkelt und gelichtet,
Ist nur ein wahrer Dichter im Stande zu dichten,

Der schon bei Lebzeiten
Sein Körperverliess von sich abzuschütteln vermag,

Die ihm anvertraute Seele,
Ganz im befreienden Licht steht.

Tausendmal verzaubert sein Wort,
Ehe des Verses Melone dem Leser gereicht.

Werner Kraft.

(Meinem feinen Freund.)

Ein Troubadour tiefsten Formats.
Er singt vor dem Wolkenfenster der leisverschleierten Welt.

Ist sie doch seine unsterbliche Geliebte.
Herre Werner ihr ehrerbietiger Kavalier.

Hört! Die Welt ist nicht verloren –
So lang ein Dichter sie besingt!!

Edler Rittersporn steigt er empor
Am Bogenfenster seiner Dame:

Der Welt! ....

Mit großer Zucht geschrieben,
Tönen Vers an Vers gereiht –

Melancholisch – Krafts Gedichte.
Es blutet sehnsüchtig des Verses Herz.

Das schon bei Lebzeiten
Sein Körperverliess abzuschütteln vermag.

Die ihm anvertraute Seele
Ganz im befreienden Lichte steht.

Tausendmal verzaubert er sein Wort
Bevor er des Verses Melone dem Leser reicht.

Fritz Lederer.

Man braucht nicht erst ins Riesengebirge reisen –
Neuschnee zu sehen;
Fritz Lederer malt ihn auf jedem Bilde.

Er ist der Sohn Rübezahls
Aus Stein und Bergklee gestaltet.

Man muß sich schon warm anziehn,
Gefütterte Schuhe nicht vergessen,
Wenn man in sein Atelier steigt;

Und nicht frieren will beim Betrachten
Seiner schneienden Landschaften
In hölzernen Rahmen.

Lederers Schöpfung – jede – eine weiße Welt!

Wenn man den Maler schon von ferne sieht
Weiß man, der kann was.

Denn nur vom Wesen künstlerischer Reinheit
Fällt so weiße Seele.

Er läßt sie glitzern, zaubert Sonnenröte,
Und goldendunkeln, still bedacht,
Vom Mond.

Er malt und schminkt nicht
Er zeichnet leuchtendweiß und hinkt nicht
Und macht nicht Moden auf der Leinwand mit.

Kunst ist eine Welt aus Blut.
Und keine Bühne, auf der man sich versucht.
Die Kunst ist Gottes und nicht degenerierbar.

Und es weißzeugen von der echten Pracht
Die wundervollen Schneegefilde
Unsers jungen Rübezahls:
Fritz Lederers.

Leopold Krakauer.

Leopold Krakauers Zeichengemälde
Sind Geschöpfe.

Von der Gestalt ungeheurer Kameelbuckel
Oft grau und sandfarben enthäutet.

Man vernimmt das Herz des Wüstenberges
Noch entschlafend pochen auf dem Bilde.

Es wartet wie die Hingeschiedenen in der Gruft des Oelbergs
Auf seine Auferstehung.

Auf seinen Rebstock
Auf sein Blumerblühen.

Der Zeichner haucht, ein Schöpfermensch,
Den Bildern Seele ein.

Liebreich wie Gott den Heiligen Bergen:
Sinai, dem Gestein Moabs und Gilboas.

Des Künstlers Höhen erheben sich,
Weit über Zeichenblatt zur Ewigkeit empor.

In ihren Stein umrissenen Schalen,
Ruhen Adern, Gewebe, und Organe.

Und – überall, und grenzenlos –
Einsames, greises Schweigen.

Ursprüngliche Bauten, Kuppel über Kuppel.
Es sucht ein müder Gotteswanderer die Pforte.

Erzsynagogen der Engel –
Die sich versammeln zur Flügelgemeinde.

Im Hauch der schlichten Schöpfung
Spielt des Zeichners Versunkenheit.

Die stolzen Sarkophage auch auf dem Bogen,
Bewahren Gottes verlorenes Ebenbild.

Der Menschheit verlorene Schatz ....
Was sind wir Geschöpfe ohne Gottes bewegendes Lächeln?

Erkaltete Hügel und Berge.

⟨Melech David in Juda saß⟩

Melech David in Juda saß,
Leutselig auf dem Throne,
Wenn er Kartoffelpuffer aß.
Auf seinem Kopf die Krone.

Mit Pfaunfett backte ihn sein Koch
Nach neustem Kochbuchhefte;
Und wenn der Melech ihn nur »roch«!!!
Vergaß er seine Staatsgeschäfte;

Und Bathsebâh und Salomo und Absalom
»Was wissen die vom Puffer schon!!«
Wenn aufgewärmt die allverehrte Kochperson

Dem Melech früh und höchst servierte –
– Mit Händen manikürte, –
Den Puffer in Gesellschaft einer Cafébohn.

Ein Lied.

So sag mir doch –
Ich liebe dich –
Bevor der Tag ganz dunkel wird.

Mein Lebenlang
Und immer noch
Bin müde ich umhergeirrt.

Ich liebe dich.
Ich liebe dich.
Ich liebe dich ....

Es färben deine Lippen sich –
Die Welt ist taub,
Die Welt ist blind;

Und ihre Wolke
Und das Laub.

Nur wir und noch –
Der Anfang sind.

Ich liebe dich ......

An –

Es ist so dunkel heut am Heiligen Himmel
Ich und die Abendwolke suchen nach dem Mond,
Wo beide wir einst vor dem Erdenleben
Schon nahe seiner stillen Leuchtewelt gewohnt.

Darum möcht immer ich die Hand dir geben –
Ich hab so Angst um Mitternacht.
Es schreckt ein Traum mich aus vergangnem Leben
An den ich gar nicht mehr gedacht.

Ich pflückte mir so gern vom Morgenweinberg Reben –
Doch hat die Finsterniß »mich« auserdacht –
Und deinem tiefen Wunderleben
Als heiliges Opfer dargebracht.

Doch es verblutet, was du mir, ich dir gegeben –
Und auch das ewige Sternenzeichen
Unserer engverknüpften Hand.

Und neben mir und dir und fern daneben
Tröstet mich ein Fremder übermannt.
Ich habe einen Liebsten, Holdester, nunmehr,
Am Abend warten vor der Tür.
Da du, ein Stein mich stießest in den schlammigen Sand,
Gefährdend mich auf seinem Weg dem Zweiten überließest.

Die Dichterin

An Ernest Apoll.

Ich säume liebentlang im Morgenlicht – – –
Längst lebe ich vergessen im Gedicht.
Du hast es einmal weich gesprochen.
Ich weiß den Anfang –
Weiter weiß ich nicht.
Doch – höre ich mich schluchzen im Gesang,
Wenn in des Psalmes blauer Melodie,
Du feierlich die Völker tauchst und liebest sie.

An –

Mein Angesicht liegt nachts auf deinen Händen
Es leuchten stille Kerzen von den Wänden
Und werfen um mich einen feierlichen Schein.
Ich will dein heiliger Widder sein
Führ mich zur Opfergabe in den Hain

Die Welt bricht auf an allen Enden
Und an den Stöcken glüht in zarten Ampeln süßer Wein.
Und Mond und Sterne gehen auf mit meinem Herzen im Verein.
Um meine Lenden sprießen feierlich verzückt: vergessene goldene Legenden.

Und die Welten um mich streiten sich
Und berauschen sich am blutigen Weine.

Weißt du noch im Mondenscheine?
Du und ich –
Ehe noch mein Herz verblich

Und ich deinem Herzen glich
Tausendmalundeins verklärt um dich –

Bette meine Liebe fürsorglich
Zwischen leisverpochenden Gebeine –
Müde bin ich wie der rote Rotdorn
Und der weiße Kleine –

An der Hecke drüben und – sich mußten lieben
Und – nie fanden sich –

Mein armes Lied

Ach die Tage lassen mich
Und ihre finsteren Abendstirne ganz alleine
Und die Welten um mich streiten sich
Und berauschen sich im blutigen Weine.

Weißt du noch im Mondenscheine
Du und ich –
Ehe noch mein Leib verblich
Und ich deinem Herzen glich –
Tausendmalundeins – Allleid verstrich –

Bette meine Liebe fürsorglich
Zwischen leisverpochendem Gebeine –
– Müde bin ich wie der rote Rotdorn
Und der weiße Kleine

An der Hecke drüben – und sich mußten lieben –
Und nie fanden sich.

Ich schlafe in der Nacht –

Ich schlafe in der Nacht an fremden Wänden
Und wache in der Frühe auf an fremder Wand.
Ich legte mein Geschick in harten Händen
Und reihe Thränen auf,
So dunkle Perlen ich nie fand.
Ich habe einmal einen blauen Pfad gekannt
Doch weiß ich nicht mehr
Wo ich mich vor dieser Welt befand.
Und – meine Sehnsucht will nicht enden! ….
Vom Himmel her sind beide wir verwandt
Und unsere Seelen schweben übers Heilige Land
In »einem« Sternenkleide leuchtend um die Lenden.

Mit dir, Goldlächelnden. –

In meinem Herzen wächst ein Rosenzweig
Sein Duft berauscht so weich den Sinn.

Vernimm das Bächlein rauschendes
In meiner Grube tief im Kinn.

Und immer kommt die Nacht –
Nach ihr der Tag im kühlen Wolkenlinn'.

Springt eine Welle an den Strand
Ergreif ich sie ganz schnell mit meiner Hand.

Zu spiegeln mich – daß ich noch bin
Und du in meiner dunklen Pupill.

Dann schweben wir unmerklich still
Ins blaue Land empor beseeligend traumhin

An Ernest von Ehmals

Noch lächelt zitternd mein Gerank
Beseeligend von deinem Engelhold Gesang, Ernest.

Ich bin eine Blüte, die nur blüht
Und nimmer denkt, Ernest.

Du weißt es wenn dein Knie sich senkt
Im Gebet.

Es ist so kalt und spät, Ernest,
Ernest.

Die Welt wird greis und alt
Sie löscht mein Herz aus bald.

⟨Du kannst nach Haus⟩

Du kannst nach Haus –
Ich baute dir dein Heim
Aus warmen Wort in meinem Reim.

Ich aber liege zwischen Stern und Stein – Ernest.

Mein Blut fließt hin –
Dunkler Wein
Durch die Gassen ....

Es reicht mir manchmal,
Ernest, eine hohle Hand
Mitleidsvoll wie in pochenden Tassen
Einen Trank, Ernest.

Wenn blütenhaft von deinem Holdgesang
Mein Auge ihn betrachtet lang und bang.

Abschiedslied an Ernest

Ich kann die Augen nicht mehr öffnen weit,
Die einst verschwistert auf und niedergingen mit der Zeit.
Auch hat die Dämmerung sie trüb gefärbt
Vom Gold des Lichtes unerbitterlich enterbt.
Am Abend klagen die Sterne ....

Ernest, ich halte deine Hände fest! ..
Innigverwachsenes Geäst
Deine und meine beiden.
– Es sang ein Vogel heut im Nest
Im Mandelbaume in den Weiden
Ein weiches Lied von uns und meinen Leiden.
Ernest ......

Sag einmal nur: Ich »liebe, liebe, liebe liebe« dich
Daß meine Seele länger nicht vor Scham erröte –
Wenn auch von deiner Lippe Pfad
Das blaue »Glückskleeblatt« verwehte.
Beseeligt blühte auf vom Hauch des Lethe
Die Trauerrose meines Leibes Beete.

Es sammeln Wolken sich aus Wüstensand
Verschleiern die süße Himmlischkeit der Ferne –
Ich lege meine Hand in deine Hand
Im matten Mondenschein so gerne.
Sie ist mein Ruheort mein Heimatland.

Bald trägt auf seinen Rücken mich der Ozean
Zurück in die verlassenen Städte
In der ergrauten Früh im Riesenkahn.
Die Wellen bilden eine Liebeskette.

Wer säet auf deinen Wegen – Poesie?
Wir werden uns begegnen, Ernest, fürder nie –
Selbst unsere Erinnerungen meine deinen nie, Ernest.

Es zieht das Pferd den Karren unter schwerbeladener Müh,
Und Peitschenhieben, Ernest.
Doch es erzählt beim Grasen auf dem Rasen
Hinter Kraut und Farren allem Vieh
Von eines Menschen »irrigem« Liebes-Herzen,
– Es kommt der Wolf und
Frißt es mit dem Liebesschmerzen.

Doch niemals meine Hand die deine – läßt. – –
Hüll »diese« Zeile
In die Note deiner holden Stimme ein –
Und verweile – Ernest – – – – –

An Ernest

Ich kann die Augen nicht mehr öffnen
Vor starrer Müdigkeit –
Die einst verschwistert auf und untergingen mit der Zeit.
Auch hat die Dämmerung sie trüb gefärbt –
Vom Gold des reichen Lichtes grausamlich enterbt
...... – Am Abend weinen die Sterne – ......

Es sammeln Wolken sich aus Wüstensand
Verschleiern dicht den Strahl der Ferne
Ich lege meinen Kopf auf deine Hand – im matten
Mondenscheinen.
Sie ist mein Ruheort, mein Heimatland –
Sie birgt Erinnerungen – seltsame, die weinen.

Mein Abschiedsbrief

An Ernest

Ich kann die Augen nicht mehr öffnen weit,
Die einst verschwistert auf und untergingen mit der Zeit.

Auch hat die Dämmerung sie trüb gefärbt
Vom Gold des Lichtes grausamlich enterbt.
– Am Abend klagen die Sterne –
Ernest – – – – –

Ich halte deine Hände fest –
Innigverwachsenes Geäst
Deine und meine beiden.

Es sang ein Vogel heut im Nest
Im Mandelbaume in den Weiden:
Daß ich nicht mehr vor Scham erröte:
Ein weiches Lied von meinen Leiden.
Ernest .....

Sag einmal nur: Ich liebe dich!
Und wenn von deiner Lippe auch
Das blaue Glückskleeblatt verwehte –
Es blühte auf die Trauerrose auf dem Beete
Leuchtend meines Leibes, Ernest.

Bald trägt mich hohe See
In noch verschlafender Früh
Zurück in die verlassenen Städte.
Und niemand säet auf deinem Pfade, Ernest, Poesie.

Und werden uns begegnen, Ernest,
Selbst unsere Erinnerungen, meine
Deinen nie, Ernest .....

Ich aber werde weiterstreifen, Ernest,
Durch nachtergraute Früh.

Es zieht das Pferd den Karren
Schwerbeladenen mit hoffnungsloser Müh –
Und – Peitschenhieben.

Doch es erzählt beim Grasen allem Vieh
Auf dem Rasen von meines Herzens treuen Lieben
Zwischen Weiß und Rotdorn, Ernest.

»Ach niemals meine Hand die deine lässt« ....
Hüll »diese« Zeile, Ernest,
In deine Stimme verweile Ernest holder Noten ein ..

Es sammeln Wolken sich aus Wüstensand
Im matten Mondenscheine,
Verschleiern die süße Himmlischkeit der Ferne

Ich lege meinen Kopf auf deine Hand
Sie ist mein Ruheort, mein Heimatland
Und birgt verblasste Träume seltsame, die weinen

⟨Ich wollte wir lägen an einer Bucht⟩

Ich wollte wir lägen an einer Bucht
Wo sich Wellen zwängen durch steinerne Spalten
Noch unerlöst und unversucht.

Du, unsere Liebe ist am Erkalten
Glühend erhalten blieb nur
Sie konnte im Frühling sich nicht entfalten

Ein Liebeslied

Nun stirbt das Laub der Bäume wieder
Und aller Vögel weiche Liebeslieder
In jedem einzigen späten Blatt.

In deinen dunkelen Indianerhaaren
Duftet noch des Nadelwalds Gefieder.
Die Sonne küßte seine Farbe satt.

Bald schneien kalte Wintersterne nieder
Sie reifen weiß im Silberarm der Wolkenglieder
Ich weiß noch, – als sie Wölkchen waren

Der Himmel öffnete die jungen Augenlider –
– Wir waren eingeschlummert beide müde –
Mild übte sich der Lenz im Regnen der Etüde.

⟨Es war im Frühling⟩

Es war im Frühling
Den ich feierlich empfing
Bis dahin führte ich
Ein betusam Leben

⟨Die winzigen Mönche am Baum⟩

Die winzigen Mönche am Baum
Behüten alle Gärten in ihrem Blumentraum
Herbstmänner mit Wolkenbärten
Stürmen über dem Weltenraum
Es künden Stürme an ihre himmlischen Depeschen.

Im Garten

Es wachsen dieses Jahr auf unserem Beete
Lilare und gelbe Fingerhüte
Von gleicher Farbe
Wie Bonbons in Walters Düte.

Der Walter ist mein Bräutigam
8 Jahre alt!
Wir beide sind genau so alt,
Im gleichen Alter.

»Das Naschen, Kinder, ungesund«!
Pipst seine Großma' Friederike.
Ich nicke – und stecke mir ein gelbes dickes in den Mund.

Die Jette unsere Köchin meint
Der Walter läßt mich kalt –
Den Ernst von drüben habe ich viel lieber!

»Ach seine edele Gestalt« ....
»Und frischen Strümpfe um Wadenglieder.«
.... »Ach .....«
Und Jette dampft mit allen Suppennudeln im Fieber.

Der Ernst sitzt auch mit mir auf unserer Bank.
.... Wir zählen dann die – Sterne.
Auch seine Murmeln
Gläserne hab ich so gerne
Er schiebt mir ab und zu die bunteste in meine Hand.

Um seinen Hut trägt Ernst dasselbe Band
Wie ich ein Gürtel um die Taille.
Mit einem Schloß wie Mandelkerne aus Emaille
Und gucken immer in die Ferne.
.... In die Ferne .....

⟨Hat man die Gelbsucht und wird gelb und gelber⟩

Hat man die Gelbsucht und wird gelb und gelber,
Ist es die Hauptsach, dass sie einem steht.
Das weiter heilt sich von selber,
Und weiter weiteres vergeht.
Ich wär so gern von Kerem Abraham gekommen
Wo ich mit zweien Hunden in Pension.
Mit Chokoladenplätzchen und Bombommen
Ich sagte es schon Ihrem Sohn durchs Telephon.
Ich wünsche Besserung und alles Schöne,
Und grüsse Sie und die Sirene
Und grüsse immerwieder noch einmal.
Mir ist zu Mut so oberflächlig, halbwegs kahl
Tatsächlich

⟨Auf niedlichem Pianoforte miniatür⟩

⟨…⟩ Ihm bitte nicht nur geziert zu versichern:
»Insceniert wars gut, oder Ihr Flügel hat einen guten Ton.«

Auf niedlichem Pianoforte miniatür,
Vor angefärbter Mahagoni gelblicher Kulissentür,
Spielt es sich gut auch ohne Klaviatür.
Begleitet vom Cellist und Geigensaite
Papierener Instrumente der Marionettenleute.

Und doch ergriff mich nie im Leben »so« – ein »wirkliches« Klavier, wie gestern auf der Marionettenbühne:

Cigarello zwischen Lipp und Lippesrand,
Spielte zaubermild am Flügelnippes
Chik im Frack ein Marionettenfant.
– – – – – – – – – – – – – Den Schubert ....
Dass wir allesamt im überfüllten Saale,
Vom Spiel des grossen Marionettenpianisten übermannt!!

⟨Was hat die Lieb mit der Saison zu tun⟩

Was hat die Lieb mit der Saison zu tun
Was sollen diese Possen, ...
Ich weiss mir sind im Januar
Die heissesten Thränen geflossen.

⟨Fleißig wie ein Bienenschwarm⟩

Fleißig wie ein Bienenschwarm
Schreibt die Hand an meinem Arm
Schon in aller Tagesfrühe
Wie es Euch nun geht und wie es
Bleibet hier im Alpenlande
Zwischen Ostbühlalp und Mondkalbalp.
Zwischen Wolken u. Gestirn
Sterne glitzern in den ⟨...⟩

Das Lied vom Gutsein mit dem Gutschein.

Ich hab ein Reich beseessen von Haupt und Scheitelstädten
Und immer war es drinnen warm, es kannte keine Nässen
So reich war niemand einst wie ich war! Wetten?

Ich tat nur Gutes, ach ich könnt es sonst vergessen.
Gutes und wieder Gutes und noch einmal – Gutes – fast vermessen.
Contre myself – – – ich trüge heute goldene Schulterketten.
Statt einem alten Regenschirm, wenn Wolken sich zusammen
pressen.

Ich war so gut, mir wird noch weiland übel und beseessen.
Vor Gutsein – und gilt es heute auf der Hutsein oder ohne Hut sein,
Doch Frühjahr kommt und ich erhole mich vom Gutsein zwischen
Blattsalat und Kressen

⟨Meine Freiheit⟩

Meine Freiheit
Soll mir niemand rauben.
Sterb ich am Wegrand wo, liebe Mutter,
Kommst du und hebst mich
Auf deinem Flügel zu Himmel.
Ich weiß dich rührte mein einsam Wandeln,
Der spielende Tiktak
Meines Kinder Herzens.

⟨Die mich hassen⟩

Die mich hassen
Die mich lieben
Durch Straßen und durch Gassen
Zusammen mit dem Lasttier ruhelos getrieben
Von Herz zu Herz von dir nach mutwilligem Belieben
Durch Schmerz und Schmerz
Mich im Liebesweh zu üben
O in der Dämmerstunde meine Traurigkeit – – –
Ich fahr allein, denn war bereit
Mein Ziel noch hinter Mond und Ewigkeit.

⟨Die Dämmerung holt die Sichel aus der Dunkelheit⟩

Die Dämmerung holt die Sichel aus der Dunkelheit
Und steckt sie mir ans Wolkenkleid
Ich bin die Nacht
Verletz dich nicht an mir, gieb acht
Noch hat der Hirt die goldenen Lämmer nicht gebracht

⟨Ich friere⟩

Ich friere
Und halte mich vor deiner Türe
In Schneegedanken wie ein Greis
In der Erinnerung Eis
Es ⟨frieren⟩ meine Glieder.

⟨Mich führte in die Wolke mein Geschick⟩

Mich führte in die Wolke mein Geschick –
Wir teilten säumerisch mein erdentschwertes Glück.

Ich dachte viel an Julihimmel –
Du sahst das Blau in meinem Blick.

Und schwebten mit den Vögeln auf
Ein Silberrausch .....
Bevor die Welt brach das Genick.

Und auch wir beide blieben nicht verschont
– Und träumen trübe unterm bleichen Rosenstrauch im Mond
Die Lande unter uns: verblichnes Mosaik.

⟨Wir treiben alle durch den Ozean der Luft⟩

Wir treiben alle durch den Ozean der Luft.
Und jedem Wind weiht jede Blume ihren Duft
Und immer landet nur der Tod
Wenn Gott vom Deck den Müden ruft
Nach schöpfungsaltem Urgebot.

Es wachsen bleiche Sträucher doch sie blühen rot
Ein Lächeln steigt aus meines Herzens Gruft
Doch bunte Sommer sind vom Wetter schwer bedroht
Der Mensch ahnt nichts von ihrer Not

⟨Man muß so müde sein⟩

Man muß so müde sein
Wie ich es bin
Es schwindet kühl-entzaubert meine Welt aus meinem Sinn
Und es zerrinnen alle Wünsche tief im Herzen

Gejagt und wüßte auch nicht mehr wohin
Verglimmen in den Winden alle Kerzen
Und meine Augen sehen alles dünn.

Dich lasse ich zurück mein einziger Gewinn
Und bin zu müde dich zu küssen und zu herzen

Man muss so müde sein ....

Man muss so müde sein wie ich es bin
Es schwindet kühl entzaubert meine Welt aus meinem Sinn
Und es zerrinnen meine Wünsche tief im Herzen.

Gejagt und wüsste auch nicht mehr wohin
Verglimmen in den Winden alle meine Kerzen

Es bricht mein Leib bevor ich dein noch bin
Dich lasse ich zurück, mein einziger Gewinn
Ein nicht zu teilender
Es teilen sich in dir die Nächte meiner Schmerzen.

⟨Ich bin so müde⟩

Ich bin so müde
Und es senken sich
Gottes Augenlider
Ewiger Friede
Über mein Herz

Engel meiner Brüder heben mich
Aus dieser Welt voll Schmerz.

Ich bin so müde
Tag und Nächte trennen sich.

Ich lasse meinen Leib gehüllt in Flieder
Dem letzten Tag des März.

Ich schaue – Gott im Himmelssüde ....
So stirbt der Mensch und du und ich.

⟨Ich weiß nicht⟩

Ich weiß nicht
Wie ich sagen soll –
Man wird von Armut schließlich toll,
Den Menschen groll.
Ich bin so traurig übers Maß –
Da ich einst auf den Zweigen saß,
Des frohen Liedes voll.
Mein Wort den alten vis à vis
Den Mensch und Menschen jung wie die

⟨O Gott ich bin so müde⟩

O Gott ich bin so müde
Von Augenlide zu Augenlide
Schwimmt mein Gedanke hin
Und bin nicht wo ich bin
Das Lied in der Etüde
Das stille Blau im Sinn
Nimm von mir all all Gewinn
Und kommt einmal der Friede

⟨Die Thräne, die du beim Gebete weinst⟩

Die Thräne, die du beim Gebete weinst
Verklärt dein Angesicht
Und hebt es bis zu Gott
Doch dein Lächeln
Pflückt sich ein Engel aus den Winkeln Deines Mundes

⟨Am Freitag in der Abendstunde⟩

Am Freitag in der Abendstunde
Knieen wir vor unseren Kerzen
Gott erweiche ihre Herzen

Am Freitagabend brennt das Licht
Und welches aufsteigt in die Himmel
Gott übersieht die kleinste Kerze nicht

Freitag abend ruhen wir in Gott
Und Gott in unseren Herzen

⟨Ich falte meine Hände betend in der Abendstunde⟩

Ich falte meine Hände betend in der Abendstunde
Und auch dasselbe höre ich aus aller Juden Judenmunde
Die wir am Freitagabend knien vor den Kerzen:
Erbarme dich lieber Vater und erweiche ihre Herzen.
Mein Leib und meine Seele sollen weiter fasten

⟨Ich falte meine Hände betend in der Abendstunde⟩

Ich falte meine Hände betend in der Abendstunde
Und auch dasselbe höre ich aus aller Juden Judenmunde
Die wir am Freitagabend knieen vor den Kerzen
Gott, lieber Vater erweiche ihre Herzen.

Weil wir die kleinste Zahl unter seinen Völkern Ihm gewesen
Hat Er uns lieb, die Liebe hält uns wach ein brennend Mal
Und unseren älteren Brüdervölkern ans Herz gelegt

O Gott erweiche ihre Herzen
Wir weinen alle in der Abendstunde
Und knieen vor den Sabbatkerzen
Wir flehen alle Gott erweiche

⟨Ein einziger Mensch ist oft ein ganzes Volk⟩

Ein einziger Mensch ist oft ein ganzes Volk
Doch jeder eine Welt
Mit einem Himmelreich wenn er der Eigenschaften
uredelste pflegt:
Gott.

Gott aufsprießen läßt in sich
Gott will nicht begossen sein mit Blut.

Wer seinen Nächsten tötet,
Tötet in ihm aufkeimend Gott.

Wir können nicht mehr schlafen in den Nächten
Und bangen mit den
Wir wollen

⟨O Gott wie soll dich meine Klage rühren⟩

O Gott wie soll dich meine Klage rühren
Da alle Menschen auf der Erde fast
In ihren Herzen tragen tiefe Last
Und ihre Kinder hungern hinter allen Thüren
Darum auch sollen meine Lippen schweigen
Die Not ist groß,

Dämmerung.

Ich suche eine Hand der meinen gleich
Ich hab das Leben, es hat mich verstoßen
Und lebe angstvoll nun im Übergroßen
In irdischer Leibeshülle schon in Ewigkeit
Und bin ich auch am Morgen blütenreich
Und übernacht froh aufgeschossen
Vom seligen Zauber übergossen
So färben meine Wangen meine Spiegel bleich

Dämmerung

Ich halte meine Augen halb geschlossen
Graumütig wird mein Herz und weich
Die Welt verwandelt sich, ein grenzenloser Teich
Und heilige Angst hemmt seine Flossen
Am Morgen war ich blütenreich
Und über Nacht froh aufgeschossen
Vom Zauber meiner Tränen übergossen
Nun färben meine Wangen meine Spiegel bleich

⟨Dämmerung⟩

Ich suche eine Hand der meinen gleich
Mich hat das Leben, ich hab es verstoßen
Und lebe angstvoll nun im Übergroßen
Im irdischen Leibe schon im Himmelreich.
Und in der Frühe war ich blütenreich
Und über Nacht froh aufgeschossen
Vom Zauber eines Traumes übergossen
Nun färben meine Wangen meine Spiegel bleich

Mein Sterbelied.

Bin welk und mürbe –
Mir ist, als ob ich stürbe –
Ja, gestorben »bin.«

Entblättert ist mein Sinn, –
Das Licht meiner Augen – trübe.

Der Himmel meiner Liebe
Sank in die Grube,
In mein steiles Kinn

Es blühen in meiner Stube
Deine Lieblingsblumen zwischen Immergrün
Und meinem Rosmarin.

Doch alle beglückenden Farben,
Seit meines Lebens Anbeginn
Aus meinem Leben entfliehn,

Die mich ganz bunt umwarben,
Starben ....

Um mit dem Wolkenbild
In die Himmlischkeit zu ziehn.

Mein Sterbelied

Bin welk und mürbe –
Mir ist, als ob ich stürbe –
Ja – gestorben bin.

Entblättert ist mein Sinn
Und meine Augen trübe.

Der Himmel meiner Liebe
Sank in die Grube
In mein steiles Kinn.

Es blühen in meiner Stube
Seine Lieblingsblume zwischen Immergrün
Und mein Rosmarin.

Doch alle beglückenden Farben
Aus meinem Leben entfliehn:

Ein Wolkenbild blaß zerfließen –
Die Zeichen auf seinen Händen.
Schimmernder Thau –
Und mag und mag nicht enden
Die einst ich golden blau

⟨Ein Feuer ging aus vom Ewigen⟩

Ein Feuer ging aus vom Ewigen

Gott ist und keine Götter sind neben ihm. ⟨/⟩ Er weiß um das Verborgene, wie um das Offenbare. ⟨/⟩ Er ist voller Güte und Mitleid

Nachwort von Uljana Wolf

»Heimliche Heimat« – Else Lasker-Schülers Ankunftssprachen

Wie kann man heute Else Lasker-Schüler lesen? Ein Lesen, das Dialog ist, Zusprechen, Weiterschreiben, Antippen – wie so vieles ihrer Dichtung? Das ihre »fernsten Nähen« und Zugvögel zwischen Orient und Okzident ganz weit heranholt und gleichzeitig ganz nah bei sich lassen kann? Das also annähernd so kostbar verwoben wäre wie ihre Gedichte – »Sinn und Klang, Wort und Bild, Sprache und Seele«, wie Karl Kraus überschwänglich über das Gedicht ›Ein alter Tibetteppich‹ schrieb?[1]

Deine Seele, die die meine liebet
Ist verwirkt mit ihr im Teppichtibet.

*

Tippe Else schnell und du erhältst Lese. Tippe Else Englisch und du erhältst else. Tippe Else von innen rechts nach außen links und du erhälst Seel'. Tippe Else stur und du erhältst einen Esel. Lies noch einmal: Lese else Seel' Esel. Lese: der anderen Seele Esel. Lese: Esel, die andere Seele. Der Name ist ohne Zweifel ein sehr kleines Gedicht. Der Name ist ohne Zweifel eine sehr kleine Grenzüberschreitung. Der Name ruft ohne Zweifel nach Anderen. Der Name bedarf ohne Zweifel einer Übersetzung. Der Name ist

1 Karl Kraus zum Abdruck des Gedichts in ›Die Fackel‹. Jg. 12, Nr. 313/314 vom 31. Dezember 1910. S. Else Lasker-Schüler: Werke und Briefe. Kritische Ausgabe. Hg. von Norbert Oellers, Heinz Rölleke und Itta Shedletzky. Bd. 1.2.: Gedichte. Anmerkungen. Bearbeitet von Karl Jürgen Skrodzki unter Mitarbeit von Norbert Oellers. Frankfurt am Main 1996, S. 169 f.

ohne Zweifel eine Art Zwiebel. In der Zwiebel wohnt der Zweifel. Der Zweifel zwickt. Der Zweifel hat Schalen, Tränen. Die Zwiebel hat kein Zentrum. Ziel der Zwiebel ist ein anderer Zweifel. Im Grimmschen Märchen ist die kluge Else eine, die zu viel Eigensinn hat. Die am Ende neben sich steht. Die ausgeschlossen wird von der Gemeinschaft. Es bleibt ihr die Gewissheit: »Ach Gott, dann bin ich's nicht.« Noch heute hört man das Klingeln der Schellen, man hat sie aber nie wieder gesehen.

*

Was hat Else Lasker-Schüler mit der Grimmelse zu tun?[2] Was ihr Name mit Eigensinn, mit Zweifelrede, Übersetzung? Ist ihre Lyrik auch eine Grimmsprache, Gemeinsprache? Oder vielmehr Geheimsprache? Aber wessen Heim wäre dann darin versteckt? *Heimlich zur Nacht* – ein großer Herzhimmel, ganz viel Wachsein? Oder doch eher Wachsamsein am Geheimnis? Ist vielleicht die Idee von Heim darin versteckt? Oder versteckt sich die Idee vielmehr selbst darin, wovor – vor ihrem deutschen Zuhause? Ist darum auch ein Weh an dem Heim, wie in dem folgenden Gedicht ›Heimweh‹?

2 Sie klingen am Kleiderrand des Ichs im Gedicht ›An zwei Freunde‹, das zärtlich die eigene tätowierte, mandelkernige Fremdheit beschwört. Und sie rasseln zornig in einem Brief an Ludwig von Ficker, Anfang Dezember 1914, in dem sich Else Lasker-Schüler über die antisemitischen Äußerungen von Margarethe Langen beklagt, der Schwester des expressionistischen Dichters Georg Trakl, mit dem sie befreundet war: »Ich bin zu feierlich für solche Mätzchen, zu viel Schellen hängen an mir, um diesen Ton zu hören und nicht Ekel zu kriegen.« Georg Trakl war kurz zuvor in Krakau gestorben. Auf Bitten Ludwig von Fickers hatte Lasker-Schüler Margarethe mehrmals in ihrer Berliner Wohnung besucht und sich um sie gekümmert. S. Else Lasker-Schüler: Werke und Briefe. Kritische Ausgabe. Hg. von Norbert Oellers, Heinz Rölleke und Itta Shedletzky. Bd. 7: Briefe 1914–1924. Bearbeitet von Karl Jürgen Skrodzki. Frankfurt am Main 2004, S. 73.

Ich kann die Sprache
Dieses kühlen Landes nicht
Und seinen Schritt nicht gehen.

1911 schrieb Else Lasker-Schüler dieses Gedicht, mit zweiundvierzig Jahren, obwohl sie bei sich selbst und gegenüber ihren Zeitgenossen ein ganz anderes Alter gehabt haben mag. Sie legte mit diesen Zeilen eine Spur der Nichtübereinstimmung, die sich wie ein roter Faden durch ihr Leben, ihr Schaffen und die Rezeption ihrer Dichtung zieht. Eine Spur, der man beim Wiederlesen und Neuentdecken ihres Werkes folgen kann, der man folgen muss – und die sich dennoch als Irrweg entpuppt. Gilt es doch heute nicht mehr, die Heimatlosigkeiten von Else Lasker-Schüler zu erhellen, sondern vielmehr zu fragen: Ob das Land die Sprache dieser Dichterin konnte?

*

Zwei Mal, zwei folgenreiche Male, lautete die Antwort *Nein*. Für die Jahre des Dritten Reiches ist das keine überraschende Diagnose. Während die vielfach veröffentlichte Autorin, die aus einer aufgeklärten jüdischen Familie aus Elberfeld stammte, 1932 noch den Kleistpreis erhielt, galten ihre Werke ein Jahr später als wertlos und »zersetzend«. Am 19. April 1933 flüchtete Else Lasker-Schüler aus ihrem geliebten Berlin, das jahrzehntelang Heimat gewesen war, nach Zürich, aufgerüttelt durch die Zunahme der antisemitischen Pöbeleien nach der Machtergreifung Hitlers. »All verry schwer here to be in Germany, allready 2 jears – all Pleite and all like the animals and only wild Tigers and also piks.« Schrieb die Dichterin in für sie seltener, anderssprachiger Deutlichkeit an ihren amerikanischen Großneffen.[3] In den Schweizer

3 Allerdings schrieb sie es nicht als »aunt, but an Indian from Berlin […] where are the dear brothers the Inkas and the last of the Asteks.« Brief an Louis Asher vom 11. Januar 1933, in: Else Lasker-Schüler: Werke und

Jahren, geprägt von Armut und Drangsalierung durch die Fremdenpolizei, pendelte sie zwischen Zürich und Ascona. Mit Geldern von Freunden und Gönnern gelang es ihr, zwei Reisen nach Jerusalem zu unternehmen, denen sie ihr damals international erfolgreiches Buch ›Das Hebräerland‹ verdankte. Nach der dritten Jerusalemreise 1939 verweigerte man Else Lasker-Schüler die Erlaubnis zur Einreise in die Schweiz. Sie verbrachte ihre letzten Lebensjahre in jener Stadt, die sie lyrisch-mythisch beschworen hatte und die ihr nun widerstrebend ein letztes fremdes Obdach wurde, von Ängsten, Trauer, später Liebe und Produktivität durchwebt:

Es ruhen Steine in den Betten ihrer toten Seen
Statt Wasserseiden, die da spielten: kommen und vergehen
(Jerusalem)

*

Das zweite, folgenreiche *Nein* hat etwas zu tun mit ihrem Heim in der deutschen Nachkriegsliteratur – ein Haus versteckter Ankünfte und fortgesetzter Verstreuung.[4] Es ist weniger offensichtlich als die Exilierung durch das Hitlerregime. Es versteckt sich zum Beispiel in der berühmten, als Würdigung getarnten Rede des Dichters Gottfried Benn, der Anfang 1933 die Nationalsozialisten in einer Radioansprache begrüßt hatte und während des Dritten Reichs als Arzt in Deutschland geblieben war. Sieben Jahre nach Else Las-

Briefe. Kritische Ausgabe. Hg. von Norbert Oellers, Heinz Rölleke und Itta Shedletzky. Bd. 8: Briefe 1925–1933. Bearbeitet von Sigrid Bauschinger. Frankfurt am Main 2005, S. 332.

4 Auf die Eigentümlichkeiten der Else Lasker-Schüler-Rezeption durch ihre Wegbereiter Werner Kraft und Ernst Ginsberg im Umfeld des (katholisch geprägten) Kösel-Verlags geht detailliert Jakob Hessing ein: »Dichterin im Vakuum. Die Heimkehr einer Emigrantin als kulturpolitisches Phänomen«. In: Text+Kritik: Else Lasker-Schüler. Hg. von Heinz Ludwig Arnold. Heft 122, München 1994, S. 3–17.

ker-Schülers heimatlosem Tod, am 22. Februar 1952, wollte er im Berliner British Centre an die Dichterin erinnern. Doch die Rede, ihre höchste Preisung, erweist sich als Bennscher Bärendienst. Und das nicht nur wegen der historischen Amnesie oder dem chauvinistischen Zugriff, mit dem zuerst die »unmöglichen Obergewänder« und »Dienstmädchenringe« der Dichterin beschrieben werden, sondern weil die Rede etwas über die Sprache sagte, das doch eigentlich unerhört war, und auch fast nicht gehört wurde. »Das Jüdische und das Deutsche in einer lyrischen Inkarnation!«, feierte Benn, als sei nichts geschehen. »Dies war die größte Lyrikerin, die Deutschland je hatte. Ihre Themen waren vielfach jüdisch, ihre Phantasie orientalisch, aber ihre Sprache war Deutsch, ein üppiges, prunkvolles, zartes Deutsch …« Mit der Heimholung der jüdischen Autorin ins Gedächtnis der Deutschen *und* in ihre Sprache gelang es Benn, seiner Anwesenheit in der deutschen Nachkriegsgesellschaft den Nimbus der Versöhnung zu geben. Eine Art privatliterarische Entnazifizierung, nicht zuletzt durch die Erinnerung an die erstaunliche Beziehung zwischen dem großen deutschen Sprachchirurgen und der deutsch-jüdischen Verwandlerin, die sich vierzig Jahre zuvor in Berlin abgespielt hatte und von der auch Else Lasker-Schülers stärkste Gedichte zeugen.

Doch was wird da eigentlich gepriesen? Warum heißt es »aber ihre Sprache war Deutsch«? Ist es nicht selbstverständlich, vielfach jüdisch Deutsch zu schreiben? Oder phantasievoll orientalisch Deutsch? Deutsch mit unmöglichen Obergewändern? Deutsch mit pechschwarzem Haar? Deutsch mit lauter Krimskrams? Deutsch mit Theben und Bagdad? Deutsch als Frau? Deutsch mit Nüssen und Obst? Ist es nicht selbstverständlich? Wenn *all das* auf Deutsch geschrieben ist? Versteht sich da ein bestimmtes deutsches Selbst nicht mehr? Mehr als mit jeder Zeile von Else Lasker-Schüler wird hier, im ungesagten negativen Raum, auf dem wie ein Pfropfen das Aber sitzt, eine Art Nichtzugehörigkeit unterstellt. Eine Nichtübereinstimmung, die viel mit dem zu tun hat, was früher, was damals, was heute vielleicht noch als deutsche Literatur und Kultur verstanden werden will. Oder warum sonst steht genau dieser Bennsche Satz, sein Deutschpfropfen, noch immer unkommentiert im Klappentext jeder Ausgabe der Gedichte?

*

Von Franz Kafka ist bekannt, dass er sich intensiv mit der Situation der deutsch-jüdischen Schriftsteller in Prag auseinandersetzte. Das Gefühl, nicht zur deutschen Mehrheitskultur zu gehören, oder gehören zu dürfen, schnürte ihm die Sprache enger zusammen. Eine Art Verpfropfung auch hier, von der aus Kafka seinen strengen Furor der Entortung entfachte. »[E]ine von allen Seiten unmögliche Literatur«, schrieb er im Juni 1921 an Max Brod über jüdisches Schreiben, »eine Zigeunerliteratur, die das deutsche Kind aus der Wiege gestohlen und in großer Eile irgendwie zugerichtet hatte, weil doch irgendjemand auf dem Seil tanzen muss. (Aber es war ja nicht einmal das deutsche Kind, es war nichts, man sagte bloß, es tanze jemand)«[5]. Die Unmöglichkeit wendet sich hier auf den Satz selbst an und entlarvt in der Klammer (in Kafkas anderem *Aber*) die Narration der Mehrheitskultur als Fama, Sage, Zuschreibung: Es war *nichts*, man *sagte bloß* … Was bleibt, ist der Tanz der Worte.

Nun kann man Kafkas geopolitische und literarische Situation als Prager Jude nicht mit der Situation Else Lasker-Schülers vergleichen.[6] Lasker-Schülers Familie stammte aus dem intellektuellen jüdischen Bürgertum Elberfelds und Frankfurts; sie zog mit fünf-

5 Franz Kafka. Briefe 1902–1924. Hg. von Max Brod. Frankfurt 1975, S. 338.

6 Kafka war nicht gut auf Else Lasker-Schüler zu sprechen. An Felice Bauer schrieb er: »Ich kann ihre Gedichte nicht leiden, ich fühle bei ihnen nichts als Langweile über ihre Leere und Widerwillen wegen des künstlichen Aufwandes.« Franz Kafka, Brief an Felice Bauer, 12./13. Februar 1913, in: Franz Kafka. Briefe 1913–März 1914. Hg. von Hans-Gerd Koch. Frankfurt am Main 1999, S. 88.

undzwanzig Jahren nach Berlin, ins Zentrum des Kunstschaffens der Zeit; sie stand – nach der Scheidung von ihrem ersten Mann Berthold Lasker und der kurz darauf, 1903, erfolgten Heirat mit Herwarth Walden (Georg Levin), dem Begründer des expressionistischen »Sturms« – an der Spitze der deutschen Avantgarde. Doch ihr Schaffen entstand, auch wenn sie sich nie so deutlich wie Kafka darüber geäußert hat, aus einem ähnlichen Spannungsverhältnis, das sich von einer grundlegenden historischen »Verwundbarkeit« herleitete, um einen späteren Begriff des karibischen Dichters und Begründers des postkolonialen Denkens Édouard Glissant zu verwenden. Verwundbarkeit angesichts der marginalisierten und gefährdeten Stellung der Juden in Deutschland, derer sich Else Lasker-Schüler von Kindheit an durch Progromerzählungen ihrer Eltern bewusst war, und die sie literarisch verarbeitete.[7] Verwundbarkeit auch angesichts ihrer Stellung als Frau im Kulturbetrieb, die nach zwei gescheiterten Ehen ihren Sohn Paul allein aufzog, bis er am 14. Dezember 1927 an Tuberkulose verstarb; als Künstlerin, die jahrzehntelang keine Wohnung hatte, immer unter dem Existenzminimum lebte. So lassen sich die einzigartigen ästhetischen Verfahren im Werk von Else Lasker-Schüler auch – aber nicht nur – als Reaktionen auf Marginalisierungen als Jüdin, Frau und Alleinstehende lesen. Die sprachlichen Arabesken und Orientalismen; das Spiel mit Neologismen und syntaktischer Verfremdung; die Inszenierung als männlicher Herrscher über ein mythisch-poetisches Reich (Jussuf, Prinz von Theben); die literarische Viel-Liebe in unzähligen Widmungsgedichten und halbfiktionalen Briefromanen; die Verwandlung von Personen in literarische, luminös benannte Charaktere. Das ernsthafte Spiel, das Else Las-

7 Unter anderem in der Erzählung ›Arthur Aronymus und seine Väter‹ von 1932. S. Erika Klüsener: Else Lasker-Schüler in Selbstzeugnissen und Bilddokumenten. Reinbek 1980, sowie Sigrid Bauschinger: Zur Biographie Else Lasker-Schülers. In: Text+Kritik: Else Lasker-Schüler. Hg. von Heinz Ludwig Arnold. Heft 122, München 1994, S. 88.

ker-Schüler betrieb, war zugleich eine aggressive Aneignung der mehr oder weniger heimlich abgesteckten Territorien und versteckten *Abers*. Sie widersetzte sich ihnen vielfach, sie übersetzte sich – rollenspielend, rasend, liebesagend, kalauernd – aus ihnen heraus.

»Ich bin in Theben (Ägypten) geboren, wenn ich auch in Elberfeld zur Welt kam im Rheinland«, schreibt Else Lasker-Schüler in ihrem kurzen Lebenslauf für Kurt Pinthus' Expressionismus-Anthologie ›Menschheitsdämmerung‹[8]. Liest sich diese fabulierte Urszene, diese nach Ägypten versetzte Biographie, nicht auch wie eine Art, das »deutsche Kind aus der Wiege« zu stehlen? Und das scheinbar entfremdete Kind dann, in einer Elberfelder Komma-Klammer, augenzwinkernd aufzulösen? Literarische Entortung auch hier, aber nicht als Eskapismus oder Bestätigung des kategorischen *Anders*seins, sondern vielmehr als konstante Performanz des Anderen, zärtliche Öffnung und Verantwortung dem im Eigenen gefundenen Anderen gegenüber, diesem Verwirktsein des Tibetteppichs, oder *Vielleicht ist mein Herz die Welt.* Dies geht nur, indem man sich selbst, seine Anfänge und Identitäten, vervielfacht, dem Zugriff monokultureller Zuschreibung entzieht.

Mein Heimatmeer lauscht still in meinem Schoß,
Helles Schlafen – dunkles Wachen .....
(Der Letzte)

Romanzen, Sternbeschwörung, Verflüssigung, das waren Else Lasker-Schülers Strategien, um »in der eigenen Sprache Nomade, Fremder, Zigeuner« zu werden, wie Gilles Deleuze und Felix Guattari in ihrer Kafka-Studie über den Prager Schriftsteller schreiben. Um innerhalb der eigenen und zugleich nie eigenen Sprache

8 Kurt Pinthus (Hg.): Menschheitsdämmerung. Ein Dokument des Expressionismus. Berlin 1920, S. 294.

eine subversive, poetische Kraft zu finden. »Wie *wird* man? Kafka sagt: Indem man das Kind aus der Wiege stiehlt, indem man auf einem Seil tanzt.«[9]

*

Else Lasker-Schülers Sprache tanzt. Sie seiltanzt anders als Kafkas Hungerkünstlersprache. Ihre Akrobatik ist chaotischer, kindlicher, kabarettistischer, ausgeschmückter. Sie sternschweift vom Leben ins Schreiben, und von diesem funkelnden Möglichkeitsraum, seinem uralten Steinstaub, angereichert zurück ins Leben. Ihr Werk ist Gesamtkunstwerk, Gesamtwirken, *buntumschlungen*, das sich wenig um Genregrenzen oder andere Regeln kümmert.

Und darum liest, wer die Gedichte von Else Lasker-Schüler liest, immer nur einen Teil dieser Sprache. Und wer nur eine Teilsprache liest, der geht Gefahr, sich ein allzu lyrisches Bild zu machen á la »schwarzer Schwan« (Gottfried Benn). Lasker-Schülers Allsprache aber ist nicht nur Lyrik, nicht nur Schrift, sie ist auch Bild – verflüssigte Schrift. »Ich bin Wasser darum bin ich keine Frau«, heißt es in einem ihrer Briefe, die oft kleine Performancestücke waren.[10] Oft sind ihre Texte mit dem zornig-tänzerischem Strich der Zeichnungen versehen. Bildsendungen und Zeichnungen wiederum kommen selten ohne die »Sternoglyphen« der Dichterin aus. Lasker-Schüler war Überschreiterin, Textmalerin mit sehr eigenem

9 Gilles Deleuze und Félix Guattari: Kafka. Für eine kleine Literatur. Übers. von Burkhart Kroeber. Frankfurt 1976, S. 28f. (Hervorhebung UW).

10 »Man kann im Wasser ertrinken oder bis auf den Grund schadlos tauchen wo Rosen und Tang wachsen; Wasser sucht immer, manchmal nimmt Wasser Gestalt an und dann bin ich heimatlos – wohin.« Else Lasker-Schüler an Hanns Hirt, wahrscheinlich Januar 1915, in: Else Lasker-Schüler: Werke und Briefe. Kritische Ausgabe. Hg. von Norbert Oellers, Heinz Rölleke und Itta Shedletzky. Bd. 7: Briefe 1914–1924. Bearbeitet von Karl Jürgen Skrodzki. Frankfurt am Main 2004, S. 78.

graphischen Blick: Viele Widmungsgedichte auf Personen lesen sich wie *Bild*beschreibungen. Ekstase lag immer nahe bei Ekphrasis. Der Untertitel ihres höchst unterhaltsamen und komischen Briefromans ›Mein Herz‹ von 1912 ist demnach nicht nur wörtlich, sondern auch ironisch zu lesen, als Reflexion auf ihre eigene künstlerische Praxis: »Ein Liebesroman mit Bildern und wirklich lebenden Menschen«. Ihre vielen literarischen und künstlerischen Freundschaften, besonders aber die Freundschaft mit Franz Marc, dem »Malik« und Blauen Reiter, legen ein bewegendes Zeugnis von dieser synästhetischen Textkunst ab.

Neben der Verflüssigung von Schrift und Bild ist auch die Durchmischung von Genres charakteristisch für Lasker-Schülers Werk. In den Prosabänden, die sich oft selbst wie Prosagedichte lesen (etwa ›Das Peter Hille-Buch‹ oder ›Die Nächte der Tino von Bagdad‹), stehen wie selbstverständlich Gedichte; Gedichtbände wiederum enthalten Prosatexte. Das wirkt sich auch auf die Textgestalt aus. Zuweilen ist nicht gesichert, wo ein Gedicht aufhört und wo es anfängt. Ist der Titel die erste Zeile – oder ist der Titel die Anrede – oder ist der Titel die Widmung? Ist das Ende die letzte Zeile – oder ist das Ende der Abschiedsgruß der schreibenden Figur – zum Beispiel des Bibelprinzen in dem Gedicht ›David und Jonathan‹:

Durch den ich wieder neu und scheu mich sehne …
O Jonathan, dein spielerischer Bibelprinz
Nippt sterbend noch von deiner Liebe Minz.

Fasst man die Grenzen zu eng, klamüsert man die Genres zu sehr auseinander, fallen diese Zeilen einfach weg. Fällt auch ihre kalauernde Draufsicht weg, die eine gewisse Distanz zum lyrischen Ton des Gedichts aufbaut. Bis zu der verdienstvollen ›Kritischen Ausgabe‹ der Gedichte von Karl Jürgen Skrodzki (unter Mitarbeit von Norbert Oellers), die sich an den Erstfassungen orientiert und auf der die vorliegende Ausgabe beruht, ist die Grenze eher enger gefasst worden; das entsprechende lyrische Bild hat lange Zeit die Rezeption Lasker-Schülers bestimmt. Sicher kann man über die Stärke jener Zeilen diskutieren – über den eher unscheuen Reim, den klebrigen Genitivminz. Vielleicht bevorzugt man seine Heimlyrik aufgeräumter, ernsthafter, gefeilter. Doch beides, Unernst und Unschärfe, gehören zur literarischen Wirklichkeit von Else Lasker-Schüler, zu ihrer einzigartigen poetischen Radikalität, die voller Brüche war. Auch die ›Scherzgedichte und Gelegenheitsreimereien‹ gehören dazu, die der Herausgeber der lange Zeit prägenden Kösel-Ausgabe, Werner Kraft, nicht aufnahm. Doch mit untrüglichem, erschütterndem Schalk hat Else Lasker-Schüler stets Erhabenes neben Albernes gestellt, sei es auf Hochdeutsch, Jussufdeutsch oder Wuppertaler Platt.[11]

In solch schnoddrigen Gesten, in der Unschärfe der produktiven Übergänge, äußert sich ein anarchischer Grundgestus. Dieser hängt mit Lasker-Schülers Verortung und dem Facettenreichtum ihrer hybriden Identität als deutsch-jüdische Autorin in einem monokulturell geprägten Klima zusammen. Else Lasker-Schüler war eben nicht Aberdeutsch, sondern Geradedeutsch. Sie war nicht die dunkle, jüdische Märchenerzählerin, die sich mit orientaler Liebeslyrik in deutsche Herzen schrieb. Sondern sie trieb vielmehr mit ihrem Orientpunk ein antibürgerliches Verwirrspiel, das gekonnt literarische und gesellschaftliche Regeln unterwanderte, ganz Crossdressing, ganz Genrecrossing. »Ich bin doch dein spielender Herzschelm, Erde« – dieses Understatement aus dem Gedicht ›Mein Lied‹ darf man getrost ernst nehmen. Ihre Texte, Träume, Pläne changierten immer zwischen gekonnter Stilisierung und verwahrloster Burleske, zwischen Kabarett und Chaos. Mit ihnen weist Lasker-Schüler weit über das Format des deutschen Gedichts,

11 Die Orientierung an den Erstdrucken hat andererseits zufolge, dass manche Schreibweisen (»eisenfarb'ne« statt »eisenfarbene«) die Gedichte ferner wirken lassen, als sie sind. Zudem wird manche gewinnbringende Änderung nicht abgebildet – so die spätere Streichung der letzten redundanten Zeile in ›Sterne des Fatums‹ … Oh well. Brüche, Unschärfe: q. e. d.

seiner Grenzen, seiner Einheits- oder Einzelsprachen hinaus. »Also, ich trage 3 oder 4 von meinen arabischen Erzählungen *auf Arabisch* in London vor, dabei sitzt ein Dolmetscher auch auf dem Podium, der übersetzt *jeden* Satz, den ich auf Arabisch sage, dem Publikum feierlich ins Englische.« So entwickelt sie 1910 die Idee zu einer internationalen arabischen Vortragsnummer.[12] Später wurden aus den arabischen Texten Übersetzungen ins Syrische.[13] Fast ist es un*heim*lich, wie weit Lasker-Schülers Poetik der Beziehungen, wie die multiplen Identitäten und Mehrsprachigkeiten ihres Werks in die heutige gesamtdeutsche Gegenwart und die Zukunft ihrer neuen Gesellschaftsordnung zwischen Orient und Okzident hineinleuchten.

*

Wenn Walter Benjamin von der Übersetzung schreibt, dass in ihr »das Leben des Originals seine stets erneute späteste und umfassendste Entfaltung«[14] erlange, so gilt Gleiches für das Wiederlesen kanonisierter Lyriker. Vielleicht braucht es eine Art Übersetzung, braucht es einen anders-heimischen Blick, um die im Original angelegten Potentiale vollends zu neuer Wirklichkeit und Wirkung zu bringen. Else Lasker-Schüler hat in der deutsch-türkischen Schriftstellerin Emine Sevgi Özdamar eine solche Übersetzerin gefunden. Özdamars Roman ›Seltsame Sterne starren zur Erde‹ von 2004 verwendet nicht nur eine Zeile der Lyrikerin im Titel. Die Protagonistin, die vor der repressiven Politik der türkischen Militärdiktatur flieht und als Schauspielerin im Exil zwischen Ost- und

12 Brief an den Schriftsteller und Literaturhistoriker Jethro Bithell in Manchester. Zitiert nach Peter Sprengel: Else Lasker-Schüler und das Kabarett, in: Text+Kritik: Else Lasker-Schüler. Hg. von Heinz Ludwig Arnold. Heft 122, München 1994, S. 82.

13 S. Peter Sprengel, Kabarett (wie Anm. 12), S. 83.

14 Walter Benjamin: Die Aufgabe des Übersetzers. In: Ders.: Gesammelte Schriften. Bd. IV/1, Frankfurt am Main 1972, S. 11.

Westberlin pendelt, findet in den Zeilen von Else Lasker-Schüler tatsächlich eine »heimliche Heimat«. Im realen Berlin dagegen wird sie von ihrer (damals noch?) deutschen Nichtwillkommensgesellschaft als dunkelhäutige »Indianerin« bezeichnet oder mit dem Spruch »Ab in die Gaskammer« belegt. Einem flirtenden Faschisten am FKK-Strand antwortet sie: »Ich bin jüdisch. Rede nicht mit mir, sonst wird dein Blut beschmutzt.«[15]

Die beißende Identifikation der türkisch-deutschen Schauspielerin mit der deutsch-jüdischen Dichterin wirft ein Licht auf die Radikalität, mit der auch Else Lasker-Schüler den unsichtbaren Zuschreibungen der deutschen Mehrheitskultur begegnete. Nämlich nicht nur durch die zuerst von Benn und dann viele Male beschworene Verknüpfung christlicher, jüdischer und islamischer Motive, die in den fünfziger Jahren zu ihrer Rezeption als Versöhnungsdichterin führte.[16] Sondern gerade durch die aggressive Multiplikation und Entfesselung des Anderen, mit der sie der Erzählung von Ursprüngen und eindeutigen Identitäten eine Absage erteilte: *Und bin nicht mehr und doch vertausendfacht.* Dem Jüdischen gab sie stets auch indianische, arabische, persische, asiatische, afrikanische Züge. Es ist schmerzhafte Ironie, dass im Zürcher Exil vor allem ihre exotisierenden Zeichnungen eine Haupteinnahmequelle waren: »alle Indianer und Neger und asiatische Bilder«[17]. Schmerzhafter umso mehr, als sie im Duktus ih-

15 Emine Sevgi Özdamar: Seltsame Sterne starren zur Erde. Köln 2008 (2. Aufl.), u. a. S. 137, 166, 189. Andere Namen sind Kolchosin, Schneewittchen, Türken-Emi und – Rumpelstilzchen, als das sich die Protagonistin konsequent selbst bezeichnet. Ihrer ersten deutschen Bekanntschaft gibt sie den Namen Albrecht Dürer. Wie bei Else Lasker-Schüler betont das Benennungsspiel die Fluidität jeder Identität, nicht das Festgelegte – und nimmt es so den Nazis weg.

16 S. Jakob Hessing, Vakuum (wie Anm. 3).

17 Else Lasker-Schüler: Werke und Briefe. Kritische Ausgabe. Hg. von Andreas B. Kilcher, Norbert Oellers, Heinz Rölleke und Itta Shedletzky. Bd. 9: Briefe. 1933–1936. Bearbeitet von Karl Jürgen Skrodzki. Frankfurt am Main 2008, S. 134. S. auch Karl Jürgen Skrodzki: Else

rer Zeit nicht vor gedankenlosem Sprachgebrauch gefeit ist. Und was bedeutet es, wenn die Protagonistin von ›Seltsame Sterne‹ ausgerechnet diesen Satz von Gottfried Benn aus dem Klappentext zitiert: »aber ihre Sprache war deutsch«?[18] Özdamars Zweitsprachendeutsch ist dem Lasker-Schülerschen Deutsch verwandt – nicht durch Herkunft, aber durch die Fremdzuschreibung einer sich monokulturell denkenden Gesellschaft. Im Spiegel der türkisch-deutschen Prosaautorin finden sich die ästhetischen Verfahren der jüdisch-deutschen Dichterin einhundert Jahre später aktualisiert, wozu auch die Genrevermischung von Prosa, Brief, Zeichnung usw. gehört. Im Zeichnen, im Schreiben, aber auch im überinszenierten Erscheinen nahmen Else Lasker-Schüler und Jussuf und Tino ihre Marginalisierung innerhalb der Mehrheitsgesellschaft auf – und schleuderten sie mit sternfunkelnder Übersteuerung zurück.

*

»Man darf nicht zu lange in Deutschland bleiben. Rette dich vor Deutschland.« Diesen Rat gibt man 1977 der Protagonistin Emine in ›Seltsame Sterne‹. Die Autorin hat den Rat glücklicherweise nicht befolgt und stattdessen in der deutschen Sprache einen Ort für ihre Erzählung von Trauma, Muttersprache und Entfremdung gefunden. Else Lasker-Schüler hatte keine andere Wahl, als sich vor Deutschland zu retten. Uns bleibt, ihre Elsesprache endlich zu beheimaten – als Anderssprache, als Ankunftssprache, und zwar nicht weil sie, huch, *auch* deutsch ist, sondern unbedingt deutsch. Mit multiplen poetischen Wirklichkeiten, wie wir sie inmitten von allzu national oder ausgrenzend gedachten Identitä-

Lasker-Schüler in Zürich. Vortrag, gehalten auf Einladung des Vereins für jüdische Kultur und Wissenschaft (VJKW), Zürich: »Tag des jüdischen Buches« am 26. Januar 2014: http://www.kj-skrodzki.de/Dokumente/Text_079.htm#A35. Abgerufen am 16. 7. 2015.

18 Özdamar: Seltsame Sterne (wie Anmerkung 15), S. 15.

ten dringend benötigen. Nur so kann man sich ein – nein: viele Bilder machen von »Votre Indianer blaue Jaguar Jussuf«[19], so groß und so brüchig und so unerschrocken komisch wie die Welt, sein Herz.

Uljana Wolf
Berlin – New York,
Juli – Oktober 2015

19 So lautet eine der vielen angereicherten Namen, mit denen Lasker-Schüler ihre Schrift-Stücke unterzeichnete. Hier aus einem Brief an den französischen Schriftsteller Marcel Brion vom 29. Januar 1932. In: Briefe 1925–1933 (wie Anm. 3), S. 289.

Anhang

Nachweise

Gedichtbände

Styx. Berlin: Axel Juncker Verlag, 1902.
Der siebente Tag. Berlin: Verlag des Vereins für Kunst, 1905.
Meine Wunder. Karlsruhe und Leipzig. Dreililien-Verlag, 1911.
Hebräische Balladen. Berlin: A. R. Meyer Verlag (1913).
Mein blaues Klavier. Neue Gedichte. Jerusalem 1943.

Weitere Gedichte (Erstveröffentlichung)

›Vorahnung‹, ›Ahnung‹, ›Verwelkte Myrthen‹, ›Sinnenrausch‹ in: Die Gesellschaft, Jg. 15, Bd. 3, H. 4 (1899).
›Liebe‹ in: Die Gesellschaft, Jg. 16, Bd. 3. H. 3 (1900).
›Trieb‹, ›Kismet‹, ›Resignation‹ in: Die Gesellschaft, Jg. 16, Bd. 4, H. 2 (1900).
›Jugend‹, ›Zur Kindheit‹, ›Brautwerbung‹ in: Das Magazin für Litteratur, Jg. 69, Nr. 22, 2. 6. 1900.
›Morituri‹, ›Sehnsucht‹, ›Phantasie‹, ›Frau Dämon‹ in: Das Magazin für Litteratur, Jg. 69, Nr. 26, 30. 6. 1900.
›Ein Königswille‹, ›Das Lied vom Leid‹, ›Die schwarze Bhowanéh‹ in: Das Magazin für Litteratur, Jg. 69, Nr. 36, 8. 9. 1900.
›Ballade‹, ›Meine Schamröte‹, ›Ein Syrinxliedchen‹ in: Das Magazin für Litteratur, Jg. 69, Nr. 39, 29. 9. 1900.
›Chaos‹, ›Karma‹, ›Eifersucht‹, ›Nervus erotis‹, ›Kühle‹ in: Selbstverlag der »Kommenden« 1901.
›Das Lied des Gesalbten‹, ›Sulamith‹ in: Ost und West, Jg. 1, H. 6, 1901.
›Fieber‹, ›Sterne des Fatums‹, ›Sterne des Tartaros‹, ›Abend‹, ›Herzkirschen waren meine Lippen beid'‹, ›Winternacht‹ in: Die Gesellschaft, Jg. 18, Bd. 2, H. 11/12 (1902).
›Weltende‹ in: Moderne Deutsche Lyrik. Leipzig: Reclam (1903).
›Liebesflug‹, ›Nachklänge‹ in: Das neue Magazin, Jg. 73, H. 19, 5. 1. 1904.
›Wir Beide‹ in: Freistatt, Jg. 6, H. 38, 17. 9. 1904.
›Maria‹ in: Charon, Jg. 2, H. 2, 02/1905.
›Vollmond‹ in: Kampf, N. F., Nr. 23, 24. 3. 1905.
›⟨Die Pavianmutter …⟩‹, ›⟨Lampe Pampe Rampe⟩‹, ›⟨Der Abend ruht …⟩‹ in: ELS: Das Peter-Hille-Buch. Stuttgart, Berlin: Axel Juncker Verlag 1906.

›Mein Lied‹, ›⟨Abdul Antinous⟩‹, ›Ich frage nicht mehr‹, ›Aber ich finde…‹, ›Heimlich zur Nacht‹, ›Wenn du kommst –‹, ›Ich träume so leise von dir – – –‹, ›Ich glaube wir‹, ›Du es ist Nacht –‹ in: ELS: Die Nächte Tino von Bagdad. Berlin Stuttgart Leipzig: Axel Juncker Verlag 1907.

›An Gott‹ in: Das Magazin, Jg. 77, H. 5, 02/1908.

›Albert Heine‹ in: Morgen, Jg. 2, Nr. 48, 16. 10. 1908.

›Siehst du mich‹, ›Und suche Gott‹ in: Die Fackel, Jg. 11, Nr. 288, 11. 10. 1909.

›Ein Liebeslied‹ in: Die Schaubühne, Jg. 5, Bd. 2, Nr. 42, 14. 10. 1909.

›Die Königin‹, ›Heimweh‹ in: Die Fackel, Jg. 11, Nr. 294/295, 4. 2. 1910.

›Ein Trauerlied‹, ›Mein Liebeslied‹, ›Pharao und Joseph‹, ›David und Jonathan‹, ›Ich bin traurig‹ in: Der Sturm, Jg. 1, Nr. 4, 24. 3. 1910.

›Die Liebe‹ in: Der Sturm, Jg. 1, Nr. 9, 28. 4. 1910.

›Ankunft‹ in: Der Sturm, Jg. 1, Nr. 13, 26. 5. 1910.

›Abend‹, ›Ein Lied der Liebe‹, ›Die Stimme Edens‹ in: Der Sturm, Jg. 1, Nr. 15, 9. 6. 1910.

›Leise sagen‹ in: Der Sturm, Jg. 1, Nr. 19, 7. 7. 1910.

›Versöhnung‹ in: Der Sturm, Jg. 1, Nr. 23, 4. 8. 1910.

›Meine Mutter‹ in: Der Sturm, Jg. 1, Nr. 25, 18. 8. 1910.

›In deine Augen‹, ›Von weit‹ in: Der Sturm, Jg. 1, Nr. 36, 3. 11. 1910.

›Ein alter Tibetteppich‹ in: Der Sturm, Jg. 1, Nr. 41, 8. 12. 1910.

›Maria‹ in: Der Sturm, Jg. 1, Nr. 44, 29. 12. 1910.

›Rast‹ in: ELS: Meine Wunder. Karlsruhe und Leipzig: Dreililien-Verlag 1911.

›Vollmond‹ in: ELS: Meine Wunder. Karlsruhe und Leipzig: Dreililien-Verlag 1911.

›⟨Alfred Kerr⟩‹ in: Die Aktion. Jg. 1, Nr. 11, 1. 5. 1911.

›Unser Liebeslied‹ in: Der Sturm, Jg. 2, Nr. 63, 25. 5. 1911.

›Dem Barbaren‹ in: Der Sturm, Jg. 2, Nr. 64, 1. 6. 1911.

›Dem Barbaren‹ in: Der Sturm, Jg. 2, Nr. 67, 8. 7. 1911.

›Antinous‹ in: Der Sturm, Jg. 2, Nr. 69, 7/1911.

›Abel‹ in: Der Sturm, Jg. 2, Nr. 72, 8/1911.

›Dem Prinzen von Marokko‹ in: Der Sturm, Jg. 2, Nr. 73, 8/1911.

›⟨Reiter und Reichsritter⟩‹ in: Der Sturm, Jg. 2, Nr. 87, 11/1911.

›⟨An den Gralprinzen⟩‹, ›⟨An den Prinzen Tristan⟩‹, ›⟨An den Ritter⟩‹, ›⟨An Tristan⟩‹ in: Der Sturm, Jg. 2, Nr. 92, 1/1912.

›⟨An den Ritter aus Gold⟩‹ in: Der Sturm, Jg. 2, Nr. 93, 1/1912.

›Meiner Schwester dieses Lied‹, ›Esther‹ in: Der Sturm, Jg. 2, Nr. 101, 3/1912.

›⟨Als ich Tristan kennen lernte –⟩‹ in: Der Sturm, Jg. 2, Nr. 105, 4/1912.

›Boas‹ in: Der Sturm, Jg. 2, Nr. 110, 5/1912.
›Jakob und Esau‹ in: Simplicissimus, Jg. 17, Nr. 17, 22. 7. 1912.
›O, deine Hände‹ in: Saturn, Jg. 2, H. 10, 10/1912.
›Abraham und Isaak‹, ›Jakob‹ in: ELS: Hebräische Balladen. Berlin: A. R. Meyer Verlag 1913.
›Franz Werfel‹, ›Richard Dehmel‹, ›Karl Vogt‹, ›Paul Zech‹ in: ELS: Gesichte. Essays und andere Geschichten. Leipzig: Kurt Wolff Verlag 1913.
›Moses und Josua‹ in: Simplicissimus, Jg. 18, Nr. 16, 14. 7. 1913.
›Giselheer dem Tiger‹ in: Die Schaubühne, Jg. 9, Bd. 2, Nr. 34/35, 28. 8. 1913.
›An den Herzog von Vineta‹ in: Das neue Pathos, H. 1, 1913.
›Giselheer dem Heiden‹, ›Giselheer dem Knaben‹, ›Giselheer dem König‹ in: Das neue Pathos, H. 3/4, 8/1913.
›Hinter Bäumen berg' ich mich‹ in: Frankfurter Zeitung und Handelsblatt, Jg. 58, Nr. 357, 25. 12. 1913.
›Das Lied des Spielprinzen‹ in: Die neue Kunst, Jg. 1, Bd. 1, 1913/1914.
›Sascha‹ in: Wiecker Bote, Jg. 1, H. 5, 1/1914.
›Klein Sterbelied‹, ›O Gott‹, ›Höre!‹ in: Die weißen Blätter, Jg. 1, H. 8, 4/1914.
›Lauter Diamant‹ in: Die Aktion, Jg. 4, Nr. 19, 9. 5. 1914.
›Meiner Mutter‹ in: Der Brenner, Jg. 4, H. 17/18, 6/1914.
›An den Prinzen Benjamin‹ in: Das bunte Buch (1914).
›Saul‹ in: Die weißen Blätter, Jg. 2, H. 2, 2/1915.
›Der alte Tempel in Prag‹ in: Prager Tagblatt (Unterhaltungs-Beilage), Jg. 40, Nr. 73, 14. 3. 1915.
›An Hans Adalbert‹, ›Dem Herzog von Leipzig‹, ›Aber deine Brauen sind Unwetter‹ in: Die weißen Blätter, Jg. 2, H. 7, 7/1915.
›Senna Hoy‹, ›Verinnerlicht‹ in: Die Aktion, Jg. 5, Nr. 39/40, 25. 9. 1915.
›Hans Ehrenbaum-Degele‹ in: Die weißen Blätter, Jg. 2, H. 10, 10/1915.
›Georg Trakl †‹ in: Zeit-Echo, H. 3 (1915/1916).
›An zwei Freunde‹ in: Zeit-Echo, H. 7 (1915/1916).
›Laurencis‹, ›Abschied‹ in: Zeit-Echo, H. 11 (1915/1916).
›Savary‹, ›Theodor Däubler‹ in: Zeit-Echo, H. 14 (1915/1916).
›An Franz Marc‹ in: Berliner Tageblatt, Jg. 45, Nr. 126, (Morgen-Ausgabe) 9. 3. 1916.
›Milly Steger‹ in: Die Schaubühne, Jg. 12, Bd. 1, Nr. 24, 15. 6. 1916.
›Georg Grosz‹ in: Neue Jugend, Jg. 1, H. 8, 8/1916.
›Peter Baum‹ in: Der Bildermann, Jg. 1, Nr. 10 (Beilage), 20. 8. 1916.
›Heinrich Maria Davringhausen‹ in: Neue Jugend, Jg. 1, H. 9, 9/1916.
›Gebet‹ in: Frankfurter Zeitung und Handelsblatt, Jg. 61, Nr. 356 (Erstes Morgenblatt), 24. 12. 1916.
›⟨St. Peter Hille⟩‹, ›Chronica‹, ›Mein Drama‹, ›Ein Ticktackliedchen für

Päulchen‹, ›Selbstmord‹, ›Mein stilles Lied‹, ›⟨Paul Leppin⟩‹, ›Georg Trakl‹, ›Dem Mönch‹, ›Ballade‹, ›Ballade‹, ›Gottfried Benn‹, ›Alice Trübner‹, ›Wilhelm Schmidtbonn‹, ›Milly Steger‹, ›Hans Adalbert von Maltzahn‹ in: Die gesammelten Gedichte von Else Lasker-Schüler. Leipzig: Verlag der Weißen Bücher 1917.

›O ich möcht aus der Welt!‹, ›Der Mönch‹, ›Dem Mönch‹, ›Als der blaue Reiter war gefallen‹ in: Neue Jugend, Jg. 1, H. 11/12, 2/3 1917.

›Ein Lied‹ in: Frankfurter Zeitung und Handelsblatt, Jg. 61, Nr. 144 (Abendblatt), 26. 5. 1917.

›David und Jonathan‹ in: Die weißen Blätter, Jg. 5, H. 1, 7/1918.

›Abschied‹ in: Berliner Börsen-Courier. Literatur-Beilage zur Jubiläums-Ausgabe, 1. 10. 1918.

›Der Hirte‹ in: Das junge Deutschland, Jg. 2, H. 4/5, 4/5 1919.

›Ludwig Hardt‹ in: Die Weltbühne, Jg. 15, Bd. 2, Nr. 29, 10. 7. 1919.

›Hagar und Jsmaël‹, ›Georg Koch‹ in: Die weißen Blätter, Jg. 6, H. 11, 11/1919.

›Joseph‹ in: Die weißen Blätter, Jg. 7, H. 4, 4/5 1920.

›Die Schauspielerin‹ in: Berliner Tageblatt, Jg. 49, Nr. 298 (Morgen-Ausgabe), 27. 6. 1920.

›Carl Schleich‹ in: Die weißen Blätter, Jg. 7, H. 9, 9/1920.

›Gott hör‹ in: Die weißen Blätter, Jg. 7, H. 11, 11/1920.

›Hans Heinrich von Twardowsky‹, ›Leo Kerstenberg‹ in: Die Kuppel. Von Else Lasker-Schüler. Der Gedichte zweiter Teil. Berlin: Paul Cassirer 1920.

›⟨Pablo⟩‹, ›⟨Die Engel deckten wolkenweiß…⟩‹ in: ELS: Der Wunderrabbiner von Barcelona. Berlin: Paul Cassirer 1921.

›⟨An meine Freunde⟩‹ in: Berliner Börsen-Courier, Jg. 54, Nr. 603 (Morgen-Ausgabe), 25. 12. 1921.

›Marianne von Wereffkin‹ in: Der Querschnitt durch 1922 (1922).

›Aribert Waescher‹ in: Die Weltbühne, Jg. 19, Bd. 1, Nr. 4, 25. 1. 1923.

›An die Einwohnerschaft Berlins‹ in: Berliner Börsen-Courier, Jg. 55, Nr. 47 (Morgen-Ausgabe), 28. 1. 1923, 1. Beilage.

›Abschied‹ in: Berliner Tageblatt, Jg. 52, Nr. 151 (Morgen-Ausgabe), 30. 3. 1923.

›⟨Die Leber ist von einem Hecht⟩‹, ›Im Schwarzen Walfisch zu Askalon‹ in: Berliner Börsen-Courier, Jg. 55, Nr. 295 (Morgen-Ausgabe), 27. 6. 1923.

›Jussuff Abbu‹ in: Berliner Börsen-Courier, Jg. 55, Nr. 327 (Morgen-Ausgabe), 15. 7. 1923.

›Paul Gangolf‹ in: Berliner Börsen-Courier, Jg. 55, Nr. 375 (Morgen-Ausgabe), 12. 8. 1923.

›Paul Leppin‹ in: Die Weltbühne, Jg. 19, Bd. 2, Nr. 34, 23. 8. 1923.
›Abigail‹ in: Berliner Tageblatt, Jg. 25, Nr. 491 (Morgen-Ausgabe), 19. 10. 1923.
›Abendlied‹ in: Berliner Börsen-Courier, Jg. 56, Nr. 69 (Morgen-Ausgabe), 10. 2. 1924.
›Der Hannemann‹ in: Berliner Tageblatt, Jg. 53, Nr. 271 (Morgen-Expreß-Ausgabe), 8. 6. 1924.
›Sigismund von Radecki‹, ›Jankel Adler‹, ›Hans Jacob‹ in: Berliner Tageblatt, Jg. 53, Nr. 326 (Morgen-Ausgabe), 11. 7. 1924.
›Weltflucht‹ in: ELS: Ich räume auf! Meine Anklage gegen meine Verleger. Zürich: Lago-Verlag 1925.
›Ernst Toller‹ in: Die Weltbühne, Jg. 21, Bd. 1, Nr. 1, 6. 1. 1925.
›Das Wunderlied‹ in: Der Querschnitt, Jg. 5, H. 3, 3/1925.
›Paule‹ in: Die Dame. Drittes Aprilheft (H. 16), 1925.
›Hedwig Wangel‹ in: Berliner Tageblatt, Jg. 54, Nr. 225 (Abend-Ausgabe), 13. 5. 1925.
›⟨Geboren 1883 am 1. Mai⟩‹ in: Berliner Tageblatt, Jg. 55, Nr. 27 (Abend-Ausgabe), 16. 1. 1926.
›Die Versuchung‹ in: Die Weltbühne, Jg. 22, Bd. 1, Nr. 6, 9. 2. 1926.
›Fred Hildenbrandt‹ in: Die literarische Welt, Jg. 2, Nr. 7, 12. 2. 1926.
›Gedenktag‹ in: Der Querschnitt, Jg. 6, H. 10, 10/1926.
›⟨Ich wohne im Sachsenhofe⟩‹ in: Berliner Tageblatt, Jg. 55, Nr. 519 (Morgen-Ausgabe), 3. 11. 1926.
›⟨Willkommen, Buddenbroks and son!⟩‹ in: Berliner Börsen-Courier, Jg. 59, Nr. 247 (Morgen-Ausgabe), 29. 5. 1927.
›An mein Kind‹ in: Berliner Tageblatt, Jg. 57, Nr. 434 (Abend-Ausgabe), 13. 9. 1928.
›Arthur Holitscher‹ in: Die Weltbühne, Jg. 24, Bd. 2, Nr. 45, 6. 11. 1928.
›Weihnacht‹ in: Berliner Börsen-Courier, Jg. 61, Nr. 603 (Morgen-Ausgabe), 25. 12. 1928
›Letzter Abend im Jahr‹ in: Berliner Tageblatt, Jg. 58. Nr. 1 (Morgen-Ausgabe), 1. 1. 1929.
›Ein Lied an Gott‹ in: Berliner Tageblatt, Jg. 58, Nr. 46 (Morgen-Ausgabe), 27. 1. 1929.
›⟨Karl Sonnenschein⟩‹ in: Berliner Tageblatt, Jg. 58, Nr. 166 (Morgen-Ausgabe), 9. 4. 1929.
›⟨Rosen, Nelkenseifen, weiss und lila Flieder⟩‹ in: Berliner Tageblatt, Jg. 58, Nr. 182 (Morgen-Ausgabe), 18. 4. 1929.
›⟨Ich möchte ewig schweigen⟩‹ in: Berliner Tageblatt, Jg. 58, Nr. 435 (Abend-Ausgabe), 14. 9. 1929.
›Genesis‹ in: Berliner Tageblatt, Jg. 58, Nr. 591 (Morgen-Ausgabe), 15. 12. 1929.

›⟨Es brennt ein feierlicher Stern⟩‹ in: Berliner Tageblatt, Jg. 59, Nr. 151 (Abend-Ausgabe), 29. 3. 1930.
›Neugierige sammeln sich am Strand und messen‹ in: Berliner Tageblatt, Jg. 59, Nr. 294 (Morgen-Ausgabe), 25. 6. 1930.
›Der Schnupfen‹ in: Die Weltbühne, Jg. 26, Bd. 2, Nr. 42, 14. 10. 1930.
›Aus der Ferne‹ in: Berliner Tageblatt, Jg. 60, Nr. 430 (Morgen-Ausgabe), 12. 9. 1931.
›Abigail‹, ›Und der Paul Graetz‹, ›Ewige Nächte‹, ›⟨Kaiser Karl zu Aachen saß⟩‹, ›⟨Wer knuspert so spät durch Nacht und Wind?⟩‹ in: ELS: Konzert. Berlin. Rowohlt 1932.
›⟨Pflanzte man in die Erde mich⟩‹ in: unbekannt.
›Am fernen Abend‹ in: Berliner Tageblatt, Jg. 61, Nr. 384 (Morgen-Ausgabe), 14. 8. 1932.
›Die Erkenntnis‹ in: Berliner Tageblatt, Jg. 61, Nr. 444 (Sonntags-Ausgabe), 18. 9. 1932.
›Herbst‹ in: Berliner Tageblatt, Jg. 61, Nr. 492 (Sonntags-Ausgabe), 16. 10. 1932.
›Ouvertüre‹ in: Die Weltbühne, Jg. 28, Nr. 2, Nr. 44, 1. 11. 1932.
›Gebet‹ in: Vossische Zeitung, Nr. 544 (Abend-Ausgabe), 12. 11. 1932.
›⟨Ich schliess das Fenster zu⟩‹ in: Berliner Tageblatt, Jg. 61, Nr. 544 (Morgen-Ausgabe), 16. 11. 1932.
›⟨Wir stehen längst geknickt wo angelehnt⟩‹ in: Berliner Börsen-Courier, Jg. 65, Nr. 603 (Express-Morgen-Ausgabe), 25. 12. 1932.
›Abendzeit‹ in: Die Sammlung, Jg. 1, H. 2, 10/1933.
›Die Verscheuchte‹ in: Die Sammlung, Jg. 1, H. 7, 3/1934.
›Hingabe‹ in: Die Sammlung, Jg. 1, H. 11, 7/1934.
›Ergraut kommt seine kleine Welt zurück…‹ in: Die Sammlung, Jg. 2, H. 4, 12/1934.
›Ich liege wo am Wegrand übermattet‹ in: Israelitisches Wochenblatt für die Schweiz, Jg. 35, Nr. 12, 22. 3. 1935.
›⟨Hör, Gott, wenn du nur…⟩‹ in: Pariser Tageblatt, Jg. 3, Nr. 530, 26. 5. 1935.
›Es kommt der Abend…‹, ›Ich weiß…‹, ›Die Dämmerung naht…‹ in: Die Ernte (1936).
›⟨Komm mit mir in das Cinema⟩‹, ›⟨Ihr lieben Leute aus den Biedermeierjahren⟩‹, ›⟨In den höheren Regionen⟩‹, ›⟨Ist's die Schwüle?⟩‹, ›⟨So höret, liebe Leute, diese Mordsgeschichte⟩‹, ›⟨Oft hängt sein Früchtchen, sein Tableau⟩‹, ›⟨Denk ich an die Schokoladenspeise…⟩‹, ›⟨Verstands, im Trance⟩‹, ›⟨Und käm ich erst zum jüngsten Gericht –⟩‹, ›⟨Auf des Mosaikes weiten Arabeskenbogen⟩‹, ›⟨Als ich noch Rechts-

anwalt im Landgericht in Schlesien⟩‹, ›⟨Sulamith⟩‹ in: ELS. Das Hebräerland. Zürich: Verlag Oprecht (1937).

›Mein blaues Klavier‹ in: Neue Zürcher Zeitung, 7. 2. 1937.

›Herbst‹ in: Der deutsche Schriftsteller. Sonderheft zum Jubiläum des SDS, 11/1938.

›Leopold Krakauer‹ in: Jüdische Welt-Rundschau, Jg. 2, Nr. 2, 12. 1. 1940.

›⟨Und pflanzte man in die Erde mich⟩‹ in: Jüdische Welt-Rundschau, Jg. 2, Nr. 4, 12. 2. 1940.

›Mein Volk‹ in: Israelitisches Wochenblatt für die Schweiz, Jg. 41, Nr. 42, 17. 10. 1941.

›Ihm – eine Hymne‹ in: Orient, Jg. 3, Nr. 32/33, 20. 11. 1942.

›Ueber glitzernden Kies‹ in: Orient, Jg. 3, Nr. 34/35, 4. 12. 1942.

›Mein Liebeslied‹ in: Orient, Jg. 3, Nr. 36, 11. 12. 1942.

›An meine Freunde‹ in: Orient, Jg. 4, Nr. 475, 29. 1. 1943

›Mutter‹ in: Deutsche Blätter, Bd. 2, H. 9/10 (1944).

Bibliographische Anmerkungen von Karl Jürgen Skrodzki zu den Erstpublikationen aus: Else Lasker-Schüler, Werke und Briefe. Kritische Ausgabe © Jüdischer Verlag im Suhrkamp Verlag Frankfurt am Main 1996

Gedichte aus dem Nachlass

Der Nachlass von Else Lasker-Schüler wird aufbewahrt im Deutschen Literaturarchiv Marbach sowie in der Jewish National and University Library Jerusalem.

Verzeichnis der Gedichttitel und Gedichtanfänge

Bei einigen Gedichten weicht der Titel, mit dem Else Lasker-Schüler diese in die von ihr selbst besorgten Ausgaben ihrer Werke aufgenommen hat, vom Titel der hier abgedruckten Erstveröffentlichungen ab.